호
출

김영하
소설

복복서가

차례

거울에 대한 명상

그해 가을 假面 뒤의 얼굴은 假面이었다.
— 이성복

　강바람이 매서웠다. 그래서인지 그녀는 내 허리를 감은 팔에 더욱 힘을 주었다. 그녀는, 추위, 라고 말했다. 11월 초의 강변은 정분난 두 남녀가 거닐기에 적당한 곳이 아니었다. 그러나 그런 사실을 인정한다 해도 그녀가 내게 춥다, 라고 말할 수 있다는 것은 불쾌한 일이었다. 따뜻한 여관방에라도 들어가지 않고 이렇게 추운 곳에서 되지 못한 낭만이나 씹고 있는 것에 대한 항의처럼 들렸기 때문이다. 그러면서 내 허리를 꼭 껴안는 것은 자신의 항의를 교태로 포장하려는 저의처럼 보였다. 갑자기 모종의 적의가 발동하기 시작했다.
　왜 이래? 그녀가 가벼운 주먹으로 등을 치는 시늉을 했지만 개의치 않고 그녀의 입술을 세차게 빨았다. 그녀의 혀가 쉽게 딸려나왔다.

어유, 장난꾸러기. 그녀가 눈을 흘겼다. 넌 역시 신파야. 나는 속으로 그녀를 비웃었다. 그녀가 내뱉는 모든 대사에는 한 움큼의 상상력도 묻어 있지 않다.

다시 가로등 불빛이 반사되는 강을 따라 걸어가다 우리는 문득 어느 다리 밑에 서 있게 되었다. 질주하는 차들의 굉음이 공명되어 울려퍼지고 컴컴한 어둠이 그 굉음을 증폭시켜 전달하고 있었다. 거대한 콘크리트 구조물, 그 아래 흐르는 검은 강물. 줄기차게 따라오던 달빛도 다리 위를 비출 뿐. 그 아래는 말 그대로 어둠이었다. 발기한 말의 성기처럼 교각이 위태로워 보였다.

무섭다. 요즘 그녀는 두 마디 이상의 말은 하지 않는다. 무섭긴, 좋잖아? 내가 씩 웃었다. 그때 어둠에 익숙해진 우리 눈에 교각 사이의 절묘한 틈새가 나타났다.

이리 와봐. 그녀는 손을 잡힌 채 끌려왔다. 뭐할려구? 뭐하긴, 좀 앉았다 가자. 그녀는 잠시 저항했다. 춥잖아. 그냥 가자. 나는 말없이 그녀를 잡아끌었다. 틈새에 엉덩이를 먼저 디밀고 내가 앉았다. 그러곤 내 무르팍 위로 그녀를 앉혔다. 뭐라고 궁시렁대던 그녀는 일순간 조용해졌다. 틈새는 절묘했다. 설령 누군가 강둑을 지나간다 해도 교각의 뒤편에 이런 틈새가 있을 줄은 모를 것이고, 설령 알고 있다 하더라도 이 쌀쌀한 날씨에 두 남녀가 함께 있으리라고는 생각지 못할 것이었다.

나는 내 무릎에 앉은 그녀의 니트스웨터 아래로 손을 집어넣어 가습을 잡았다. 흡, 하고 그녀가 숨을 멈추었다. 그러곤 머리를 뒤로 한껏 젖혀 내 어깨에 기댔다. 점차 그녀의 숨이 가빠왔다. 이번엔 왼손으로 그녀의 허벅지를 만져갔다. 스커트 아래에 스타킹이 있었으나 짧았다. 스타킹이 감싸고 있는 부위를 지나 더 깊이 내 손이 들어가자 그녀가 움찔했다. 그러나 아무 말도 하지 않았다. 대신 다리를 약간 벌려 내 손이 더 잘 들어갈 수 있도록 해주었다. 내 손이 그녀의 질에 닿으려는 순간, 그녀가 별안간 몸을 일으켰다. 그녀가 몸을 일으키자 스커트로 가려진 엉덩이가 내 얼굴 바로 앞에 위치하게 되었다.

왜 일어나? 내가 짜증스럽게 묻자 옷매무새를 가다듬으며 그녀는 말했다. 여기선 싫어. 그 순간에도 그녀의 엉덩이는 내 코앞에서 흔들거리고 있었다. 나는 스커트 밑으로 손을 넣어 그녀의 엉덩이를 만지려고 시도했다. 그러자 그녀가 한 발짝 앞으로 걸어가버려 내 의도는 무산되었다.

우리 저쪽으로 가. 그녀가 열한시 방향을 가리켰다. 어디서 시공간 이동이라도 한 듯이 그쪽에는 승용차 한 대가 버려져 있었다. 폐차 비용을 아끼려고 누군가 버리고 간 차 같았다. 유리는 성했지만 여기저기 찌그러지고 녹이 슬어 있었다. 그렇지만 최소한 춥지는 않을 것 같았다.

나는 몸을 일으켜 그녀와 함께 그 차로 다가갔다. 버려진 차가 분명했다. 약 칠팔 년 전쯤에는 고급 차로 대접받았을 기종이었다. 우리는 습관적인 호기심으로 차 안을 둘러보았다. 차 속에는 주인의 흔적이 될 만한 어떤 것도 남아 있지 않았다. 우리는 마지막으로 트렁크를 열어보려고 시도하였다. 그러나 트렁크는 잠겼는지 열리지 않았다.

혹시 시체라도? 그녀가 내 팔을 잡으며 트렁크를 열려는 나를 만류했다. 차라리 시체라도 튀어나왔으면. 나는 속으로 사디즘적 쾌감을 느꼈다. 추워, 라고 말하면서 내 욕구를 잠재우던 그녀에게 가학적 충동을 느끼기 시작했다. 나는 그녀를 뿌리치고 운전석 옆에 있는 트렁크 열림 레버를 잡아당겨 트렁크를 열어보았다.

트렁크 속엔 아무것도 없었다. 텅 비어 있었다. 그 비어 있음이 야릇한 느낌을 불러일으켰다. 자궁 같은, 구멍 같은, 교각 뒤편의 틈새 같은—비어 있는 곳을 보면 채우고 싶어. 배고픔, 추위—있어야 할 것이 없을 때 충동은 '충동적'으로 발생한다. 나는 신성한 의식이라도 치르는 사람처럼 트렁크 속으로 들어갔다. 그녀는 그런 나를 보며 깔깔대고 웃었다. 뭐해, 지금? 나도 웃었다. 좋은데? 들어와봐. 싫어, 하나도 아니고 어떻게 둘이나. 그러나 그녀 역시 나와 비슷한 충동을 느꼈음에 틀림없다. 그녀는 스커트를 살짝 들어올리고 한 발을 트렁크 안으로 밀어넣었다. 하얀 다리가 멀리 주황색 가로등에 비쳐 스커트 밑의 그늘을 더욱 음습하게 만들었다. 마침내 그녀도 트렁크 속으로 들어왔다. 둘 다 다리를 뻗지 못하고 구부린 채 서로 엇갈려 포갰다. 옴짝달싹하기 힘든 상황에서 그녀가 더운 숨을 불며 내 사타구니를 움켜쥐었다. 갑자기 성욕이 머리끝까지 치솟아올랐다. 트렁크 한쪽으로 그녀를 몰아붙이며 삽입을 시도했지만 여의치 않았다.

그때 가까이서 누군가의 발소리가 들려왔다. 교각 사이로 널려 있는 철근을 밟으며 누군가 오고 있었다. 그녀와 나는 모든 동작을 멈추고 이들이 우리에게 주의를 기울이지 않고 지나치기를 기다렸다. 얼마간의 시간이 흐르자 그들은 반대편으로 사라져갔다. 다시 그녀의 입술을 탐하려 했을 때 그녀는 별안간 트렁크 안쪽의 고리를 잡아당겨 트렁크 덮개를 쾅 하고 닫아버렸다. 안 돼! 내가 소리쳤지만 이미 늦었다. 트렁크는 닫히고 절대의 어둠이 우리 사이에 끼어들었다. 바보 같으니! 팔을 뻗어봤지만 헛수고였다. 어둠 속에서 그녀의 말소리가 들려왔다. 미안해. 난 단지…… 단지 뭐? 내 다그침에 그녀는 중얼거렸다. 사람들이 또 올까봐……

우리 둘은 희극적이면서 비극적이었으며, 가장 가까워졌고 가장 멀어졌으며, 구멍을 채웠으되 구멍 밖으로 나갈 수 없게 되었다. 좀더 따뜻하고 안전하고 자극적으로 섹스를 해보겠다는 유치한 담합이 빚어낸 이 결과에 대해 누가 누구를 책망할 것인지부터가 막막했다.

우리는 갇혔다. 시간이 흐를수록 그건 점점 더 확실한 사실로 변해갔다. 발과 손, 몸으로 밀어보았지만 한때 고급 차였을 이 승용차의 트렁크 덮개는 호락호락하지 않았다. 우린 더이상의 노력을 포기하고 웅크린 상태로 침잠해 있었다.

그렇게 약 십 분쯤 지났을까. 그녀가 문득 손을 뻗어 내 성기를 다시 만지기 시작했다. 뭐하는 거야? 그녀는 아무 말 없이 나 혼자 자위할 때 하는 동작으로 내 성기를 위아래로 마찰시키기 시작했다. 그만해. 내가 차갑게 내뱉자 그녀가 수줍은 소녀처럼 말했다. 미안해서.

피식. 상황에 걸맞지 않게 웃음이 비어져나왔다. 미안하다니. 이 장면에서 미안하다니. 멀리 다리 위로 차들이 지나가는 소리가 윙하니 울려오고, 우린 번데기들처럼 이 좁은 공간에 얽혀 있고 웬 여자가 내 성기를 만지며 미안하다고 말하고 있는데 난 뿌리칠 수조차 없는데……

몇시쯤 됐을까? 아마 열한시쯤 됐을걸. 그녀가 기계적인 손동작을 멈추지 않으면서 대답한다. 지금쯤 아내는 뭘 하고 있을까. 뻐꾸기 벽시계를 쳐다보며 날 기다리고 있으리라. 그 기다림은 구원처럼 멀었다. 우린 누군가 트렁크 문을 열어주기 전까지는 나가지 못할 것이다. 어쩌면, 어쩌면 굶주림에 지쳐 이 여자와 함께 시체로 발견되거나 아니면 폐차장의 프레스 속으로 고스란히 밀려들어갈지도 모르는 것이다.

그만해. 아직도 내 성기를 만지고 있는 그녀에게 짜증을 부리자 그녀는 그만두기는커녕 더 빨리 움직이기 시작했다. 그렇지만 감각이 없었다. 내 몸이 아닌 것처럼 무감각했다. 그럴수록 그녀의 손놀림은 빨라져갔다. 아무 말 없이 이 짙은 어둠 속에서 반복되는 성희는 그로테스크한 분위기를 자아냈다. 갑자기 얼굴을 맞대고 있는 이 여자가 두려워졌다. 그 두려움은 서서히 가학으로 변질되어갔다. 놔! 나는 그녀의 손을 뿌리치고는 있는 힘을 다해 내 얼굴 쪽으로 바라보고 모로 누워 있는 그녀의 몸을 반대편으로 돌렸다. 그녀는 힘겹게 몸을 뒤채 엉덩이를 내 성기 쪽으로 돌렸다. 스커트를 들어올리고 팬티를 거칠게 끌어내리고 내 성기를 그녀의 질에 삽입하려 하였다. 그렇지만 몸을 움직일 공간이 없어서 쉽사리 삽입을 못하고 있자 그녀가 자신의 손을 가랑이 사이로 넣어 도왔다. 건조했다. 가늘게, 그녀의 떨림이 전해왔다. 그렇다. 그녀는 떨고 있었다. 떨면서, 가늘게 떨면서 그녀는 그 좁은 공간을 최대로 활용하며 엉덩이를 움직였다.

무서워? 내가 물었다.

응, 이라고 그녀가 짧게 대답하며 중얼거리기 시작했다. 그러니까 페스트 생각나. 뜬금없이 그녀가 말했다.

페스트? 엉덩이를 계속해서 움직이며 그녀는 리드미컬하게 얘기를 이어나갔다. 사람들이 왜 섹스를 하는지 알아? 그건 두려움 때문이래. 옛날 유럽에서 페스트가 돌 때, 어느 지역에서는 페스트 환자를 공동묘지에 몰아넣고 병사들이 지켰다나봐. 페스트나 학살, 둘 중의 하나에는 죽을 운명이었던 그들이 했던 게 뭔지 알아? 그들은 미친듯이 섹스를 했대. 하고 또 하고, 죽을 때까지 말야. 그때만 해도 페스트는 신이 내린 벌인 줄 알았으니 사후마저도 자포자기했을 이들이 뭘 할 수 있었겠어?

갑자기 그녀는 말이 많아졌다. 두 마디 이상은 내뱉지 않던 그녀가 이 얘기 저 얘기 주절거리는 모습은 부조리극의 한 장면 같았다.

그래도 그 사람들은 페스트라는 불가항력에 직면했다지만 우린 뭐야? 내가 딴죽을 걸었다. 사람들이 나중에 이 트렁크를 열고 우리 시체를 보면 뭐라고 할 것 같아? 웃기는 거지 뭐.

아직도 어설픈 섹스는 끝나지 않았다. 그녀의 엉덩이 놀림은 조금

씩 느려지고 있었다. 나도, 그녀도 감각이 없었다. 천천히 느려지던 엉덩이 놀림이 마침내 멈추고 내 성기는 그녀의 몸속에 잠겨 있었다. 트렁크에 갇힌 우리처럼 내 성기도 갇혀버렸다. 자신이 발생한 곳에서.

근데 어쩌지? 그녀가 풋 하고 웃었다. 뭘? 예기치 않은 웃음에 의아해하며 묻자 그녀가 장난기어린 목소리로 뇌까린다. 나 오늘 위험해. 배란기거든.

아직도 농담할 여력이 남아 있나보지? 내가 시큰둥하게 대꾸하자 그녀는 여전히 장난기 섞인 어조로 되받았다. 재밌잖아, 죽기 직전에 임신하다. 기발하잖아. 정말루 그랬음 좋겠어. 형을 한 번에 둘이나 죽이게 되는 거잖아. 형하고 형 자식.

그 순간 혹시 그녀가 일부러 트렁크 덮개를 닫아버린 건 아닐까, 하는 의심이 들었다.

지난달 어느 날, 늦은 퇴근으로 휘적거리며 걸어들어가는 아파트 단지 어귀 노인정 앞 벤치에서 낯익은 그림자가 어둠을 비집고 움직였다.

나야.

그녀의 집은 서울, 내 아파트는 서울에서 한 시간은 족히 가야 닿을 수 있는 해안도시. 그래서 그녀의 출현은 놀라웠다.

웬일이야?

그녀는 그저 피식 웃었을 뿐인데 내 머릿속에는 다른 계산이 돌아갔다.

무슨 일 있어? 라고 묻는 내 싸늘한 어투 밑바닥엔 두어 달 전 그녀와 섞여 뒹굴던 한 여관방에 대한 찝찝한 기억이 자리하고 있었다. 내 불안 섞인 낭패감을 짐작한 듯 그녀는 고개를 흔들었다.

아무 일 없어. 그냥 보고 싶어서 왔어. 어디 가서 술이나 한잔해.

맥주 세 병, 오징어 한 마리. 그리고 섹스. 시간은 그렇게 흘러갔다. 콘돔 하나 주세요. 막간을 이용해 여관 종업원은 피임기구를 가져다주었고 그녀는 피식 웃었다. 걱정돼? 내 위에서 거친 숨을 몰아쉬며 내게 물었다. 나는 최대한 솔직해 보이는 표정을 지어가며 고개를 끄덕였다. 그러자 그녀는 오른손으로 긴 앞머리를 쓸어넘기더니 내 옆자리로 털썩 떨어져나가 드러누웠다.

형은 걱정할 사람이 아니잖아.

그래, 걱정이라기보다 귀찮을 따름이야. 쓸데없는 일에 말려드는 게. 설마 이런 짧은 쾌락의 대가로 그런 부담을 당연히 져야 한다고 말하고 싶은 건 아니겠지?

그녀는 짧은 숨을 내쉬곤 혼잣말처럼 중얼거렸다.

남자로 태어났으면.

그녀는 벗은 몸을 일으켜 내게 등을 돌린 채 침대에 걸터앉았다. 스탠드 아래 놓인 박하향 담배에 불을 붙여 물었다.

가끔 생각해. 나 혼자 병원을 찾아 들어가던 장면, 포르말린 냄새. 하나, 둘, 셋, 숫자를 세는 동안 가물가물해져가던 의식. 마취에서 깨어나면서 묵지근하고 예리하게 뒤틀려오던 아랫배의 통증. 가위로 잘게 잘려나간 내 분신은 어디로 갔을까. 병원 옥상에서 무말랭이처럼 말려지고 있겠지.

그쯤 해둬.

그녀는 길게 연기를 뿜어내고는 담배를 비벼껐다. 파르르 재떨이 속의 불꽃이 사그라질 때, 나는 잠시 거세를 꿈꾸었다. 거세까지는 아니더라도 정관수술쯤은, 이라고 타협도 잠시 꿈꾸었다. 하나, 둘, 셋. 벌써 세번째 생명을 떨궜다.

아무 생각 하지 마. 다시 그녀가 몸을 붙여왔다. 다리를 벌리며 내 배 위로 올라왔다. 발기하지 않을 것이라는 내 예감을 배반하는 둔중한 일어섬. 그리고 삽입. 그녀는 격렬하게 움직였고 그에 따라 긴 머리가 출렁이며 내 눈을 찔렀다. 죽음의 본능이 지배하는 섹스였다. 어느 때부터인가 그녀의 손이 내 목을 조르고 있었다.

그날처럼 그녀는 다시 내 목을 조르고 있는 것이다. 이번에는 이 좁은 트렁크, 내가 도저히 도망할 수 없는 곳에서.

형은 언젠가 날더러 신파라고 했지? 그녀가 도전적으로 물었고 난 대답하지 않았다. 그래, 맞아. 난 신파야. 그럼 형은 뭔지 알아? 형은 신파극으로 돈을 버는 극장 주인이야.

그럼 배우는 누구야?

나, 그리고 형 마누라. 주연은 형이지. 형은 극장으로 돈도 벌고 주연이 되어 군림하기도 했지. 왜? 기분 나빠? 그럼 신파배우하고 연기하면서 형 자신은 컬트무비라도 찍는 줄 알았나보네?

그래, 그렇다고 해두지.

성현이랑은 행복해?

갑자기 튀어나온 아내의 이름. 문득 낯설었다. 그러고 보니 아내를 알게 된 것도 바로 이 여자, 가희 때문이었다.

희뿌연 담배연기가 가득찬 학교 앞 소줏집이었다. 그날 가희에게 묻어온 여자가 하나 있었다. 고등학교 동창이라고 했다. 짧은 커트에 단정한 옷차림. 마치 학생과에 불려온 고등학생처럼 조용히 앉아 좌중에 스며들지 못하고 있던……

전에 얘기했었지? 그날 가희가 야릇한 미소를 띠며 내게 말했다.

글쎄.

왜 있잖아. 형의 본질에 부합하는 친구가 하나 있다고.

그랬나? 내 본질이 뭔데? 나도 모르는데 네가 알아?

나야 알지. 가희가 가늘게 웃었다. 그때까지 성현은 가희 옆에서 조용히 소주잔만 바라보고 있었다. 내 본질? 가희의 공격에 난 당황했다. 그 스멀거리는 느낌이 불쾌했다.

본질이라기보다는 실존이겠지.

그거나 그거나. 형은 실존이랄 게 따로 없잖아.

그로부터 석 달 후 지금의 아내와 나는 지리산을 등반했고, 하산한 날 진주의 어느 여인숙에서 함께 잤다. 그날, 아내와의 첫 정사 때, 가희를 생각했다. '형은 실존이랄 게 따로 없잖아'라고 비웃던 가희의 말이 머릿속에서 끊임없이 쟁쟁거리며 맴돌았다.

자? 다시 트렁크 속에서 가희의 목소리가 들려온다.

아니.

행복하냐니까?

글쎄.

아내의 모습이 잠시 떠올랐다가 사라졌다. 이상하게 아내를 떠올리면 선명하지가 않다. 매일 얼굴을 보는 사람인데 연상이 되질 않는 묘한 여자가 내 아내 성현이었다.

허리가 아파왔다. 엉성한 자세로 누워 있는 터에 다리조차 펼 수 없는 상태. 허리뿐 아니라 온몸이 쑤셔오기 시작했다.

그나마 다행이네.

뭐가?

날이 추워서 말이야. 이렇게 딱 붙어 있는데 날마저 더웠어봐. 나라는 존재가 얼마나 증오스럽겠어?

하긴.

신영복 선생의 『감옥으로부터의 사색』이 생각나는군. 차라리 날씨가 추워지기를 바랐다는 구절 말야. 날씨가 더워지면 함께 있는 이들의 존재를 증오하게 되어서 자신은 차라리 날씨가 추워졌으면 하고 바랐다잖아.

그분은 그래도 그런 글이라도 쓸 수 있었지. 우린 뭐지? 그녀가 깔깔거렸다.

우린 몸으로 말할 수밖에 없는 처지가 됐잖아. 그치만 이 상태로 우린 뭘 말할 수 있지? 형은 바지를 반쯤 까내리고 난 스커트를 들어올리고 팬티를 내린 채로 서로 붙어 있으니……

그녀의 말을 들으니 그도 그렇겠다 싶어 그녀의 질에서 내 성기를 빼내었다. 그러자 그녀는 내가 바지를 추켜올리지 못하도록 엉덩이를 뒤로 밀어 나를 트렁크 한쪽으로 몰아붙였다.

왜 이래?

우습잖아. 형 하는 행동이…… 죽은 뒤의 명예가 그렇게 소중한가? 그래, 원래 형은 웃기는 사람이었어. 이런 순간에도 신영복 선생의 『감옥으로부터의 사색』을 이야기하고, 그러다 문득 자신의 이미지를 생각하고…… 형은 형 주위의 모든 것, 모든 텍스트로 자신을 포장하는 절묘한 재주를 가지고 있거든.

이미지는 중요한 거야. 실체보다 이미지가 더 실제적이라는 말도 못 들어봤어?

그거야 살아 있을 때 얘기지. 형 자신이 죽는데 이미지든 실체든 무슨 말라비틀어진 무말랭이야?

내겐 중요해. 설령 죽었더라도 말야. 내가 죽어도 내 아내는 살아야 될 거 아냐? 난 이런 모습을 그녀에게 보여줄 수 없단 말야.

가희가 침묵했다. 그녀의 침묵이 불러일으킨 적막감이 크게 메아리쳤다.

가희와 성현은 여러모로 대조적인 여자였다. 가희는 내 아이를 셋이나 뗐다. 그러나 그녀는 한 번도 내게 책임, 을 묻지 않았다. 그녀는 내가 원한다면 뭐든 해주려는 여자였다. 그녀가 그럴수록 난 그녀에게 가혹해졌다.

지리산 잘 다녀왔어? 아내와 첫 정사를 치렀던 지리산 산행에 대해 그녀가 물었을 때, 난 서슴없이 대답했었다.

좋았어.

잤어?

응.

성현이 어때?

좋은 여잔 것 같아.

그런 거 말고.

처음이라더군.

그럴 줄 알았어. 그래도 다행이네. 그게 형이어서.

누구에게 다행이라는 거야?

글쎄.

난 더이상 묻지 않았다. 가희는 그런 여자였다. 아내가 상수도라면 그녀는 하수도였다. 아내가 내게 깨끗한 물을 제공해주는 존재라면 가희는 그 물이 거쳐 내려가는 배출구였다. 누구도 하수구엔 관심이 없다. 막히기 전까지는 말이다.

아내는 하수도의 존재에 대해 알지 못했다. 그녀는 자신이 상수도이자 하수도인 줄 알고 있었고, 그런 만큼 인생에 대해 무지했다.

난 형이 왜 성현이와 결혼했는지 알아. 긴 침묵을 깨고 가희가 말했다.

글쎄.

형은 성현이를 형이 피우는 담배 한 개비보다도 사랑하지 않아. 난 알아. 성현이는 형이 꿈꾸는 자화상일 따름이야. 정갈하고 상처 입지 않은 백색의 대지. 가슴이 뛰었겠지. 처음 도화지에 수채화 물감을 칠하던 백일장의 느낌. 게다가 형은 충분히 멋진 그림을 그릴 수 있는 사람인 건 틀림없었고 형 자신도 그 사실을 잘 알고 있었을 테고. 게다가 형에겐 나란 여자가 있었어. 성현이가 수채화라면 난 실패한 유화쯤 될까? 수없이 덧칠해도 상관없는…… 아니 팔레트가 더 낫겠네. 형 내부에 숨어 있는 더러운, 아니 형이 싫어하는 모습들은 나라는 출구를 가지고 있었던 거지. 그러면서 조심스럽게 성현이를 통해 자신의 자화상을 그려가고 있었던 거지. 아니었던가?

그래서?

그냥 그렇다는 거지. 불만 따위가 있었던 건 아니야. 그렇다고 내가 형과의 섹스에만 탐닉했다고는 생각하지 말아줘. 섹스로만 따진다면 형은 중간쯤…… 본래 형 같은 자아도취형 인간들은 섹스를 잘 못하는 법이래. 피곤한 스타일이지. 그들은 섹스에 몰입하지 못하고 사정하는 순간까지도 이, 미, 지, 를 고민하지. 그러면서 쉬지 않고 물어보지. 좋아? 그러면서 자신은 배려, 하고 있다고 생각하며 그런 스스로에게 만족하는 거지. 차라리 자위를 하는 게 낫지 않을까? 그런 인간들이 창녀에게 가면 갑자기 휴머니스트가 되지. 몇 살이냐, 힘들지 않느냐, 고향이 어디냐……

그렇다면 섹스에만 몰입하는 인간이 있을 수 있다는 거야? 이렇게 세상 모든 것이 이미지로 둘러싸여 있고, 우리가 취하는 하나하나의 행동이 우리가 어디선가 보았던 어떤 이미지나 실체의 복제물에 불과한 이 시대에 순수한 자연인 두 사람의 아무런 연상 없는 그런 죽음 같은 섹스가 가능하다는 거야?

없지. 그렇지만 적어도 형 정도는 아니야. 차라리 마돈나 미야자와 리에를 떠올리며 섹스하는 친구들은 순진하지. 그들은 배 밑에 깔린 여자를 그 마돈나라는 기호의 복제품으로 생각할지 모르지만 형은 형 배 밑에 깔린 여자를 복제품으로도 생각하지 않아. 그렇지? 그 여자는 단지 형의 전도된 이미지야. 대단해. 존경해. 세상 어디에든 자신의 복제품을 생산할 수 있는 위대한 나르시시스트가 바로 형이야. 난 그래서 성현이를 부러워하지 않았지. 걔도 불쌍한 애거든.

성현이는 불행하지 않아. 난 최선을 다했으니까. 그녀에겐 한 번도 상처를 준 적이 없어. 결혼 전에는 늘 세심하게 피임에 신경을 썼고 결혼 뒤에도 너를 제외하곤 누구와도 섹스를 하지 않았어. 너마저도 일 년에 두세 번밖에는 본 적이 없었지. 내 과거는 모두 삭제했어. 사진, 파일, 일기. 그건 내게 무척 힘든 일이라는 걸 너도 잘 알 거야. 네 말마따나 나 같은 나르시시스트가 자신의 산물들을 폐기한다는 건 결코 쉬운 일이 아니었어. 그렇다면 내 나르시시즘이 죄악인가? 그것으로 인해 성현이가 행복한데 내가 내 나르시시즘에 대해 반성문을 쓰고 그녀에게 진실을 알리는 게 정당하다는 거야? 자기 친구인 가희에게 세 번이나 임신을 시키고 지금도 이렇게 바지를 까내린 채 그 여자의 엉덩이에 살을 붙이고 있다는 사실을 알려야 되는 거야?

아니, 그렇지만 불쌍한 건 불쌍한 거야, 껍데기와 산다는 건. 그리고 자신은 그 껍데기의 복제품이 되어간다는 것. 형의 거울로서 존재한다는 것…… 백설공주 얘기 알지? 나르시시즘에 대한 메타포잖아. 마녀는, 아니 그녀는 마녀가 아닐는지도 몰라. 정말 예쁜 여자였을 수도 있지. 그 여자의 거울은 말을 하지. 그건 거울이 아니었을 수도 있어. 아마 남자였을 수도 있을 거야. 그다지 매력적이지는 않았을 거야. 자아도취의 반영물이 꼭 매력 있을 필요는 없으니까. 여하튼 그 여자는 마법의 성에서 자신의 아름다움에 도취되어 살았지. 거울아, 거울아, 누가 제일 예쁘니? 그런데 어느 날 백설공주가 나타난 거지. 그녀가 하얗다는 걸 주목해. 이 대목에서 갑자기 성현이가 생각나네. 그리고 일곱 난쟁이가 등장하지. 난쟁이는 정말로 키가 작은 인간을 말하는 게 아니고 평민 또는 도둑을 상징한다고 어느 서양 사람이 그러더라. 중세의 종교화를 생각해봐. 교황은 집채만하고 왕은 그 기둥만하고 제후는 그냥 사람만하잖아. 그러니 평민이야 난쟁이가 될 수밖에…… 여하튼 백설공주가 나타나자 마녀의 거울은 변했어. 이제 백설공주가 더 예쁘다고 말하는 거지. 역시 그 거울은 남자였을 가능성이 크지? 나르시시즘의 충실한 반영물이 사라졌을 때 인간들은 가장 흥분하거든. 회사가 도산했을 때 사장들이 왜 자살하는 줄 알아? 그 회사는 그의 자아의 확장물이기 때문이야. 그 회사가 곧 자신의 이름이고 얼굴이고 가장 아름다운 마스크인데 그게 깨진 거지. 그럴 때 사람들은 가장 큰 아픔을 맛보지. 우리의 마녀도 예외는 아니었어. 백설공주를 죽이기 위해 빨간 사과, 다시 색에 주의해, 그 사과를 먹게 만들지. 하아얀 공주가 빠알간 사과를 먹고 쓰러지지. 마녀가 공주를 죽이는 방법이 먹, 이, 는, 방식이라는 것도 중요해. 성적인 뉘앙스가 분명하잖아? 광고에서 자주 쓰이는 빨간 사과, 이 섹슈얼한 상징물을 공주가 먹도록 만든다—하얀 공주에게 빨간 성을 집어넣어 파멸시킨다―재밌는 상징 아니야? 그 마녀가 가지고 있지 못한 유일한 것―백설이 상징하는 순결성 아니겠어? 그걸 파멸시킨 거야.

그래서, 하고 싶은 얘기가 뭐야?

모든 나르시시즘은 파멸의 길로 간다는 거지.

권선징악적 고대설화에 언제부터 그렇게 공감을 했지? 할리우드 영화에도 많은 공감을 하겠구먼. 내가 비아냥거렸다. 그렇지만 그녀는 벌써 충분히 내 내부를 균열시키고 있었다. 서서히 나는 화가 나기 시작했다.

형은 그 마녀야. 그리고 성현이는 형의 말하는 거울이고.

그럼 너는? 백설공주냐?

그렇지. 일곱 난쟁이를 데리고 천천히 마법의 성을 향해 진군하고 있지.

왜? 복수 때문에?

형은 내게 많은 고통을 주었지. 그래. 솔직하게 말하자면 고통스러웠어. 그렇지만 원한을 가진 적은 없어. 난 원한을 가질 이유가 없어. 난 형을 만나지 않으려면 얼마든지 그럴 수 있었거든. 내가 원하지 않았던 만남은 없었어. 형은 날 강간하려고 한 적도 없었잖아? 이제 다시 동화로 돌아가지. 백설공주는 마녀를 파멸시키려 한 적이 없어. 마녀는 스스로 파멸하지.

난 널 파멸시키려 한 적이 없어.

내가 항변하자 그녀가 쓸쓸하게 웃었다.

내 나이 스물두 살 때 아주 멋진 사과를 봤어. 빨간, 아주 빨간 사과였지. 난 배가 고팠고 신 게 먹고 싶었고 무엇보다 친절하게 그걸 내게 주려던 사람이 있었어. 독이 든 사과인지도 모르고.

짧은, 그러나 막막한 침묵. 비유는 참으로 위험하다는 생각.

아주 오랜만에, 아니 처음으로 너와 긴 이야기를 나누는구나.

맞아. 우린 오랫동안 만나왔지만 한 번도 이런 대화를 나눈 적이 없어. 술을 마시고 잠을 자고 아침이 되면 헤어지고…… 마지막이 되어서야 이렇게 진지해지는구나.

마지막이라고 말하지 마. 난 나가고 말 거야.

우리 사이에 한 번도 자리하지 않았던 진지함이라는 이물질이 트렁크 속의 산소를 줄여나가는 느낌이었다. 난 좀더 절박해졌다. 다시 한번 무르팍으로 트렁크 덮개를 밀어보았으나 꿈쩍도 하지 않았다. 발로 차기에는 너무 공간이 협소했다. 다시 무릎과 손으로 들어 올리려 해보았지만 소용없었다.

그러지 말고 너도 좀 도와봐.

별로 살아서 나가고 싶지 않네, 나는.

그녀가 다시 웃었다. 짙은 허무가 연기처럼 트렁크 속을 퍼져나가는 듯한 느낌. 그런 식으로 이 좁은 공간에는 우리 둘의 삶과 죽음, 그 사이의 궤적들이 모두 엉켜 있었다.

비가 와. 그녀의 말대로 트렁크 덮개 위로 빗방울이 떨어지는 소리가 들리기 시작했다. 후드득, 후드득. 11월의 강변에 비마저 온다면 최악의 상황이었다. 비는 밤새 그치지 않고 계속되었고 그다음날도 빗방울의 크기만 달리한 채 비가 내렸다.

잠결에 노랫소리가 들렸다. 몸의 대부분은 이미 감각을 상실했다. 팔다리 모두 피가 잘 통하지 않아 감각이 없어졌다. 마치 사지가 잘린 사람이 된 것 같았다. 그럴수록 청각은 더욱 예민해져갔다.

무슨 노래야, 재즈 같은데?

I'm a fool to want you. 뜻은 알지? 어느 날 대학로에 들렀더니 박성현이 이 노래를 부르더라구. 가슴이 시렸어. 정말 가슴이 시리더라.

역시 넌 신파야.

신파지만 진실이야. 하지만 비록 신파처럼 살았을지언정 죽을 땐 이렇게 컬트로 죽잖아. 비 오는 다리 밑의 트렁크에서 아랫도리가 벗겨진 유부남과 시체로 발견되는…… 이럴 줄 알았으면 옷도 좀 신경써서 입고 올 걸 그랬어.

그녀는 이상하게 차분했다. 시간이 갈수록 난 초조해져가는 반면에 그녀는 느긋해져갔다. 처음 갇혔을 때 그녀의 어깨에서 느껴지던 가는 떨림은 언제부터인가 사라졌다. 가희는 마치 이런 사태를 기다려왔다는 듯이 행동하고 있었다. 게다가 그녀는 말이 많아졌고 하는 말 하나하나에 그럴듯한 재치를 담아 허무를 포장할 줄도 알았다.

네가 이렇게 말을 잘하는 줄 몰랐는데. 솔직히 말하면 난 네가 상상력이라고는 눈곱만큼도 없는 여잔 줄 알았는데.

형이 날 그렇게 만들었을 따름이지. 형을 만나지 않을 때면 난 언제나 재치가 넘치고 유머도 있었거든. 그런데 형만 만나면 말이 안 돼. 아니, 별로 하고 싶지 않았고, 그건 형이 내게 요구하는 방식이지 않았나? 신파, 신파—신파극의 배우가 할 수 있는 대사와 발성은 제한돼 있잖아.

하루, 이틀, 사흘이 지났다. 이제 우린 더이상 말하지 않는다. 말할 기력도 점차 잃어갔고 할말도 없었다. 계속 잠이 들었고 그러다 깨어나면 살아 있는지도 알 길이 없었다. 온몸의 감각이 사라져갔기 때문이었다. 시시각각 죽음의 공포가 밀려왔다. 살아오는 동안 꿈꾸어왔던 많은 일들이 떠올랐다. 그 와중에 다시 아내의 모습이 떠올랐다. 아내는 지금쯤 실종신고를 냈을까? 어쩌면 가희의 실종까지 그녀에게 알려졌을지도 몰라. 눈물이 한 방울 흘렀다. 폭발할 것처럼 가슴이 답답해졌다. 나가야 돼. 나가야 돼. 나가서 그녀에게 알려야 돼. 아무 일 없었다고…… 단지 여행을 좀 다녀왔을 뿐이라고. 나가야 돼. 나가야 돼. 아내를 만나야 돼. 아내는 미친듯이 울고 있을 것이다. 한 번도 경험하지 못한 나의 실종 때문에 그녀는 반실성 상태일 것이다. 아, 그러고 보면 그녀는 얼마나 아름다웠나. 지리산 장터목 산장에서 새벽밥을 짓던 그녀는 지리산 안개의 현신 같지 않았던가. 내가 아내를 사랑하지 않는다고? 그건 거짓이다. 그녀가 나의 전도된 이미지이든 복제이든 아니면 거울이든 그녀는 소중해. 장모는 아마도 우리 아파트에 와 계실 것이고 어머니도 그럴 것이다. 모두들 그녀를 위로하고 있을 것이다. 상상이 거기까지 이르자 곁에서 불편한 자세로 잠든 가희에게 불같은 증오가 솟구쳤다. 다 이 여자 때문이다. 나를 나르시시스트로 계속 살아갈 수 있도록 만들었던 것도 이 여자다. 내 더러운 욕망의 배출구를 자청하여 끊임없이 나를 분열시킨 것도 바로 이 여자다. 그리고 이렇게 폐차의 트렁크 속으로 나를 몰아넣은 것도 바로 이 여자, 존재 자체다. 그래, 난 나르시시스트라고 해두자. 넌 백설공주라고 해두자. 드디어 파멸을 준비해 두었구나. 아니다. 넌 백설공주가 아니다. 너 카르멘이여.

나는 몸을 부르르 떨었다. 허리를 들어올려 오른팔을 자유롭게 하였다. 이윽고 오른팔이 격심하게 저려오면서 감각을 회복하기 시작했다. 다시 왼손의 감각을 회복했다. 그러곤 천천히 잠든 그녀의 목을 힘겹게 조르기 시작했다. 감각을 상실했음에 틀림없는 그녀의 팔다리는 그녀의 뜻대로 움직이지 않았다. 캄캄한 어둠 덕에 그녀의 고통스러운 얼굴 표정은 보이지 않았다. 어둠이다. 죽음이다. 파멸이다. 끝이다. 죽어라, 카르멘이여. 너 요부여.

그녀가 힘겹게 몸을 뒤채 내 쪽으로 돌아누웠다. 그러면서 무르팍으로 내 사타구니를 내질렀다. 그 순간 번쩍 정신이 들었다. 손에 힘을 풀자 그녀가 캑캑거리며 숨을 내뱉었다. 한참을 그러던 그녀가 씹듯이 말했다.

비겁한 자식. 그래, 죽여라. 그렇지만 마지막으로 한 가지 얘기해둘 게 있어. 네 거울은 깨졌어. 병신 같은 나르시시스트. 수선화로 다시 피어나려무나. 넌 네 마누라가 그래도 널 사랑하는 줄 알고 있겠지? 천만에. 그리고 성현이와의 첫 정사로 성현이가 자기 처녀성을 바친 줄 알고 있겠지. 바치다, 또 신파군. 그래 좋아.

그녀의 목소리는 어느 먼 곳에서 들려오는 확성기 소리 같았다.

지직거리면서 분명하게 들려오지 않는 민방위 소집 안내문 같은.

성현이는 다 알고 있어. 형과 내가 그렇고 그런 관계라는 거. 그렇지만 걱정하지 마. 성현이가 개의하는 건 형이 아니고 나야. 고등학교 일학년 때였어. 나와 성현이는 독서실을 나와 아파트 놀이터 벤치에 앉아 있었어. 사춘기 소녀답게 우리 중에서 누가 데미안이고 싱클레어인지 가늠하는 형이상학에 취해 있었지. 그때, 상투적으로, 그래, 형이 잘 쓰는 표현처럼, 신파적으로 괴한들이 나타났어. 우린 머리채를 잡힌 채 강변으로 끌려갔고 차례차례 강간당했어. 아직도 신파 같겠지? 그날 이후, 우린 변했어.

가희가 숨을 몰아쉬었다. 점점 공기가 부족해져가는 탓인지 아니면 가희가 토해내는 두 여자의 개인사가 버거웠던 탓인지 내 호흡도 고르지 못했다. 그리고 그 순간에도 둘 중에서 누가 데미안이었을까를 잠깐 생각하기도 했다.

변하긴 했지만 조금 다르게 변했지. 싱크대 같은 세상에서 나는 퐁퐁 거품처럼 가벼워졌고 성현이는 버려진 밥알처럼 무거워졌어. 데미안과 싱클레어? 그 미숙한 관념들은 우리 둘의 세계로부터 가출해버렸어. 그렇지만 공통점도 생겼어. 가볍든 무겁든 결국 싱크대 속에서 부대끼는 처지 아냐? 우린, 남자가 싫어졌어. 여자에겐 이분법이 없어. 형처럼 남자들은 쉽게 요부와 정숙한 여자로 세상 여자들을 이분하고 그 속에서 마음 편하게 정액을 배출하고 꽃을 선물하면서 살아가지만 여잔 안 그래. 그러던 어느 날이었어. 성현이가 우리집에서 자고 가던 날이었어. 그날 이상하게 그 친구 가슴이 만지고 싶었어. 그러자 오줌이 마려웠어. 배도 만지고 등도 더듬었지. 성현이는 가만히 있더군. 그런데 숨소리가 점점 거칠어지는 거야. 그때야 나는 그 친구가 자고 있지 않다는 걸 알았어. 갑자기 성현이가 눈물을 흘리면서 날 껴안았지. 입을 맞추었고 우린 옷을 모두 벗어던졌어. 그날 우리는 밤새도록 사랑에 대해 이야기했어. 죄책감? 그런 건 없었어. 너무 느낌이 좋았을 따름이야. 그때 우리에게 남자와 관계되는 건 모두 강간으로 이루어진 세계로 보였으니까.

그런데 왜 성현이는 나랑 결혼한 거야?

문제가 생겼어. 대학에 와서 내가 형을 좋아하게 된 거야. 형을 보면서 난 강간으로 이루어진 세계가 아닌 다른 가능성을 느꼈던 거지. 그걸 성현이가 알게 되었고, 형이랑 결혼해버린 거야. 우리에겐 형 같은 나르시시스트가 필요했던지도 몰라. 최소한 형은 강간은 안 하잖아. 난 성현이가 좋았지만, 형이랑 자는 것도 싫지 않았어. 아니, 때로는 좋았다고 할 수도 있어. 성현이는 어땠는지 모르지……

그녀는 계속 주절주절 떠들었지만 나는 더이상 그녀의 말을 듣고 있지 않았다. 가희가 처음 아내를 데리고 소굿집에 나타나던 모습이 떠올랐다. 아내는 가희가 내게 자신을 소개할 때, 다소곳이 소주잔만 들여다보고 있었다. 정숙의 표정이라 생각했던 것은 질투였고, 순진함은 전략일 따름이었다. 나는 아내와 가희를 만나고 가희는 나와 아내를 만나고 아내는 가희와 나를 만난 것이다. 다시 희극이다. 모차르트다. 돈 조반니를 부르는 지옥의 목소리가 들려온다. 거대한 말이 무대를 뚫고 돈 조반니에게 달려온다. 내 거울은 나를 속였다.

진정한 거울은 나와 함께 이 트렁크에서 굶어죽어가고 있다. 아니다. 모든 거울은 거짓이다. 굴절이다. 왜곡이다. 아니, 투명하다. 아무것도 반사하지 않는다. 거울은 없다.

호출

1. 호출하는 자

호출을 해봐?

나는 수화기를 들었다가, 그러곤 몇 개쯤 버튼을 누르다가 다시 수화기를 내려놓았다. 지금은 좀 곤란하다. 아마도 지금쯤이면 그녀는 잠들어 있을 테고 그러니 내 호출을 그리 달가워하지 않을 것이다.

아무리 생각해봐도 어제의 내 행동은 나답지 않은 일이었다. 그래서인지 아직도 그 장면만 떠올리면 가슴이 두근거린다. 스물여덟 해가 지나는 동안 나는 한 번도 그런 일을 해본 적이 없었던 것이다. 늘주저주저하다가 결국 마지막 순간에 돌아서버리고 말았을 뿐.

문득, 수지를 생각한다. 석 달 전, 그녀는 유학을 가겠노라고 했다. 아니, 집에서 보내주시겠대? 라고 놀라는 나를 그녀는 퍽 곤혹스런 표정으로 바라보았다. 물론 혼자서는 안 가죠. 그때까지도 나는 그 정확한 문맥을 잡지 못하고 있었다. 도대체 무슨 소리야? 나는 약간의 짜증을 섞어 그녀를 다그쳤다. 그렇게도 말귀를 못 알아들어요? 그녀는 곁에 놓여 있던 핸드백을 집어들며 잘라 말했다. 오빠와 헤어지고 다른 남자랑 결혼해서 유학 간다는 말이에요. 이제 알아들으시겠어요? 나는 고개를 끄덕이며 수긍했다. 그러고는 일어서려는 그녀의 핸드백을 잡으며 말했다. 공부 열심히 해. 그녀는 한심하다는 듯이 픽 웃었다. 그랬다. 그건 내가 생각해도 어처구니없는 작별인사였다.

그녀가 떠난 커피집에 앉아 있으면서도 나는 그 작별인사 때문에 얼굴이 화끈거리는 통에 실연했다는 실감조차 느낄 수 없었다. 그러고는 한참을 생각했다. 내가 뭘 잘못했지? 그리고 그녀는 왜 그렇게 당당하지? 이 년을 사귀어온 나와 헤어지고 다른 남자와 덜컥 결혼해서 유학을 가겠다는 여자가 어떻게 저럴 수 있나? 그때 나는 조금 화가 나기도 했던 것 같다.

따져보면, 나는 뭔가를 착각하고 있었던 것이다. 연애라는 건 누군가의 잘못으로 깨어지거나 하는 것이 아니었다. 깨질 만하니까 깨지는 것이 연애가 아니었던가. 그런데도 그때의 나는 내 잘못이 과연 무엇일까에 대해서만 심각하게 고민하고 있었던 것이다. 설혹 잘못이랄 게 있다면, 하루에 꼬박 두 편씩의 비디오를 보는 것과, 그녀에게 늘 싸구려 귀고리를 사준다는 것과, 이력서나 자기소개서 따위를 전혀 쓰지 못해봤다는 것과 관련이 있을 게다. 아무려나, 그녀는 떠났다. 지금쯤 보스턴의 어느 슈퍼마켓 앞에 일제 승용차를 주차시켜놓고 남편과 함께 한 아름의 냉동식품을 사며 행복해하고 있을 것이다. 물론 수지의 남편도 행복에 겨워하고 있을 것이다. 수지는 자신의 감정을 감출 줄 아는 여자이므로.

공부 열심히 해. 나는 이 말을 만회하기 위하여 결혼식장에 가볼까도 생각해보았다. 신부 대기실로 찾아가 친구들에게 둘러싸여 있을 그녀에게 다가가서 멋진 말을 해주는 상상을 나는 수십 번도 더 해보았다. 상상, 그것만이 내가 할 수 있는 가장 그럴듯한 복수였고 오락이었다. 내가 생각해낸 가장 멋진 말은, 지나는 길에 들러봤어, 였다. 아무렇지도 않다는 표정으로 씩 웃으며 그녀의 귀에 대고 속삭이는 나를 상상하고 나면 저절로 기분이 유쾌해졌다. 그녀는 뭔가 심각한 말이 나올 줄 알고 긴장하고 있다가 쿡 하고 웃음을 터뜨릴 것이다.

식이 끝나고, 신랑 신부 친구분들 나오세요, 라고 사진사가 외치면 신랑 친구들 사이에 끼어 사진을 찍는 것이 그 상상의 마지막 단계였다. 결혼식이 끝나고 앨범이 만들어지면 그녀는 남편과 함께 내 사진을 보면서 야릇한 흥분을 느낄지도 모르는 일이 아닌가.

그러나, 결국 나는 결혼식장에 가지 않았다. 대신 그날, 〈네 번의 결혼식과 한 번의 장례식〉이라는 코미디물을 빌려다 보았을 뿐이다. 나는 비디오 속에서 결혼식에 네 번 참석했고 장례식에 한 번 참석했다. 볼 때는 즐겁게 보았으나 스토리는 기억나지 않는다. 그뿐이다. 나는 언제나 그런 식이었다.

그래도 다시 한번 호출을 해볼까?

나는 다시 전화기를 만지작거리기 시작한다. 그러자 어제의 그녀 모습이 다시 선연하게 떠오른다.

오후 세시경, 충무로역이었다. 나는, 전동차가 곧 도착할 예정이오니 승객 여러분은 모두 안전선 밖으로 한 걸음 물러나달라는, 그노란 안전선을 따라 걷고 있었다. 나는 안전할 수도 있었고 안전하지 않을 수도 있었다. 나는 그런 경계가 좋다. 내가 가장 즐기는 경계는 현실과 상상 사이의 경계다. 나는 가끔 현실을 상상이라 생각하기도 하고 상상을 현실이라 믿고 살기도 한다. 그렇다 해도 그 혼동이 심각한 문제를 야기한 적은 없었다. 마치 영화를 보듯, 나는 내가 구성한 그 상상의 세계를 제한된 시간 동안 탐험한다.

그 경계를 따라 걷다가 그녀를 만났다. 그녀는 나처럼 위험한 경계 위에 서 있지 않았고 안전한 벽에 기대어 있었다. 부분적으로 갈색인 생머리가 어깨를 덮고 있었고 엉덩이까지 내려오는 풍성한 니트스웨터는 갸름한 얼굴에 썩 잘 어울렸고 끝단이 찢어진 청바지는 바닥에 끌릴 정도로 길어 약간의 퇴폐미를 얹어주었다. 그러나 그무엇보다 나를 매료시킨 것은, 바로 그녀의 자세였다. 그녀는 벽에 등을 대고 두 다리 중 한 다리는 곧게 펴고 나머지 다리는 약간 구부린 채 두 손은 청바지 주머니에 꽂고 있었다. 이것만으로 그녀의 모습을 모두 표현할 수는 없다. 그 순간의 그녀는 자신이 어떻게 서 있어야 가장 아름다울 수 있는지 명확히 아는 사람의 자세를 취하고 있었다. 아마도 그녀의 방에는 전신거울이 놓여 있을 것이었다. 수없이 자신의 모습을 비춰본 사람만이 저런 자세를 구현할 수 있으리라고 나는 생각하기 때문이다. 나는 나체가 된 그녀가 자신의 모습을 들여다보는 상상을 해보았다. 옷을 모두 벗어버린 그녀가 서서히 걸어와 거울 앞에 선다. 바로 저 자세로 서서 워크맨으로 음악을 들으며 부드럽게 몸을 움직이는 장면을. 그리고 음악은 슈베르트의 〈죽음과 소녀〉가 좋을 것이다. 나체와 죽음, 그 조화가 마음에 들었다. 나체와 죽음의 공통점은 드러낸다는 것에 있다. 더이상 숨길 수 없다는 것. 나체는 평소에는 옷 속에 감추어져 있던 인간의 원형을 밝혀주고 죽음은 사자의 비밀을 폭로한다. 죽음은 사자의 치정과 비리와 치부 따위를 변호권 없는 사자의 수중에서 탈취한다.

또한 그녀는 눈이 컸고 눈동자를 잘 움직이지 않았다. 자신을 지켜보는 사람들의 시선에 익숙한 이들만이 그렇게 할 수 있다. 이를테면 9시 뉴스의 앵커맨이나 TV 탤런트 같은 사람들 말이다. 보통 사람들은 지하철역 같은 곳에서는 두리번거리는 것이 정상이다. 그런데도 그렇게 하지 않는 사람이 있다면 그 사람은 자신이 눈길만 돌리면 다른 사람의 눈길과 충돌한다는 것을 알고 있는 사람인 것이다.

그리고 보면, 그녀를 만난 어제는 아침부터 운이 좋았다. 대구에 있는 한 대학교 교지로부터 오십 매 분량의 원고를 청탁받았다. 최근의 상업광고에 대한 분석 글이었는데, 특히 그중에서도 예전 같으면 운동권의 전유물로 여겨져왔을 어휘들을 차용하는 광고들을 주로 다루어달라고 했다. '멈추지 않는 변혁의 몸짓'—이런 청바지 광고의 사회적 의미를 해독하면 되는 것이었다. 청바지와 변혁의 몸짓이라. 광고적 상상력은 잡식성이다. 그들은 쓰러진 레닌의 동상도, 급진적 이념에서 배태된 수사도 모두 소화해버린다. 그래서 그들의 상상력은 더이상 상상력이 아니다. 아마도 그들은 고엽제를 상상해낼 것이고 기업합병을 상상해낼 것이다. 어쨌든, 이 원고를 넘기고 나면 약 이십만원가량의 돈이 생길 것이다. 그걸로 당분간 읽을 책과 담배를 사두면 될 것이다.

언제까지 이러고 살 거냐고, 수지는 가끔 묻곤 했다. 대학교 교지나 몇몇 주변적인 잡지에 잡문이나 실으며 사는 인생이 나로서도 그리 탐탁지는 않았다. 그러나 그런 식으로 묻는 그녀에게 앞으로 정신 차리고 잘살아보겠다고 말하는 건 더 못 견딜 일이었다. 또 내가 그런다고 해서 그녀가 믿을 리도 만무했다. 그런 대화란 그저 정치판에서의 명분 쌓기 같은 것이었다. 결국은 떠날 것이면서 그전부터 그녀는 그런 식으로 결별의 근거들을 확보했던 것이다.

그래도 다행스러운 일은, 떠난 수지보다는 어제의 그녀가 내 기질에 훨씬 더 잘 맞으리라는 예감이 든다는 것이었다. 수지는 언제나 다른 사람에게 자기 불행의 책임을 떠넘겼지만 어제의 그녀는 그러지 않을 것이 분명했다. 그런 자세를 취할 줄 아는 여자라면, 전신거울에 자신의 나체를 비추어보는 여자라면, 적어도 자기 불행을 남의 탓으로 떠넘기는 행태는 보이지 않을 것이었다. 그러고 보면 떠나가는 그녀에게, 공부 열심히 해, 라고 한심한 고별사를 던진 것도 내 탓만은 아닌 것이다. 그토록 인생을 '정치적'으로 살아가는 여자 앞에서 나라는 존재는 그저 허둥대거나 말을 더듬는 역할일 수밖에 없지 않은가 말이다. 그녀는 언제나 나 때문에 자기 인생이 결딴날 것처럼 징징거려왔으며, 입버릇처럼 자신도 괜찮은 남자 만났으면 공부를 계속했을 거라고 말해왔었다.

그런 면에서 어제의 그녀는 얼마나 산뜻한가.

벽에 기대어 서 있던 그녀는 열차가 다가오자 내 뒤쪽으로 다가오기 시작했다. 그녀가 내 등뒤에 서는 순간, 어디선가 들릴 듯 말 듯 찰랑 하는 소리가 들렸다. 나는 힐끗 그녀 쪽을 돌아보았다. 그 소리는 그녀의 귀에 매달린 두 개의 링이 부딪혀 나는 소리였던 듯, 양쪽 귓불에 매달린 두 개의 링이 내가 눈을 뗄 때까지도 좌우로 진동하고 있었다. 그녀는 알고 있었을까. 자신의 귀에 매달린 장신구가 소리를 발산하여 어떤 남자의 청각을 자극했다는 사실을.

모르던 사람과 시작하는 연애. 자극적이었다. 그동안 한 번도 그런 경험을 해보지 못했다. 나는 늘 알고 지내던 사람과 연애를 시작하곤 했다. 일, 또는 모임을 통해서 알고 지내던 여자들, 그런 여자들과 적당한 주말에 그저 그런 에로틱한 영화를 보고, 관철동 뒷골목쯤에서 생맥주를 마시고, 집에 들어가지 않아도 된다는 그녀와 잠을 자게 되는 수순이었다. 그러고 나면 존댓말이 어느샌가 반말로 바뀌고, 여자는 자기를 사랑하느냐며 대답을 재촉했다. 상상력이 없는 연애. 가끔은 끔찍했다. 아무것도 내 마음대로 구성할 수 없는, 조각 맞추기 퍼즐 같은 연애였다.

그러나 어제 만난 그녀는 달랐다. 나는 그녀의 귀고리가 소리를 내는 순간부터, 도착한 전동차의 문이 열리는 그 짧은 순간까지 머릿속에 떠올랐던 수백 장의 스틸사진으로 사진첩을 만들 수 있을 정도였다. 그녀를 최근 '가벼운 포르노그래피'를 표방하며 제작중인 영화의 단역배우로 만들었다가, 정사 장면만 대신 연기하는 대역배우로 만들었다가, 삼풍백화점 붕괴사고로 약혼자를 잃은 여자로 만들었다가, 사랑했던 남자가 다른 여자와 유학을 떠난 비련의 주인공으로 만들기도 했다. 그중 가장 마음에 드는 선택은 대역배우였다. 비싼 스타급 배우들이 기피하는 전라 장면만 대신 치러주는 배우, 그녀는 스타가 되기를 꿈꾸지만 생활의 요구 때문에 한두 번 그 일을 하게 된다. 몸매와 얼굴은 나무랄 데 없이 아름답지만 때를 만나지 못해 대역배우로 살아가는…… 그녀에게는 사랑하는 남자가 있었으나 어느 날 영화 속에서 그녀를 알아본 남자는 그녀를 버리고……

문이 열렸다. 신사복을 입은 남자가 스포츠신문을 들고 내렸고 머리를 질끈 동여맨 남자가 내렸고 검은 화판을 든 여자가 내렸고 그 여자 뒤로 약 세 명의 아주머니들이 둔하지만 집요한 몸짓으로 나를 밀치고 내렸다. 나는 뒤에서 귀고리를 흔들며 내 뒤통수만 바라보고 있을 그녀를 생각하며 내릴 사람이 다 내릴 때까지 기다렸다. 내가 출입구 쪽에 기대어 서자 그녀는 그 반대편에 섰다. 우리는 고개만

쳐들면 서로 얼굴을 정확히 바라볼 위치에 있게 되었던 것이다. 그러나 역시 그녀는 눈동자를 돌리거나 시선을 분산시키지 않았다.

'열차가 곧 출발하오니 속히 승차해주시기 바랍니다.' 차내방송이 끝나자 열차는 충무로역을 떠나 동대문운동장역을 향해 움직였다. 세 정거장만 가면 혜화역이고 나는 거기서 하차해야만 했다. 그녀는 혜화역에서 내릴까? 만약 내리지 않는다면?

나는 초조해지면 허리춤을 매만지는 버릇이 있다. 어린 시절부터 늘 형의 옷을 물려 입었던 나는 바지가 흘러내리지 않을까 하는 걱정에 시달리며 살았다. 지금이야 내 돈 주고 바지를 사입으니 그러지 않을 때도 되었지만 아직도 초조하거나 불안하면 바지춤을 추켜올리는 버릇이 남아 있는 것이다. 그 버릇 덕에 만져진 것이 내 삐삐였다. 언젠가 그런 글을 본 적이 있다. 남자친구에게만 삐삐번호를 알려준 어떤 여자는 삐삐만 울리면 가슴이 융기한다고 했다. 파블로프의 개가 아닌가. 나는 그 글을 보면서 웃음을 참지 못했었다. 만약 그 여자가 다른 남자를 만난다 해도 그 조건반사만은 쉽게 사라지지 않을 것이다. 사람은 가고 조건화된 반응만 남는다니.

나는 내 삐삐를 꺼내 만지작거려보았다. 삼만원이면 살 수 있는 보급형 삐삐였다. 검은색 바탕에 뭉툭하고 멋없는 디자인으로 시계 기능이 없는 것은 당연하고 오로지 자신을 호출한 전화번호만 찍히는 가장 단순한 형태의 호출기였다. 게다가 요즘처럼 늘 집에 처박혀 글에 매달리는 때에는 별 소용됨이 없이 한 달에 만원가량의 요금만 까먹는 애물이었다.

이 삐삐를 저 여자에게 줘버린다면, 이라는 생각이 떠오른 것도 그때였다. 바로 그것이다. 나는 들뜨기 시작했다. 만약 내가 삐삐만 덥석 안겨주고 그냥 내려버린다면? 필경 저 여자는 당황할 것이다. 하지만 그렇다 해도 저 삐삐를 버리지는 못할 것이다. 왠지 께름칙하지 않은가. 그리고 저 여자는 삐삐의 번호를 알 수 없으므로 자기 것으로 할 수도 없다. 오로지 저 삐삐는 나로부터 오는 신호만을 기다리게 되는 것이다. 나는 흥분을 느꼈다. 내 일생 동안 한 번도 그런 존재를 소유해본 적이 없기 때문이다. 나로부터 발신되는 신호만을 수신하도록 운명지어진 존재를 말이다.

아마 그녀도 금세 자신의 운명을 깨닫게 될 것이다. 그 삐삐를 버릴 수 없으며, 남은 일은 그 삐삐의 신호가 울리기만을 기다리는 것뿐이라는 사실을.

다음 정차할 곳은 동대문, 동대문역입니다. 내리실 문은 왼쪽입니다. 이제 한 정거장 남은 것이다. 삐삐를 쥔 내 손에 땀이 맺히기 시작했다. 무슨 말을 하며 이 삐삐를 전해주어야 하나? 연락드리겠습니다? 이건 좀 이상하다. 호출하겠습니다? 이것도 마음에 들지 않는다. 늘 이런 순간만 되면 나의 언어들은 모두 어디론가 사라져버리거나 아니면 무질서하게 몰려다닌다. 무슨 말을 해야 하나. 손에서만 느껴지던 땀이 이제는 등골에서도 느껴지고 어느새 사타구니도 축축해지는 듯한 느낌이었다. 나는 눈을 질끈 감았다.

다음 정차할 곳은 혜화, 혜화역입니다. 내리실 문은 오른쪽입니다. 나는 그녀에게 다가갔다. 국가안전기획부에서는 마약, 밀수, 산

업스파이 등 우리 사회를 위협하는 국제범죄를…… 내가 다가서자 그녀는 마치 그때야 내 존재를 알았다는 듯이 고개를 쳐들며 눈을 동그랗게 떴다. 출입문이 열렸고 나는 문이 닫히기 직전에야 생각해둔 말을 하고야 말았다. 현기증이 났을까. 전동차에서 내리면서 나는 약간 휘청거렸던 것 같다.

그런데 이상하게도 그 순간의 일은 마치 꿈인 것처럼 느껴지는 것이다. 하기사, 본디 가장 결정적인 순간의 느낌들은 지나치게 강렬하여 오히려 쉽게 휘발되지 않는가. 첫 입맞춤, 첫 섹스, 첫 고백 같은 행위들은 단지 서술될 수 있을 뿐이다. 폭풍이 지나간 뒤에는 단지 짐작만이 가능하듯이 말이다. 여하튼 그때 건넨 말을 나는 어렴풋하게밖에는 기억할 수 없다.

진동으로 맞추어져 있습니다. 반드시 몸에 지녀주십시오.

그것까지 기억해내고 나니 갑자기 피로가 몰려왔다. 그래, 호출은 내일 하자. 나는 담요를 덮은 채 소파에서 잠이 들었다.

2. 호출되는 자

그녀는 캐시밀론 이불을 아무렇게나 밀어버리고는 자리에서 일어나 방문을 열고 부엌으로 나갔다. 열한 평짜리 아파트의 부엌은 늘 어둡다. 창이 작기 때문이다. 그녀는 콘플레이크를 꺼내 우유에 타서 먹는다. 이 음식은 저지방이기 때문에 몸매를 유지하는 데 좋다.

포도 다이어트를 해볼까? 그러나 포도는 너무 비싸다. 포도만 먹고 사는 인생? 그것도 좋겠지. 포도만 먹다 죽어버리는 것도.

삐리리릭. 방안에서 삐삐가 울려댔다. 그녀는 떠먹던 콘플레이크를 밀쳐두고 삐삐를 찾으러 방으로 들어갔다. 오늘 기어코 찍을 모양이네. 그녀는 무선전화기를 든 채 다시 부엌으로 나왔다.

아, 저예요. 송화예요…… 네…… 오늘 두시요? 얼마나 걸릴까요? 아, 두 시간 정도요…… 네, 괜찮아요. 그럼 그때 뵙지요.

무선전화기와 삐삐를 식탁 위에 올려놓은 채, 그녀는 계속 콘플레이크를 떠먹었다. 오늘따라 왜 이렇게 줄지를 않을까. 그녀는 신경질적으로 숟가락질을 계속했다. 두 시간이라고 했지만 그거야 감독 생각이고, 주연 여배우가 언제 오느냐에 달린 것임을 그녀는 잘 알고 있다. 그녀가 대역배우 생활을 한 지 이 년이 되었지만 단 한 번도 주연 여배우들이 제시간에 나타나는 경우를 본 적이 없다. 이런 정사신 촬영날에는 특히나 그렇다. 생각해보면 웃기는 일이다. 이런 촬영 때면 더 늦게 나타나는 그네들의 속내가 짐작이 가지 않는 바도 아니었다.

그런저런 생각을 하던 그녀는 의자에서 벌떡 일어섰다. 그러곤 뭔가 잊기라도 한 듯이 다시 방으로 들어가 핸드백 속에서 또다른 삐삐 하나를 꺼냈다. 그러나 아무것도 수신되어 있지 않은 것을 확인하고는 다시 식탁으로 돌아왔다. 잠시 그 삐삐를 쳐다보았다. 검은색 바탕에 별 특징 없는 싸구려 삐삐였다. 요즘은 패션 삐삐니 카드 삐삐니 해서 가볍고 예쁜 삐삐도 많은데 하필 이런 걸 들고 다니다니. 그래도 과히 기분은 나쁘지 않았다. 진동으로 맞추어져 있습니다? 그 말과 함께 이 삐삐를 건네주고는 황급히 사라지던 그의 표정이 아직도 생생하다. 그의 말대로 삐삐는 정말 진동으로 맞춰져 있었다. 한데 그는 왜 삐삐를 치지 않는 걸까? 왜 그녀를 호출하지 않는 걸까.

전동차에 올라타기 전부터 그를 느끼고 있었다. 그는 노란 경계선을 따라 그녀 쪽으로 다가왔다. 줄타기라도 하듯 양손을 펭귄처럼 옆으로 벌린 채 걷던 그가 멈춰 섰을 때, 그녀는 알아챘다. 그가 자신을 발견했음을. 그녀는 늘 하던 대로 눈을 내리깔고는 조용히 그의 움직임을 느껴보았다. 누군가 자신을 지켜보고 있다는 사실을 즐길 수 있어야 한다고 그녀는 믿고 있었다. 누가 뭐래도 나는 배우다, 라고 그녀는 생각하는 것이다. 그는 얼마간 그녀를 바라보는 듯했고 전동차가 다가오자 맨 앞줄로 가서 기다렸다. 그녀는 그런 그의 등 뒤로 바짝 다가섰다. 그가 무엇에 놀랐는지 흠칫하며 자신을 돌아보았다. 그가 그녀의 움직임에 민감하게 반응하고 있다는 표징. 불쾌하지 않았다.

그녀는 식탁에서 일어나 콘플레이크 찌꺼기가 담긴 그릇을 개수통에 처박고 방으로 다시 들어갔다. 잠옷 삼아 걸치고 있던 티셔츠를 벗어버리고는 거울 앞에 섰다. 티셔츠만 벗으니 그대로 나체가 되었다. 화장대 옆에 놓인 전신거울 앞에서 그녀는 허리와 등을 비추어보았다. 속옷을 입지 않은 지 나흘째가 되어서인지 이제 골반

위의 팬티 자국은 거의 다 사라졌고 등과 겨드랑이에 남아 있던 브래지어의 흔적도 보이지 않았다. 그런 흔적 때문에 촬영이 있기 나흘 전부터 그녀는 속옷을 입지 않는다. 그녀는 한동안 자신의 몸을 물끄러미 바라보았다. 이 생활이 벌써 사 년째. 처음 모델학원에서 그녀를 보낸 곳이 속옷 CF 촬영장이었고, 어쩌면 그것이 그녀의 운명을 결정한 것인지도 몰랐다. 늘 그랬다. 성적, 적성검사 결과, 생활기록부 같은 것들은 그녀의 운명에 전혀 개입하지 않았다. 그녀의 삶을 결정했던 것은 모델학원 강사의 기분, 그날그날의 하늘빛, 습도, 어떤 남자가 우연히 보게 된 영화 속의 그녀 모습. 그래, 그런 것들이었다. 그리고 그 '어떤 남자'. 한때 그를 사랑했다. 아니, 그를 통해 다른 세상을 꿈꿨다.

이태원의 재즈바에서 처음 만난 그는 반도체회사에 다니고 있다고 했다. 말쑥한 쥐색 양복 위에는 그 반도체회사가 소속된 그룹의 배지가 달려 있었다. 그녀는 연극영화과에 다니는 학생이라고 자신을 소개했다. 그는 예이젠시테인 감독의 〈전함 포템킨〉과 몽타주기법에 대해 말했고 그녀는 당황했다. 그녀가 머뭇거리자 그는 '연기를 전공하시는가보죠?'라고 예의바르게 물었다. 그녀는 '공부를 잘 안 해요'라고 말하며 어설프게 웃었다.

'그런데 어디선가 많이 뵌 듯한 인상인데요?' 그가 말했다.

석 달 후, 부산으로 여름휴가를 함께 갔을 때 그가 결혼 얘기를 꺼냈다. 우리 결혼하자, 라는 말과 함께 그의 손이 그녀의 옷 속으로 들어왔다. 그녀는 그 말을 믿었다. 그때는 그랬다. 그리고 한 달 후, 비디오를 보다가 그녀와 엉덩이의 점 위치가 같은 여자를 발견했노라 그가 말했다. 우연의 일치겠죠, 라고 그녀가 부인하자 그는 득의만 만하게 웃으며 한 여성지를 들이댔다. 그 속에서 거들만 입은 채 고개를 돌리고 있던 여자는 누가 봐도 그녀, 송화였다.

어쩌면 처음부터 알고 있었는지도 몰라. 그렇지만 그런 추론은 그녀를 더욱 비참하게 만들었으므로 그녀는 곧 머리를 흔들었다. 알았으면 어떻고 몰랐으면 어떤가. 어차피 지나간 일이고 그가 돌아올 리도 없지 않은가. 그녀는 일하러 나갈 준비를 하기 시작했다.

그녀는 젖꼭지가 드러나지 않도록 밴드를 살짝 젖꼭지 위에 붙이고 나서, 겨드랑이의 털을 깨끗하게 밀었다. 면도거품을 바를 때의 느낌이 상쾌했다. 그러고는 맨살 위에 슬립 하나만을 받쳐입고는 긴 원피스를 걸쳐 입었다. 이 정도면 비치지 않겠지. 그녀는 다시 전신 거울에 자신을 비춰보고는 집밖으로 나섰다. 허벅지 안쪽으로 타고 올라오는 찬바람 덕에 가을임을 느낄 수 있었다.

아차, 그녀는 아파트 단지 입구를 벗어나려다 황급히 발걸음을 돌려 집으로 돌아갔다. 열쇠로 문을 따고는 식탁 위에 놓인 검고 뭉툭한 보급형 삐삐를 핸드백에 쑤셔넣었다. 그런 자신의 모습이 우스꽝스럽게 느껴졌지만, 그렇다고 집어넣은 삐삐를 다시 꺼내지는 않았다.

그는 아마도 오늘쯤 나를 호출할 것이다. 그녀는 자신 있게 단언했다. 어제 바로 하기는 쑥스러웠을 것이고, 아마도 그에게는 나름대로 바쁜 일이 있었을 것이다. 그러니 그녀를 따라오지 못하고 삐삐만 서둘러 주고 떠난 게 아니겠는가. 아마도 그에게라면, 연극영화과에 다니고 있노라는 따위의 거짓은 말하지 않아도 좋을 것 같았다. 자신이 정사 장면만 대신해주는 대역배우라고 말해도 그는 떠나지 않을 것 같았다. 그런 말을 하며 삐삐를 건네주는 사람이라면, 그런 어눌함과 기발함을 자신의 것으로 만들 수 있는 사람이라면 충분히 그럴 수 있을 것이라 생각했다. 그런데 오늘 그가 정말 나를 호출한다면? 속옷도 입지 않은 채 그를 만나야 할까? 아니면 내일 만나자고 할까?

어쩌면 이 삐삐는 짐승의 암컷들이 풍긴다는 페로몬 같은 것인지도 몰랐다. 그녀가 이 삐삐를 가지고 다니는 한, 그는 어디서든 그녀를 불러낼 수 있는 것이다. 그녀가 이 삐삐를 지니고 다니는 행위만으로도 이미 그를 받아들이고 있다는 얘기가 성립하는 셈이다. 불쾌한 추론이었지만, 그래도 삐삐를 버릴 수는 없었다. 어쩌면, 어쩌면 말이다, 이 삐삐를 버리면 세상의 모든 사람과의 연이 끊어질 것 같은 예감마저 들었다. 그래서 이 삐삐는 다시 또하나의 눈이 된다. 세상 어디선가 그녀를 지켜보고 있을 눈동자들. 그녀는 이런 눈동자에 익숙해져 있다.

언젠가 그녀는 작은 꼬치집에 들어간 적이 있다. 거기서 그녀는 자신을 보았다. 그녀가 앉아 있던 자리 바로 위에는 수영복을 입은 그녀가 바위 위에 누워 있었다. 차고 깨끗한 정종을 선전하는 주류회사의 광고 달력이었다. 달력 속의 자신이 그날따라 다른 사람처럼 느껴져서 그녀는 고개를 돌린 채 말없이 술만 마셨다. 그러나 한 잔

두 잔 술이 들어가자 처음에는 전혀 눈길을 주지 않던 그녀도 자꾸만 달력을 힐끔거리기 시작했고 나중엔 조금 눈물을 흘리고야 말았다. 왜 울었을까. 별것도 아닌 일을. 저건 포르노도 아니고 수영복까지 입고 찍은 광고 사진인데. 게다가 그건 내 직업이고 말이다. 그래, 서글퍼서가 아니었다. 단지 달력 속의 내가 너무 추워 보였을 뿐이라고 그녀는 생각하기로 했다. 정말로 그 사진을 찍던 날은 추웠다. 달력 사진이었으므로 아마 10월쯤 되었을 것이다. 팀장은 그녀더러 여름이라고 생각하라고 했다. 물론 생각이야 얼마든지 할 수 있다. 경포대를 푸껫으로 생각할 수도 있고 달력 사진을 찍는 게 아니라 화장품 광고를 찍는다고 생각할 수도 있다. 하지만 온몸에 오슬오슬 돋는 소름만은 속일 수 없는 것이다.

촬영장으로 들어서면서 그녀는 마음을 다잡았다. 촬영장에 들어선 시각은 오후 한시 오십분. 화장을 다시 매만지려다가 그만두었다. 어차피 얼굴이 또렷하게 나오는 것도 아니지 않은가. 두시 삼십분, 역시 주연 여배우가 나타나지 않는다. 조감독이 핸드폰으로 연신 여배우를 찾고 있지만 잘되지 않는 모양이다. 삐삐가 켜져 있는지 그녀는 다시 한번 확인한다. 여전히 그에게서는 호출이 오지 않는다. 설마 잊어버린 것일까? 아, 그의 친구라도 좋으니 누구라도 이 삐삐를 진동시켜주렴. 그녀는 삐삐를 오른손에 꼭 쥐며 기원 아닌 기원을 해보았다.

추워. 그녀는 팔을 쓰다듬었다. 9월 말의 촬영장은 추웠다. 곧 조명이 켜지면 따뜻해지겠지만 지금 당장은 추웠다. 스태프들은 삼삼

오오 몰려앉아 주연 여배우가 오기만을 기다렸다. 사십 분쯤 지나자 검고 앙증맞은 선글라스를 낀 여자가 들어섰다. 그녀가 늦은 이유를 말하기도 전에 감독은, 차가 많이 밀리지, 라고 그녀의 말을 대신해주었다.

여배우가 화장을 마치자 바로 촬영에 들어간다. 그녀는 남자배우와 침대 옆 탁자에서 코냑을 마시는 척한다. 코냑병에는 사실 콜라가 담겨 있다. 김빠진 콜라를 여배우는 연신 마셔댄다. 잠시 후, 여배우가 비틀거리고 남자배우가 부축하려는데 여배우가 뿌리치며 남자배우의 뺨을 때린다. 호호, 아팠죠? 감독의 컷 소리가 떨어지자 여배우가 실실 웃으며 남자배우의 뺨을 만져준다.

어이 대역! 송화라는 이름으로 불리는 경우가 거의 없는 그녀는 잠자코 일어나 침대로 간다. 감독이 간단하게 연기 지시를 한다. 아까 뺨 때리는 거 봤죠? 이제 격분한 남자가 여자를 때린 후에 침대에 눕히고 덮치는 겁니다. 아시겠죠?

여배우가 입고 있던 의상으로 갈아입기 위해 여배우와 함께 탈의실로 들어간다. 언뜻 훔쳐본 여배우의 몸매, 생각보다 별로다. 몸매가 참 좋으시네요. 여배우가 그녀의 몸을 보고 부러운 듯 말한다.

네 번쯤 남자배우에게 뺨을 맞았다. 남자배우는 아프냐고 묻지 않는다. 그러곤 다섯 번쯤 침대에 던져졌고 네 번쯤 옷이 벗겨졌다. 옷을 벗은 채로 세 시간쯤 남자배우의 땀냄새를 맡아야 했다. 멍들지 않게 해주세요. 그녀는 조용히 항의했지만 남자배우는 들었는지 못들었는지 대꾸하지 않았다.

촬영을 끝내고 나오려는데 조감독이 봉투를 건네주었다. 촬영장을 나온 그녀는 게토레이를 두 개 사서 그 자리에서 다 마셔버렸다. 물보다 흡수가 빨라야 한다? 그러나 포도당의 흡수가 어지간히 진행될 때까지도 삐삐는 여전히 진동하지 않는다.

집으로 돌아오면서 그녀는 슈퍼에 들러 하이트 맥주 네 병을 샀고 땅콩 한 봉지를 샀다. 이런 날이면 혼자서라도 술을 마셔야 한다. 그렇게 집으로 돌아와 원피스를 벗어던지고 팬티와 브래지어를 찾아 입는다. 마음이 좀 가라앉는 것 같다. 속옷을 입지 않으면 어딘가 마음이 들뜨고 허황하다. 그런 채로 식탁에 앉아 맥주병을 딴다.

그는 어떤 사람일까? 삐삐를 만지작거리며 그녀는 상상한다. 카바레를 전전하는 제비족으로 만들었다가, 가난한 고학생으로 만들었다가, 반항적인 재벌 2세로도 만들었다가, 소설가로도 만들어보았다. 그중에서 가장 그녀의 마음에 드는 것은 글을 쓰는 사람이었다. 진동으로 맞춰져 있습니다. 이런 말을 하는 것으로 보아 그는 글을 쓰는 사람임에 틀림없다. 그는 아마도 번듯한 직장이 없이 글만 쓴다는 이유로 애인으로부터 버림받았을 것이다. 그 애인은 다른 남자랑 결혼해 유학을 떠났고 그래서 그 남자는 외로움에 떨다 자신을 만난 것이다. 지금 그 사람은 그녀를 상상하며 이것을 소재로 소설을 쓰고 있을 것이다. 그래서 그 남자는 그녀를 만나기를 두려워하는 것이다. 그녀를 만나 환상이 깨어지면 소설을 완성하지 못할까봐.

그녀는 기다리기로 했다. 그가 소설을 완성할 때까지. 이제 이 삐삐에서 진동이 전해진다면, 그것은 그의 소설이 완성되었다는 뜻일 것이다. 그녀는 대역으로 번 돈으로 그에게 술을 사줄 것이다. 차고 깨끗한 술을 파는 주류회사의 광고 달력 아래에서 말이다.

3. 호출은 없다

내가 눈을 뜬 것은 오후 한시가 다 되어서였다. 눈을 뜨자마자 나는 전화기를 붙들고 호출을 해야 하나 말아야 하나를 다시 한번 고민했다. 일단 세수부터 하자. 나는 침대에서 벗어나 화장실로 다가 갔다. 수염이 텁수룩이 자란 남자가 거울 속에서 나를 들여다보고 있었다.

상상은 또다른 현실이야. 나는 거울을 보고 중얼거렸다. 그러자 불현듯 그녀가 그리워졌다. 충무로 지하철역 벽에 기대고 서 있던 그녀. 완벽하게 매력적인 자세를 현현하고 있던 그녀.

배가 고파왔다. 나는 냉장고를 뒤져 식은 피자와 오렌지주스를 꺼내 먹었다. 냉장고 안이 온갖 음식으로 가득차 있었다. 몇 번쯤 수지는 그의 냉장고를 말끔하게 청소해주곤 했다. 그녀는 마치 종교의식 치르듯이 청소를 하곤 했는데, 그 모습은 영성체 의식을 봉행하는 천주교 사제 같았다. 하지만 그녀가 청소해준 냉장고는 어쩐지 정이 가지 않았다. 너무 깔끔하고 정갈해서 그 냉장고에서 무언가를 꺼내 먹는다는 건, 그야말로 영성체하는 기분이었다. 그렇듯 그녀는 빛의 자손이었고 빛의 자손은 상상력에 관심이 없었다. 그러고 보면 그녀가 이 어두운 소굴 같은 아파트를 벗어나 멀쩡한 남자와 유학을 떠난 건 잘한 일이었다. 아마 다시 결별의 선언을 듣는다 해도 나는, 공부 열심히 해, 라고밖에는 말하지 못할 것이다.

피자 상자를 쓰레기통에 처박고 책상머리에 앉았다. 대구의 대학교로 보낼 원고를 써야 했고, 그것이 끝나면 올해 말 신춘문예에 응모할 소설을 써야 한다. 수지 말마따나 언제까지 이렇게 살 수는 없는 것이다.

자, 시작하자. 그러기 전에 마무리지어야 할 일이 있다. 그녀를 호출해야 하는 것이다. 내 호출기, 내 더듬이를 가져간 여자를 불러야 하는 것이다. 나는 심호흡을 하고는 수화기를 들었다. 천천히 열 자리의 번호를 눌렀다. 내 목소리가 흘러나온다. 안녕하세요, 이연식입니다. 호출하실 분은 1번, 메시지를 녹음하실 분은 2번을 눌러주세요. 곧 연락드리겠습니다. 나는 1번을 눌렀다. 그러고는 내 방 전화번호 일곱 자리를 조심스럽게 눌렀다. 그리고 전화를 끊었다.

그녀는 정말 삐삐를 진동으로 맞추어놓고 있을까. 지금 무슨 일을 하고 있던 참일까. 내 생각을 하고 있을까. 그러나 나의 상상은 오래가지 않았다.

어디선가, 삐삐삐삐, 요란한 수신음이 들려온다. 나는 그제야 놀라서 허둥댄다. 방안 여기저기를 헤집다가 결국 점퍼의 속주머니에서 그 소음의 원천을 찾아낸다. 검고 뭉툭한 그 보급형 삐삐를 말이다. 액정판에 내 전화번호만이 쓸쓸하게 메아리치고 있는 이 삐삐, 결국, 내가 가지고 있었구나.

언제나 그랬듯이 이번에도 마지막 순간에 돌아선 모양이다. 만약 그녀에게 정말로 삐삐를 주었더라면 어떤 일이 벌어졌을까? 어쨌든 일상은 지루하지만 상상은 멋지다. 진동으로 맞추어져 있습니다? 흐흐. 나는 웃는다. 내 웃음이 작은 아파트 구석구석에 스며든다.

컴퓨터의 화면을 켜면서 나는 이제 상상 속의 그녀를 호출하는 일을 포기하기로 한다. 결국 내 전화번호나 메아리칠 뿐이잖은가. 삐삐를 통해 호출하는 것은 다른 누구도 아닌 결국 나 자신일 뿐이다. 떠나간 옛 애인의 그림자, 밤마다 기울이는 술병의 개수, 하룻밤에 수십 명도 만들어낼 수 있는 요정 같은 여자, 뭐 그런 것들이 아니겠는가.

그러고는 이 이야기를 소설로 써야겠다고 마음먹는다. 열한 평짜리 아파트에서 저지방 콘플레이크를 먹으며 하루를 시작하는 여자의 이야기를…… 그렇게 결심하는 내 시야 속으로 달력이 들어온다. 오늘은 10월 1일, 그러나 내 방에는 9월의 달력이 걸려 있다. 의자에서 일어나 9월 치 달력을 뜯으며 바닷가 바위 위에 누워 있는 반라의 여자를 유심히 살펴본다. 그래 저 여자, 어딘가 낯이 익다. 어디서 봤더라……

전태일과 쇼걸

방송인의 요람이자 사회교육의 터전인

MBC아카데미!

MBC방송문화원이 1995년 12월 1일부터

MBC아카데미로 새롭게 태어납니다.

社名 변경과 함께 MBC아카데미는 여러분에게

한층 더 가까이 다가서겠습니다.

　그가 그녀를 서울극장 앞에서 만나게 된 것은 전적으로 우연한 일이었다. 그러나 어찌 보면 '전적으로 우연한' 일이란 없는 것이다. 해가 훤하게 떠 있는 오후 세시경, 종로에 있는 한 극장 앞에서 육 년 전에 헤어진 옛 애인을 만나게 된다는 상황은 언뜻 보기엔 우연해 보이지만 사실은 전혀 우연하지 않은 일일 수 있었다. 우선은 그 영화가 무엇이었느냐가 중요해진다. 그 영화는 박광수 감독의 〈아름다운 청년 전태일〉이라는 작품이었다. 따라서 이 영화는 두 남녀가 만나도록 만들기에 충분한 장치가 될 수 있다. 그다음, 두 사람이 만난 시각이 중요해진다. 평일 오후 세시에 영화를 보러 나타날 사람은 흔치 않다. 그 남자와 그 여자는 각각 스물여덟 살과 스물일곱 살이며, 정상적인 사람들이라면 직장이나 가정에 있어야 마땅한 시간이다. 따라서 이들이 이 시간에 영화를 보러 나타나게 된 '우연의 일치'에는 이들이 공유했던 어떤 역사적 복선이 있었다고 볼 수도 있는 것이다. 전태일의 전기영화를 보러 온다는 사건과 이들이 실업자(또는 그에 준하는 어떤 직업)라는 사실 사이에는 인과관계가 있을 수도 있고, 아니면 두 사건 모두 다른 원인에 의해 발생한 결과일 수도 있다. 즉, 이들이 전태일의 전기영화를 보러 올 만한 사람들이었다는 사실은, 이들이 번듯한 직장을 가지지 못하고 살아가고 있는 원인이 될 수도 있다는 이야기이고 아니면 과거의 어떤 동일한 경험이 이들로 하여금 전태일의 전기영화를 이 백주대낮에 보러 오게 만들 수도 있다는 이야기다.

또 한 가지. 두 사람이 모두 '혼자' 이 영화를 보러 왔다는 사실도 간과할 수 없다. 왜 하필 다른 영화도 아닌 전태일의 전기영화를, 다른 시간도 아닌 평일 오후 세시에, 게다가 혼자 보러 왔느냐, 하는 것이다. 그러나 이 소설은 이 세 가지 사건의 관계를 해명하는 일에는 관심이 없다. 어쨌든 이 세 가지 사건은 동시에 발생하였으며, 그것이 우연이든 필연이든 중요하지 않다. 그런 사건은 하루에도 수백

건씩 발생하며 그 모든 사건의 인과관계를 따지는 일은 때로 아무 효용이 없는 일일 것이다.

그의 할아버지는

2차세계대전의 종전을 앞당겼습니다

그의 아버지는

인류 달착륙의 순간에 함께 있었습니다

그는 지금,

전 세계 성공적인 비즈니스맨의 손에 있습니다

휴대폰 세계 1위, 이유가 있습니다

MOTOROLA

그날 아침, 그 남자는 느지막하게 일어났다. 열두시가 되어서야 침대를 벗어난 그는 엘지 죽염치약으로 이빨을 닦고 아이보리 비누로 세수를 했다. 존슨즈 베이비로션을 바른 후에 아래층으로 내려와 홍차의 꿈 실론티를 마셨다. 실론티를 든 채로 소파에 앉아 천천히 신문을 읽기 시작했다. 한겨레신문의 주주인 그는 그 신문이 창간된 후부터 지금까지 하루도 빠짐없이 그 신문을 보아왔지만, '균형을 유지하기 위해' 조선일보도 함께 보고 있었다. 한데 조선일보 지국에서는 스포츠조선을 끼워넣어주었으므로 그는 하루에 세 종의 신문을 보는 셈이 되었다. 1면 톱기사로는 민주자유당의 김영삼 총재가 강삼재 사무총장을 불러 점심을 함께하면서 5·18특별법을 제정하라고 지시했다는 이야기가 실려 있었다. 그는 난데없이 지난 정기 국회 청와대 감사 때, 청와대에서 즐겨 먹는 칼국수에 들어가는 고기의 양과 밀가루의 양을 공개하라는 질의를 했다는 민자당 국회의원의 이야기가 생각나서 웃었다. 그 의원은 질의 말미에, 칼국수를 대접하는 건 좋은데 양을 좀 늘려야 하지 않겠냐는 결론을 덧붙였다고 한다.

아무러나. 그 남자는 약 서너 페이지의 신문을 획획 넘겨 문화면을 보게 되었다. 문화면에는 호주까지 날아가서 분신 장면을 완성시킨 박광수 감독의 〈아름다운 청년 전태일〉이 화제가 되고 있다는 기사가 있었고, 또 한쪽에는 공연윤리심의위원회라는 단체와의 지난한 싸움 끝에 폴 버호벤 감독의 〈쇼걸〉이 드디어 막을 올렸다는 기사가 자리잡고 있었다. 게다가 두 영화가 서울극장에서 동시에 상영되는 바람에 묘한 대비를 이루고 있다는 박스기사도 있었다. 그 남자는 손목에 매어달린 빨간색 베네통 시계를 보았다. 그 남자의 출근시간은 저녁 여섯시였으므로 영화 한 편쯤 볼 시간은 충분히 있었다. 그 남자는 입시학원에서 성문기본영어와 성문종합영어 따위를 강의하는 학원강사였으므로 대낮에는 별반 할 일이 없었다. 그 남자는 서둘러 질레트 이중날 면도기로 수염을 깎고 올드스파이스 로션을 탁탁 쳐서 바른 후에 '옷 잘 입는 남자' 트루젠을 걸쳐 입었다. 그 남자가 왜 그토록 쉽게 〈아름다운 청년 전태일〉을 보러 가기로 결정했는지는 알 수 없다. 그 남자는 학원 강의시간이 되기 전까지는 대체로 집에서 뒹굴며 소설이나 비디오를 보며 지냈고, 가까운 은행조

차 가기 귀찮아서 홈뱅킹을 이용하는 편이었기 때문이다.

그는 함께 보러 갈 사람을 구하지도 않았는데, 그건 충분히 이해가 갈 만한 일이었다. 그 시간이면 그의 친구들은 모두 직장에 있어야 할 시간이었다. 그는 학원강사 생활을 한 이래로 보통 사람들과 생활하는 시간대가 완전히 반대로 되어버렸고 이즈음이면 그 패턴에 익숙해져 있을 때였다. 설령 시간이 남아도는 사람이 있다 해도 〈아름다운 청년 전태일〉을 함께 보러 갈 만한 사람이란 흔치 않았다. 브래드 피트나 짐 캐리를 좋아하는 그의 순박한 애인과 함께 보기는 썰렁했고, 그렇다고 연락 끊긴 지 오래인 그의 옛 '동지'들과 보러 가기에도 뭔가 계면쩍었을 것이다. 하기사 그 시절에야 조악한 공연을 노천강당 같은 열악한 환경에서 오돌오돌 떨면서도 잘도 보아냈지만, 지금이야 어디……

그 남자는 아마도 그렇게 생각했을 것이다. 그저 인적 드문 월요일 아침, 극장 의자에 몸을 깊게 파묻고 전태일을 처음 접하던 그 '빛나던' 시절을 회상하면 그뿐, 그리고 눈물 한 방울 흘리며 자신을 용서하면 그뿐, 이라고.

> "이젠 휴대폰도 패션이죠.
> 그래서 전 노키아232입니다."
> 오전엔 작품 구상, 오후엔 백화점 매장,
> 저녁에는 패션쇼, 잦은 출장……
> 이리저리 바쁘게 움직이는 제게는

휴대폰이 사무실인 셈이죠.

한 달 전, 그 남자는 광주를 여행했었다. 광주 비엔날레를 관람하기 위해서였다. 그 남자는 아버지 소유의 쏘나타II 승용차에 후배 C를 태우고 여행을 시작했다. 그날 그는 정직한 젊은이들이 입는 체이스컬트 카디건에 게스 청바지를 입었고 C는 우스꽝스러울 정도로 넓은 넥타이를 매고 헌트 모직남방과 면바지를 입고 멜빵을 했다. 둘은 매우 호방하게 떠들어대며 광주까지 달려갔는데 그것은 다소 과장된 유쾌함이었던 것 같다. 아마도 두 사람은 모두 '광주 비엔날레'라는 말이 주는 이질감에 조금 당혹해하고 있었던 것 같다. '비판적 지지'라는 개념처럼, '광주 비엔날레'라는 합성어는 잘 융화될 수 없는 어휘처럼 보였다. 비록 미결수에 지나지 않았지만 그래도 80년대에 구치소 구경이나마 해본 그 남자와 C에게 광주라는 단어는 행정구역명이라기보다는 일종의 슬로건에 가까웠다. 그 '광주'가 휘트니 비엔날레나 베니스 비엔날레 따위가 보여주었던 공격적이고 전위적인 모더니즘과 잘 어울릴 수 있을까? 그들은 아마도 그 점을 염려했던 것 같지만 드러내지는 않았다. 왜냐하면 그들이 탄 은비색 쏘나타II는 이미 고속도로 통행료를 지불하고 광주로 달려가는 중이었기 때문이다.

형, 서울구치소에서 사형 집행하던 것 생각나? 후배 C가 그 남자에게 물었다.

우리가 뭐 보기야 했나. 얘기만 들었지. 그 남자가 운전대를 잡은 채로 대답했다.

왜, 그런다잖우. 교도관들이 사형수를 데리고 가다가 왼쪽으로 꺾어지면 면회실이고 오른쪽으로 꺾어지면 거기 사형장이 있다잖우. 그래서 집행일이 되면 교도관들이 면회 왔다고 그러면서 데리고 간다잖아. 데리고 가다가 갈림길에서 갑자기 옆구리를 팍 치면서 오른쪽으로 꺾는다잖아. 그러니 정말로 면회 왔을 때도 얼마나 겁이 났을까. 이게 정말 면회하러 가는 건지 아니면 죽으러 가는 건지.

일부러 그렇게 만들어놨을까? 처음 구치소를 설계하던 놈이 면회실과 사형장을 그렇게 운명의 갈림길로 만들어놨을까? 아니면 우연이었을까. 어…… 어…… 아, 저런 개새끼가 있나? 그 남자는 갑자기 끼어드는 차를 보고 욕을 했다. 후배 C도 앞으로 끼어든 르망을 향해 손가락질을 한 뒤에 말했다.

글쎄, 우연이었든 아니었든 그게 뭐 중요하겠어요? 아직도 그러고 있다는 게 중요한 거지. 여하튼 사형수들 불쌍하죠? 언제 죽을지도 모르고, 어쩌다 정치적으로 혼란하거나 그러면 무더기로 죽어줘야 하고. 그래서 사형수들은 아침에 화장실에 가면 삼십 분이 넘게 있잖수. 죽을 때 깨끗하게 죽어야 한다면서 몸에 있는 거 기를 쓰고 다 빼고 나오잖우.

그러게. 그런데 왜 그런 것들은 함께 있을까. 면회실과 사형장, 쾌락과 죽음, 진보와 퇴행.

광주와 비엔날레? C가 쓸쓸하게 웃으며 말을 이었다. 휴게소에나 들렀다 가죠. C는 '금강휴게소 2km'라는 표지판을 가리켰다. 두 사람은 털보네 우동 한 그릇과 핫바 두 개를 사서 배부르도록 먹어 치웠다. 물보다 흡수가 빠른 게토레이와 커피 한잔의 여유 네스카페 캔커피를 마셨다.

호주, 뉴질랜드.
자연과 현대의 문명이 절묘한 조화를 이룬 나라
선진국이면서도 거의 손상되지 않은 태고 이래의
자연환경을 고스란히 간직한 나라.
호주! 뉴질랜드! 그 천혜의 땅에서
여러분과 자녀들의
새로운 꿈을 마음껏 펼쳐보십시오.

그 남자가 전태일이라는 사람을 처음 알게 된 것은 1986년이었다. 선배가 툭 던져준 『어느 청년 노동자의 삶과 죽음』이라는, 지은이도 없는 이상한 책(그때는 그런 이상한 책이 흔했다) 덕택에 그는 1970년에 사망한 한 청년의 일생을 접할 수 있었다. '근로기준법을 준수하라'는 전태일의 마지막 외침보다도 '내게 법대생 친구가 있었더라면'이라는 말이 그 남자에게는 더 아팠다. 그러나 그뿐이었다. 설령 당시에 또다른 전태일이 그에게 다가왔다 하더라도 그 남자는 노동자의 친구가 될 수 없었을 것이다. 그 남자가 운동을 계속해야 할지를 고민하던 사학년 여름, 그 남자의 친구가 그에게 물었다. 졸업하고 뭐할 거니? 계속 운동할 거야? 그 남자는 그렇다고 말했다. 그러자 그 남자의 친구는 그에게 다시 물었다. 그럼, 넌 노동자랑 결혼해서 살 수 있을 것 같니? 그 남자는 잠시 주저하다가 고개를 끄덕였다. 그 남자를 잘 아는 친구는 그 남자가 모욕을 느끼지 않을 정도로만 웃었다. 만약 그 말이 진담이라면 넌 아마도 남성우월주의자거나 아니면 세상을 아직 덜 산 거야. 친구의 말이 맞았을 것이다. 그 남자는 노동자인 여자와 결혼해서 살 수 있을 만한 사람이 아니었다. 그 여자가 아무리『자본론』을 통독하고,『독일이데올로기』의 서문을 달달 외우며, 러시아 혁명사에 달통하며, 노사협의회 하나도 없는 사업장에서 강위력한 노조를 구축할 수 있는 사람이었다 해도 그는 그녀를 자신의 반려자로는 생각하지 못할 사람이었다. 아니, 오히려 그녀가 그렇게 철저한 활동가라는 이유 때문에 사랑하지 못할 사람이었다.

그 남자가 대학교 이학년이 되어 후배들에게『어느 청년 노동자의 삶과 죽음』을 던져줄 처지가 되었을 때, 그녀를 처음 만났다. 처음 들어선 동아리방 구석에서 할일을 몰라 멍하니 앉아 있던 그녀의 코앞에 자신이 마치 전태일의 '대학생 친구'라도 되는 듯한 품으로 책을 던졌다. 고등학교 때 이미 읽었던 책이에요. 그녀는 그렇게 말하며 도전적인 눈초리로 그를 올려다보았다. 그것이 그 남자가 그녀와 나누었던 첫 대화였다.

그녀는 앉은자리에서 소주 두 병쯤은 넉넉히 해치웠으며 반드시 한 잔의 술은 한 번에 털어넣었다. 헐렁한 스웨터를 즐겨 입었고 가끔 문학과지성사에서 발행한 시집을 들고 다녔으며 방학 때면 남산

중턱에 있는 독일문화원으로 독일어를 배우러 다녔다. 고등학교 연극반에서 무모하게 베르톨트 브레히트의「사천의 선인」을 공연하느라 애먹었다는 그녀. 그래서 연극하는 사람들 특유의 정확한 발음으로 남성적인 굵직한 목소리를 냈다. 그 남자는 그녀를 만난 지 일 년 만에야 그녀가 자신의 삶을 통해 연기하는 배역이 무엇인지 알아냈다. 그건 전혜린이었다.

이목구비가 시원시원한데다 달변이며 술과 노래를 잘하던 그녀를 결의 높은 운동가로 본 사람들은 모두 그녀와 연애하지 못했다. 그녀의 본질은 전혜린이었을 뿐, 임수경이나 로자 룩셈부르크는 아니었다. 그녀는 일 년 내내 혼란스러워했다. 전혜린의 캐릭터는 고등학교 시절까지만 해도 충분히 매력적인 배역이었다. 그녀는 출신 여고의 학생회장이었고 후배들의 우상이었다. 그러나 대학은 달랐다. 호헌 철폐, 독재 타도의 바람 앞에서 전혜린은 필요치도 않았고 오히려 비판의 대상이었을 뿐이다.

그 남자는 그녀의 속내를 가장 먼저 들여다본 사람이었다. 넌 때를 잘못 만났어. 그 남자는 그녀에게 말했다. 형이 나를 그렇게 잘 알아? 소주를 털어넣으며 그녀는 입가를 일그러뜨렸다. 차라리 유학이라도 가버리지 그래? 저녁이면 가스등이 켜지는 안개 자욱한 뮌헨으로 말야. 그날 그녀는 처음으로 취했다. 토했고 비틀거렸다. 노태우가 대통령으로 당선되기 이틀 전이었다. 노태우가 당선되고 나서 그 남자와 그 여자는 연애를 시작했다.

중국 교포 여성과의 결혼

배우자 추천이라면 국내뿐만 아니라

중국까지도 에코러스가 전문가입니다.

그날 오후 두시경, 그 남자는 서울극장에 연거푸 전화를 해보았으나 통화가 되지 않았다. 그 남자의 신문에는 그날따라 아무 영화 광고도 실리지 않아서 그 남자는 어림셈으로 상영시간을 추측해보는 수밖에는 없었다. 열한시, 한시, 세시…… 아마 보통 이런 식으로 진행되겠지? 전화만 하면 배달을 해주는 비디오에 익숙해진 그 남자는 갑자기 극장 가기가 귀찮게 느껴졌던 것 같다. 그는 윗도리를 벗어놓고 컴퓨터 앞에 앉아 몇 번쯤 키보드를 두들기다가 다시 일어섰다. 그 남자는 옷을 챙겨입고는 밖으로 나섰다. 이화여대 앞에서 5-1번 버스를 탄 그는 용케도 자리를 잡고 앉아 윤대녕의 소설을 읽었다. 「不歸」. 제목이 주는 섬뜩함 때문에 그는 잠시 눈을 돌려 창밖을 바라보았다. 그는 요즘 건조함을 그리워하고 있다. 구구절절한 신세타령들은 보기 싫다. 왜 학생운동의 후일담은 나오는데 노동운동의 후일담은 안 나오는 걸까? 그 남자는 설령 나온다 해도 읽지 않을 노동운동의 후일담을 잠시 갈망하는 척하다가 그만두었다.

그 남자는 종로에 내려 서울극장 쪽으로 걸어갔다. 잠시 하디스에 들러 더블치즈버거와 코카콜라를 주문해서 먹고 마셨다. 만원 받았습니다. 거스름돈 육천팔백이십원입니다. 그 남자는 십원 단위까지 계산되는 먹거리에 익숙해져 있다. 배를 채운 후, 서울극장 앞으

로 걸어가 상영시간을 확인했다. 그 남자가 서울극장에 당도한 시각
은 정확히 오후 세시 오분, 영화의 상영시각은 네시 이십분이었다.
그 남자의 학원 강의시각은 여섯시. 영화를 볼 수 없었다. 옆 매표소
에서는 〈쇼걸〉의 표를 팔고 있었다. 〈쇼걸〉 역시 네시. 그 남자가 〈쇼
걸〉 매표소를 기웃거리는 사이 한 여자가 〈아름다운 청년 전태일〉의
표를 사고 있었다. 검은 숄을 두르고 역시 검정 바지를 입었다. 그녀
는 매표소 창구를 향해 아름, 다운, 청년, 전, 태, 일, 한 장이요, 라고
또박또박 말했다. 그 남자는 그 목소리를 잊지 않고 있었다. 그 남자
는 표를 사고 나오는 그녀 앞에 섰다. 둘은 멍하니 서서 한참을 바라
보았다. 바람이 서늘했고 그 남자는 커피를 마시자고 했다. 그녀는
고개를 끄덕였고 두 사람은 하이디라는 이름의 커피전문점으로 들
어갔다.

　두 연인이 헤어졌다가 다시 만나는 상황 중에서 가장 흔히 상상하
게 되는 것은 길에서 마주치는 것이다. 그러나 그거야 일반적인 상
황으로 추상하다보니 그런 게고 실제로는 길거리 같은 데가 아닌 좀
특수한 장소에서 마주치게 된다. 왜냐하면 연애라는 행위가 이루어
지려면 아주 얼토당토않은 두 사람이 만나서는 곤란하기 때문이다.
학교든, 직장이든, 나이든, 지역이든, 취미든, 뭐든 같아야 연애가 시
작될 것이 아닌가. 따라서 헤어진 연인이라 해도 다시 마주치게 될
확률은 불특정한 두 사람이 마주칠 확률보다 훨씬 높은 것이 당연하
며 그들이 마주칠 장소도 그들이 공유했던 어떤 행위가 자주 이루어
지는 곳일 가능성이 높다. 따라서 그 남자와 그 여자가 〈아름다운 청

년 전태일〉을 상영하는 곳에서 만나게 될 가능성은 애초부터 상당히 높았던 것이다.

이 시간에 어쩐 일이야? 그녀가 먼저 물었다. 영화 좀 보려고. 그의 대답에 그녀는 피식 웃었다. 그건 알겠는데 왜 이 시간에 영화를 보러 오냐고. 그 남자는 조금 불쾌해졌다. 그렇지만 내색하지 않고 대답했다. 저녁에 학원에 나가. 그래서 낮에 온 거야. 그녀는 무슨 학원이냐고 더이상 묻지 않았다. 그러는 너는? 그 남자가 물었다. 몸이 아프다고 말하고 조퇴했어. 그런데 그냥 집에 가기는 좀 억울해서 영화나 보고 가려고. 그녀는 별로 아프지 않다는 표정으로 말했다. 무슨 직장인지 물어봐도 돼? 그 남자가 담배에 불을 붙이며 말했다. 아니, 묻지 마. 그녀는 고개를 가로저었다. 그렇게 말하면 더이상은 묻지 않는 게 요즘의 화법이다. 결혼은 했니? 갑자기 그녀의 눈길이 사나워졌다. 아니, 안 했어. 곱지 않은 눈길에 그 남자는 지레 뜨끔해졌다. 그래…… 그랬구나. 옛 애인이 결혼하지 않았다는 말을 들으면 그 남자 또래의 남자들은 별 근거 없는 승리감에 도취되는 경우가 있다. 그래서 그녀 연배의 여자들은 옛 남자(또는 그에 준하는 남자)들의 그런 질문에 민감하다.

세계 최초로 전화기로 사람 찾기

전화음성서비스 국내에서 개통

연락이 두절된 옛친구, 동창, 추억 속의 사람들이

서로 이름만 가지고 서로 참여하여

등록, 조회해보는 서비스가

세계 최초로 국내에서 개통됐다…… 700……

　광주에 도착하니 어스름 저녁이었다. C와 그 남자는 전남대 후문에 차를 세우고 건너편 '파르티잔'이라는 맥줏집에서 카레라이스를 먹었다. 그리고 암반천연수로 만든 하이트를 여섯 병 마셨다. 시를 쓰며, 안 팔리는 잡지의 편집위원이라는 직함을 가지고 있는 C는 한국문학의 현실에 대해 열변을 토했다. 그 남자는 건성으로 C의 말을 들어주었다. 파르티잔이라는 술집의 스피커에서는 디제이덕의 〈머피의 법칙〉이 세번째 반복되었다. 그 남자와 C는 가까운 여관에 들어 소주 두 병을 더 마셨다. 나난나난나나나난…… 어느새 그들의 입에는 〈머피의 법칙〉의 후렴구가 붙어 있었다. 자리에 누운 그 남자는 처음 광주를 찾았던 칠 년 전, 1988년 가을을 생각하고 있었다.

　칠 년 전 가을, 그 여행의 동기는 잘 기억나지 않았다. 그 남자와 그녀가 광주에 도착했다는 건 생각이 났다. 그리고 그녀가 무등일보의 기자로 근무하던 선배를 찾아갔고 그 선배에게서 저녁을 얻어먹었다. 그리고 밤. 대학교 삼학년이었던 그 남자. 그리고 한 살 어린 그녀. 조국과 민족, 혁명을 입에 달고 살던 그 남자의 입에서 여관이라는 말이 쉽게 떨어지지 않았다. 그녀가 먼저 여관으로 가야 하지 않겠느냐고 말했던 것 같다. 그것 말고는 기억나는 것이 없다. 참으로 이상한 일이었다. 그녀와 함께 지샌 첫 밤인데 왜 기억이 나지 않을까. 그러나 확실한 것 한 가지는 아무 일도 없었다는 것이었다. 이

넌여의 연애가 끝날 때까지 숱한 밤을 함께 보냈지만 섹스는 하지 않았다. 그 남자는 그 사실만은 명확히 기억했다. 그러므로 그날 밤도 별일 없었을 것이다. 어쩌면 동지적 연애니 혁명적 동지애니 하는 동어반복을 밤새 계속했을 것이다. 혁명이 금욕과 어떻게 접붙을 수 있는지 지금으로서는 애매하지만 그 당시에는 명확했던 것 같다고 그 남자는 생각했다.

그다음날. 아무 일도 없이 잠을 자고 일어난 그다음날 아침. 그 남자와 그녀는 망월동을 찾았다. 몇 번쯤 버스를 갈아타고 망월동 어귀에 내려 사 킬로미터쯤 되는 비포장도로를 걸어올라갔다. '여보, 당신은 천사였소'라는 비문 앞에서 그 남자는 눈물을 조금 흘렸고 애국학생 고 이한열의 묘 앞에는 솔담배 한 개비를 피워주었다. 그 남자가 담배를 꽂을 때 그녀는 〈친구2〉라는 노래를 불렀다. 하늘은 맑았고 고추잠자리가 날고 있었다. 그 남자는 실제로 조금 슬프기도 했고, 또 어느 정도는 눈물의 효과를 계산하기도 하면서 묘역을 돌았다. 80년대는 전혜린을 필요로 하지 않으며, 하물며 용납하지도 않는다는 사실을 그즈음에 이르러 분명히 깨닫게 된 그녀는 더이상 문학과지성사에서 발행한 시집을 들고 다니지 않았다. 그렇다고 그녀가 그 남자가 즐겨 읽던 김남주를 보는 것 같지도 않았다. 그저 남들 보는 데서 읽지 않았을 뿐이리라. 그녀가 그 남자의 생일날 기름종이에 정성들여 써준 시는 황동규의 「기도祈禱」라는 시였다.

내 잠시 생각하는 동안에 눈이 내려 눈이 내려 생각이 끝났을

땐 눈보라 무겁게 치는 밤이었다. 인적이 드문, 모든 것이 서로 소리치는 거리를 지나며 나는 단념한 女人처럼 눈보라처럼 웃고 있었다.

내 당신은 미워한다 하여도 그것은 내가 당신을 사랑하는 것과 마찬가지였습니다. 당신이 나에게 바람 부는 江邊을 보여주며는 나는 거기에서 얼마든지 쓰러지는 갈대의 姿勢를 보여주겠습니다.

그 시를 처음 보는 순간 그 남자를 감동시킨 글귀는 마지막 문장이었으나 세월이 지날수록 가슴에 배겨드는 글귀는 '단념한 여인처럼 (……) 웃고 있었다'는 것이었다. 어쩌면 그녀가 보여주는 '갈대의 자세'는 역설이었을 거야. 그 남자는 그렇게 생각하게 되었던 것이다.

망월동에서 내려와 둘은 서울로 올라왔다. 그러나 지금까지도 그 남자는 그때 왜 하필 광주로 여행을 떠났는지, 그리고 망월동으로 올라갔는지 기억해낼 수 없었다. 그러나 확실한 것은 광주, 라는 곳에서 그 남자와 그 여자는 섹스를 하지 못했다는 사실이다. 섹스를 꿈꿀 때조차 NHK판 광주 비디오를 떠올리는 시대, 그런 시대를 살았다는 희미한 기억뿐인 것이다.

그다음해 그 남자와 그 여자는 헤어졌고 그 여자가 학생회에서 일한다는 소식만 들려왔고 졸업한 뒤에 그 남자는 학교에 가지 않았다.

그다음날 느지막이 여관방에서 일어난 그 남자와 C는 팔천원짜리

76

입장권을 사들고 광주 비엔날레 관람에 나섰다.

'경계를 넘어서'─그들은 광주 비엔날레의 슬로건 앞에서 한동안 고개를 갸웃거렸다. 무슨 경계를 넘어야 하나? 광주의 이념과 경계는 무슨 상관이 있나? C가 비아냥거렸다. 면회실과 사형장의 경계 같은 게 아닐까? 하, 하, 하. 그 남자와 C는 산뜻하게 웃었다. 그러고는 설치와 비디오가 난삽하게 섞인 난해한 작품들의 숲을 헤집고 다녔다. 아마도 '경계를 넘어서'라는 이념은 국가 간, 계급 간, 지역 간의 경계를 넘어서자는 게 아니라, 장르 간의 경계를 해체하자는 것처럼 보였다. 회화와 조각, 조각과 설치, 설치와 비디오, 비디오와 행위예술. 이 모든 경계가 도처에서 허물어지고 있었다. 해체? 뭘 통합한 적이 있다고 해체를 하지? 그 남자가 누에고치가 실을 잣는 전수천의 작품 앞에서 중얼거렸다. 그러자 C가 말했다. 형, 원래 해체란 통합의 다른 이름이잖우. 누에는 실을 자으며 자신을 해체하지만 결국 그 실들은 천을 만들잖수.

그리고 그 천은 누에의 것이 아니고! 그 남자와 C는 다시 유쾌해져서 서로의 코카콜라를 빼앗아 먹는 장난을 쳤다. 그래도 갈증이 남았던 그들은 노천매점에서 숙성이 다른 맥주 오비라거 두 캔을 사서 마셨다. 다시 몇 번의 전쟁을 치르면서 비엔날레 관람을 끝낸 그들은 자장면 한 그릇씩을 비웠다. 이젠 뭘 하지? 양파를 씹어 먹으며 그 남자가 말했다. 안티비엔날레나 보러 갑시다. C가 제안했다. 아 그거, 광주지역의 반골들이 망월동에서 한다는 거? 그 남자와 C는 의기투합하여 쏘나타II를 몰아 망월동으로 향했다. 카스테레오를 통

해서 강산에의 〈라구요〉가 흘러나왔다. 두만강푸른물에노젓는뱃사
공을볼수는없었지만그노래만은너무잘아는건내아버지레퍼토리그중
에십팔번이기때문에십팔번이기때문에고향생각나실때면소주가필요
하다하시고눈물로지새우시던내아버지이렇게얘기했죠죽기전에꼭한
번만이라도가봤으면좋겠구나라구요. 눈보라휘날리는바람찬흥남부
두……

아.

그 남자는 선글라스를 벗었다. 칠 년 전 그 남자와 그녀가 하염없
이 걸어올라가던 그 비포장도로가 말끔하게 아스팔트로 단장되어
있었다. 가을이었고 길가에는 코스모스들이 피어 있었고 도로 한편
에는 곡식이 말려지고 있었다. 잠깐! 차 좀 세워봐요. C가 손을 들었
다. 그 남자는 차를 세웠다. C의 손끝을 따라 펼쳐지는 장관들. 수백
개의 화려한 만장이 사 킬로미터에 걸쳐 망월동 입구를 장식하고 있
었다. 그 남자와 C는 잠시 망연하게 그 장면을 바라보았다. 멋지군.
C가 탄식했다. 그 남자는 캐논 EOS5 카메라를 꺼내 셔터를 눌러댔
다. 계면쩍어하는 C의 모습 뒤로 만장들이 밀려들어왔다. 두 사람은
다시 쏘나타II에 올라 망월동 묘역으로 향했다. 전시작품을 주욱 둘
러보았으나 입구의 만장숲만한 감동은 없었다. 두 사람은 보해 시티
소주 두 병을 사들고 묘역으로 올라갔다. 그 남자는 칠 년 전보다 아
는 이름들이 늘어났다는 사실에 조금 놀랐다. 열사…… 열사……
열사…… 열사…… 그들은 이름을 들어서 아는 열사를 만날 때마
다 소주를 따르고 오마샤리프 담배를 붙여주었다.

좀 쉴까. 그 남자는 담배를 피워물며 조성만의 묘 옆에 주저앉았다. 그동안 참 많이도 죽었구나. 담배를 피우는 그 두 사람 사이로 선글라스와 찢어진 청바지 같은 전혀 안 어울리는 옷차림을 한 젊은이들이 오락가락하였다. 광주항쟁을 배경으로 한 장선우 감독의 영화 〈꽃잎〉 촬영팀이었던 모양이다. 묘역 위쪽, 장선우 감독이 제왕처럼 서서 묘역을 굽어보고 있었다. 영화가 왕이야. C가 자조적으로 말했다. 그러게 말이야. 〈꽃잎〉 촬영을 한다니까 충장로와 금남로에 교통을 통제하고 시민들이 자발적으로 엑스트라가 되었다지? C, 너도 한번 해보지 그러냐? 광주를 소재로 한 시를 쓰는 데 필요하니 충장로와 도청 앞 로터리를 좀 비워달라고. C가 아프게 웃으며 말했다. 영화는 참 편리한 장르 같아. 〈너에게 나를 보낸다〉 같은 포르노를 찍다가 〈꽃잎〉 같은 작품을 찍어도 아무도 뭐라고 하지 않잖아. 근데 왜 시나 소설은 그게 안 되지? C가 억울하다는 듯이 주먹을 불끈 쥐었지만 다소 우스꽝스럽게 보였고 자신도 그리 알고 있는 듯했다. 원래 왕이란 제멋대로인 거야. 그게 멋이기도 하고…… 그 남자와 C는 할복자살한 조성만의 묘 옆에서 되지도 않을 농담을 나누다가 자리에서 일어났다.

파전을 안주 삼아 이동막걸리를 한 됫박쯤 마시고는 망월동을 떠난 두 사람은 서울로, 일상으로 다시 돌아갔다.

아무도 이 사람을
구멍가게 둘째딸로 기억하지 않습니다.

철의 여인 대처로 기억합니다.

학력차별이 없는 사회, 여성차별이 없는 사회

　커피전문점에서 마주앉은 두 남녀는 한동안 말이 없다. 그 남자는 궁금했다. 그녀가 아직도 처녀일까. 헤어진 뒤, 육 년의 세월이 흘렀다. 그 남자는 그럴 리가 없다는 쪽으로 생각을 정리했다. 아직도 술 많이 마셔? 그 남자는 가장 궁금하지 않은 것을 물었다. 그녀는 고개를 가로저었다. 요새는 술 안 마셔. 형은 여전히 술 많이 마셔? 나도 예전처럼은 안 마셔. 참, 광주 비엔날레 다녀왔니? 그 남자가 눈빛을 빛내며 물었지만 그녀는 그닥 반가워하는 기색이 아니었다. 아니. 형은 다녀왔어?

　그 남자는 비엔날레에 대해 장황하게 떠들다가 말을 멈췄다. 그러곤 그새 불이 꺼진 담배에 다시 불을 붙이며 말했다. 망월동에 들렀어. 안티비엔날레를 하는데 난 그게 더 좋더군. 아무래도 우리 체질은 그쪽인가봐. 그는 애써 유쾌하게 웃었지만 그녀는 시늉만 내다 말았다. 망월동이 많이 변했더군. 성역화니 뭐니 해서 난리가 아니더라. 아무래도 비장미는 옛날이 더 나았는데 말야.

　형. 그녀가 그 남자를 불렀다. 그녀의 눈동자에 장난기가 어렸다. 그때만 해도 우리 참 어렸지. 안 그래? 생각해보면 별것도 아닌 것을…… 그녀의 목소리가 조금 달뜨기 시작했다. 내 얘기 못 들었지? 졸업하고서 이 년쯤 현장에 들어가 있었어. 거기서 남자 하나를 만나서 살았더랬는데 가끔 사람을 패는 것 빼고는 괜찮은 남자였거든.

그런데 그렇게 살다보니까 궁금해지는 거 있지. 그때 형이랑 잤으면 어땠을까. 후, 오해하지 마. 그냥 궁금했을 따름이야. 그때는 왜 그렇게 안 된다고 발버둥을 쳤을까. 별일도 아닌 것을.

별일도 아닌 것을, 이라고. 그 남자는 다소 충격을 받았다. 그 남자의 머릿속에 남은 그녀의 잔상은 전혜린, 또는 그 티를 아직 못 벗은 여자에 불과했다. 그 여자에게 망월동 이야기를 한 이유는 별다른 게 아니었다. 단지 자신에 대한 좋은 추억이나 회상시켜볼까 하는 얄팍한 심사였는데 그 반향으로 들려오는 그녀의 개인사가 그 남자에게는 다소 놀라웠다.

그녀가 삼학년이 되었을 때, 그녀의 선배들은 말 잘하고 인물 훤한 그녀를 어떻게든 잘 키워보려고 했다. 그 무렵 학생회에서 일하고 있던 그 남자도 그녀의 자유주의적 성격을 비난했다. 결국 그녀는 전혜린을 버렸다. 그것까지가 그 남자가 그녀에 대해 아는 전부였다. 그녀가 전혜린을 버린 순간, 그 남자는 그녀를 떠났다. 그 남자는 아직도 명확하게 그 이유를 설명할 수 없었다.

현장에 들어갔었구나? 힘들었겠네. 그 남자는 애써 안쓰러운 표정을 지었다. 아뇨, 정말 재밌게 보냈어요. 해고되지만 않았어도 더 할 수 있었는데 아쉬워요. 거기 사람들, 정도 많고 단순하고…… 그런 게 좋더라구요. 계도 만들어서 지금도 만나요. 할 수만 있다면 다시 들어가고 싶지만 이젠 나이도 차고 해서 힘드네요. 그 남자는 더욱더 그녀를 이해하기 힘들어졌다. 전혜린과 해고 노동자. 슈바빙의 가스등을 그리워하던 그녀. 방학이면 독일문화원을 들락거리며 독

일어를 배우던 여자. 그 남자에게는 그녀의 이야기가 자신을 조롱하기 위해 꾸며대는 것처럼 느껴졌다.

그 남자는 자신의 잔에 남아 있는 커피를 마저 들이켰다. 그리고 그녀와 자신이 더 나눌 이야기가 별로 없다는 사실을 인정해야만 했다. 그 남자는 시계를 보았고 그 여자도 그 신호를 알아차렸다. 형, 가야 돼? 응. 학원에 가봐야겠어. 참, 요즘도 시 보니? 김수영이나 황동규, 기형도 같은 사람들 시 말야. 그녀는 매우 낯선 이름을 들은 사람처럼 고개를 갸웃거리다가 살짝 웃었다. 아뇨, 요새는 소설을 봐. 아니, 소설보다는 영화 보기를 더 좋아해. 그녀는 자리에서 일어나 서울극장으로 향했다. 서울극장 앞에서 그녀가 말했다. 참, 형. 지금 든 생각인데, 쇼걸과 전태일의 공통점이 뭔 것 같아? 그 남자는 생각해낼 수 없었다. 뭔데? 둘 다 혼자 보기에 좋은 영화라는 거야. 그녀는 손가락을 들어 서울극장 입구를 가리켰다. 〈쇼걸〉 매표소에서 표를 사든 남자들, 쥐색 양복에 바바리코트를 입은 남자들이 극장 속으로 사라졌고 그 뒤로 별로 다를 바 없는 행색의 남자, 혹은 여자가 전태일 쪽 입구로 스며들어가는 것이 보였다. 그래, 정말 그렇구나. 그 남자는 그 여자의 말에 동의했다.

두 사람은 일주일 만에 만난 연인처럼 만났다가 내일 만날 사람처럼 헤어졌고 그 남자는 버스정류장으로 가서 버스를 기다렸다. 버스를 기다리던 그 남자는 몸을 돌려 근처 레코드가게로 들어가 몇몇 코너를 두리번거리다가 한영애의 4집 앨범을 골라들었다. 만원을 지불하고 천원을 거슬러받은 그 남자는 다시 버스정류장으로 돌아와 버스를 기다렸다. 그 남자가 한영애를 처음 만난 것은 1988년, 그녀와 함께 망월동에 다녀오던 해의 생일날. 그녀가 황동규의 「기도」를 기름종이에 적어주었던 바로 그날. 그녀에게서 받았던 생일 선물이었다. 〈누구 없소〉가 타이틀곡이었던 한영애의 2집 앨범이었고 그 남자는 테이프가 다 늘어질 때까지 들었다. 그 남자가 육 년 만에 그녀를 다시 만난 날, 하필이면 다른 사람도 아닌 한영애의 CD를 산 것도 일종의 우연이라고 볼 수 있을 것이다. 그러나 어찌 보면 '전적으로 우연한' 일이란 없는 것이다. 〈……전태일〉과 〈쇼걸〉이 같은 극장에서 상영되는 확률만큼 그런 우연은 발생한다. 그것까지 필연이라고 생각해야 한다면 인생은 너무 삭막할 것이다. 아무리 사실이 그렇다고는 하지만.

그 남자는 가판대 옆에 놓여 있는 '벼룩시장'을 한 장 집어들고 버스에 올라탔다. 파는 것과 사는 것, 구인과 구직, '벼룩시장'에는 맞춤한 균형이 존재하고 있었다. 그 남자는 마음이 푸근해져서 잠시 잠이 들었다. 자, 이제 그 남자가 아주 우연하게도 자신이 내려야 할 정류장 바로 직전에 잠이 깨었다는 사실을 알리면서 이 소설을 마치기로 한다. 사실이 그랬다.

삼국지라는 이름의 천국

관우, 장비, 마초로 하여금 각기 만 명의 군사를 이끌고 선봉에 서게 하고 제갈량을 중진에 포진시키고 후미를 조자룡으로 하여금 방비케 한 후, 하후돈이 지키는 형주성을 공격게 하였다. 관우와 장비가 우회하여 형주성에 접근하는 동안 서남풍이 불었고 이를 틈타 제갈량이 화공으로 형주성을 공격하니 하후돈의 병사 중 반이 전사하였다. 마초는 동쪽에서, 관우와 장비는 서쪽에서, 그리고 제갈량은 북동쪽에서 공격하는 동안 사마의가 이끄는 구원병이 형주성으로 진격해왔다. 후미에 있던 조자룡이 제갈량을 호위하고자 나섰으나 상대는 여포, 조자룡으로서는 버거운 상대였다. 형주성 함락이 시간문제였지만 조자룡을 잃을 수는 없는 일, 장비로 하여금 조자룡을 돕게 하고 제갈량은 사마의의 진영으로부터 멀리 떨어져 있도록 하였다. 바람의 방향이 바뀌었으므로 언제 사마의가 화공으로 본진을 공격할지 몰랐기 때문이었다. 제갈량이 진영을 옮기는 동안 아니나 다를까 사마의가 화공을 전개해왔다. 겨울철이어서 불길은 삽시간에 온 들판으로 퍼졌다. 장비의 부대가 화염에 휩싸였다. 장비는 골짜기를 따라 패퇴했고 그때를 놓치지 않고 사마의가 장비를 뒤쫓으며 계속 불을 놓았다. 골짜기에 갇힌 장비는 제대로 싸워보지도 못하고 병력만 잃고 있었다. 조자룡은 멀리 있었고 관우가 구원하기엔 너무 늦다. 할 수 없이 제갈량이 직접 부대를 이끌고 사마의를 후면에서 공격했다. 장비의 부대는 어차피 화공으로 전멸할 바에야 제갈량과 함께 사마의를 공격하는 것이 나으리라 판단하고 불길을 뚫고 사마의의 부대를 공격하기 시작했다. 이때 기적처럼 비가 내려 불길이 잡혔다. 삽시간에 전세는 사마의가 장비와 제갈량의 부대에 포위된 형국으로 변모되었다.

대마다. 이젠 형주성이 문제가 아니다. 마초의 군대로 하여금 위나라의 다른 장수가 사마의를 돕지 못하도록 골짜기 어귀를 지키게 하고 제갈량과 장비는 사마의 공격에 총력을 기울이게 하였다. 그때 조자룡은 홀로 여포를 상대하느라 병력의 거의 대부분을 잃고 있었다. 할 수 없다. 회군이다. 조자룡은 즉각 촉으로 돌려보냈다. 후퇴하는 조자룡을 여포가 뒤쫓고 있었지만 잡을 수는 없을 것이다.

골짜기의 사마의는 총력을 다해 장비와 제갈량을 상대했지만 힘으로는 장비를, 지략으로는 제갈량을 이길 수 없는지라 하릴없이 병사들만 잃고 있었다. 장비의 일만 명 군사도 지금은 천 명으로 줄어들었고 제갈량의 군사도 삼천 명밖에 남지 않았다. 사마의에게 남은 병사는 고작 오백, 승리가 목전에 있었다. 그때까지 조자룡을 쫓고 있던 여포가 중군 사마의의 위급함을 알고 말머리를 돌려서 들이닥쳤고 길목을 지키던 마초가 여포를 상대했다.

이 싸움이야말로 촉나라와 위나라의 운명을 가르는 싸움이 될 것이다. 형주를 차지하면 위나라는 거의 남북으로 갈리게 되고 힘은 반으로 줄어든다. 이를 모를 리 없는 조조는 사마의, 여포, 하후돈 등과 같은 위나라의 명장들을 이 싸움에 모두 출전시킨 것이다. 제갈량은 장비로 하여금 마지막 총공세를 전개하도록 명령했다. 총공세 명령이 떨어지면 적과 아, 둘 중 하나가 전멸할 때까지 공격은 계속된다. 장비의 공격이 개시되자마자 제갈량도 사마의를 향한 총공세에 들어갔다. 사마의의 저항은 거셌다. 그러나 이미 늦었다. 사마의는 생포되었다.

즉각 목을 베도록 지시했다. 일세를 풍미하던 지략가 사마의가 그렇게 사라졌다. 사마의가 생포되자 여포는 마초와의 싸움을 중지하고 형주성에서 농성중인 하후돈을 도우러 움직였다. 제갈량은 병사를 거의 잃은 장비를 접경지역으로 후퇴시킨 연후에 남은 이천 명의 군사를 이끌고 형주성 공략에 나섰다. 병력을 거의 고스란히 보존하고 있는 마초도 제갈량에 앞서서 형주성으로 향했다.

형주성의 하후돈은 의외로 잘 버티고 있었다. 워낙 난공불락의 성이기도 하여서 관우 혼자 공략하기엔 무리가 있었다. 제갈량과 마초, 관우는 삼면에서 여포와 하후돈이 지키는 형주성을 포위하였다. 서로 화공을 주고받으며 공성전을 벌이길 석 달. 형주성은 함락되지 않았다. 제갈량은 지원병을 요청했다. 조자룡이 다시 군대를 보강하여 쳐들어왔고 장비는 아예 본국으로 철수시킨 후, 장요로 하여금 군대를 이끌고 형주로 향하게 하였다. 장요는 군량미도 함께 들여왔다.

장요가 형주에 도착할 무렵, 남쪽에서 주유가 이끄는 오나라의 군대가 조조를 돕기 위해 오만의 군사를 이끌고 형주성 전투에 가담했다. 뿐만 아니라 조조도 친히 아들 조비와 문추를 이끌고 형주로 진격해왔다. 상황이 급박하다. 오나라의 군대가 형주에 도착하는 데는 열흘, 조조의 군대가 도착하기까지는 약 보름이면 족했다. 철수냐, 공격이냐. 만약 이번에 형주성을 함락시키지 못한다면 앞으로 일 년은 더 기다려야 한다. 장수를 잃는 한이 있어도 이번에는 반드시 형주를 함락시켜야 한다. 그렇다면 총공세다. 형주를 포위한 촉군은 일제히 공격을 개시했다. 남쪽에서 다가오는 오나라의 군대를 향해서는 화공을 전개했고 새로이 도착한 장요는 조조의 군대를 맞아 지연작전을 전개하기로 하였다.

삐리리릭.

하후돈의 군대가 전멸하고 하후돈은 생포되었다. 그러나 하후돈과 결전을 벌이던 관우는 여포의 창에 맞아 부상을 입고 생포되었다. 주유의 군대는 화공을 이리저리 피하면서 근접해왔고 멀지 않은 곳에서 장요의 군대가 조조의 본진과 전투를 벌이고 있었다. 시간이 얼마 남지 않았다. 제갈량은 장비, 마초로 하여금 여포를 향한 총공세를 전개토록 하였다. 전투를 벌이는 동안 조비의 군대가 제갈량의 부대를 공격했고 오나라의 군대도 목전에 다다랐을 즈음, 여포가 생포되면서 가까스로 형주성이 함락되었다. 제갈량의 군사들은 신속하게 형주성으로 진입했고 조조와 주유의 군대는 말머리를 돌려 본국으로 돌아가고 말았다.

담배를 꺼내려고 담뱃갑을 만져보았으나 비어 있었다. 시계를 보니 새벽 다섯시, 꼬박 일 년에 걸친 형주 함락작전을 전개하는 동안 여덟 시간이 지났다. 이 전투에서 그는 관우를 잃은 대신 하후돈과 여포를 얻었고 사마의를 죽여 없앴다. 그리고 무엇보다 형주성을 얻었다.

아, 관우.

충성심이 낮은 여포는 언제 그를 배신할지 모르고 하후돈의 전투력과 지력은 관우를 당하지 못한다. 그는 재떨이에서 꽁초를 찾아 피워물었다. 어떻게 한다. 일 년에 걸친 전쟁 덕분에 백성들의 충성심은 10포인트나 하락했고 인구도 오십만이나 줄어 식량 생산에 차질을 빚게 되었다. 전쟁을 겪지 않은 오나라의 군대는 강성하고 형주를 잃은 조조는 반드시 다시 공격해올 것이다. 그는 AD220년 가을에서 게임을 멈추고 결과를 저장한 후에 컴퓨터를 껐다.

어느새 사위가 훤해지고 있었다. 방안 곳곳은 세탁물, 담뱃갑, 맥주병으로 어질러져 있었다. 그것들을 이리저리 치워 잘 자리를 마련한 후에 눈을 붙였다. 해가 더 밝아오기 전에 잠이 들어야 한다. 그러나 잠은 오지 않고 오호장군 마초가 맹장 여포와 결전을 벌여 형주성을 함락시키는 장면과 사마의를 골짜기에 몰아넣고 협공으로 전멸시킨 장면이 눈에 어른거렸다. 오 년 전 사마의는 그의 아들 유평을 사로잡아 목을 베어 죽였다. 오늘에야 드디어 그 원수를 갚을 수 있었다. 그는 사마의의 아들들을 모조리 잡아, 잡는 대로 목을 베어버리리라 결심했다.

여포의 충성심을 제고하기 위해서는 여자를 보내주어야겠다. 갓 잡아온 여포의 충성심은 65. 너무 낮다. 적어도 95는 되어야 안심하고 전쟁에 데리고 나갈 수 있다. 전투에 나가서 배신하면 적과의 병력 차는 순식간에 이만 명으로 벌어질 뿐 아니라 여포를 적장으로 삼는 전투를 이긴다는 것은 거의 불가능에 가깝다. 여자는 세 명 정도면 족할 것이다. 게임 매뉴얼에는 여포의 충성심이 여자 한 명당 10포인트씩 상승한다고 나와 있다. 『삼국지』를 보아도 여포는 초선이라는 여자 때문에 인생이 결딴나는 것으로 나와 있지 않은가.

눈을 감았으나 잠이 오지 않았다. 오늘이 며칠인가? 동남아 어딘가의 해변 사진이 붙어 있는 달력을 본다. 7월이었다. 삼국지 게임을 사온 때가 6월 말이었으니 벌써 이 주가 지난 셈이다. 처음에는 전쟁에만 몰두하다가 국민들의 충성심이 떨어지는 바람에 모반이 일어나기도 했고 장수들이 다른 제후에게 투항하는 일이 잦았다. 매달 적정한 돈을 치수와 농경에 투자하지 않으면 쌀 생산이 줄어들고 그렇게 되면 백성과 병졸의 충성심이 떨어질 뿐 아니라 축성도 할 수 없게 된다. 처음에는 그런 이치를 몰랐던 탓에 제대로 싸워보지도 못하고 늘 나라를 잃곤 했다. 그러나 이번 게임만은 질 수 없다. 이제 형주를 얻었으니 방비를 튼튼히 한 후에 남쪽으로 진공하여 오나라를 쳐야 할 듯싶다. 최근 오나라가 태사자와 주유를 앞세워 37번 주에 병력을 집결시키고 있다는 정보가 있었다. 먼저 36번 주로 만 명을 보내 치고 빠지는 작전으로 군대를 묶어둔 후에 조자룡과 마초를 보내 태사자와 주유를 공격하도록 해야겠다.

따르르르릉.

요란한 자명종 소리. 시계를 때려누른 후에 자리에서 일어난다. 아무래도 자기는 글렀다. 어느새 시간은 일곱시를 넘어가고 있었다. 주섬주섬 옷가지를 걸쳐 입으면서 거울을 본다. 점점 낯설어지는 남자가 거기 서 있다. 거뭇한 턱수염과 헝클어진 머리. 아마 머리는 나흘째 감지 않은 것 같다. 눈 아래쪽으로는 기미 비슷한 검은 그림자가 서려 있다. 빨간 실핏줄이 흰자위를 가로지르고 있다. 눈을 질끈 감고 방을 나선다.

마을버스를 타고 언덕배기를 내려와서 다시 시내버스로 갈아탄다. 장마철답게 후끈한 공기가 차 안에 가득하다. 그는 여전히 다음 작전을 구상하고 있다. 오나라를 치기보다는 강화조약을 맺는 게 좋겠다. 지력이 높은 서서를 보내면 아마도 능히 성사시킬 수 있을 것이다. 그런 연후에 오나라와 함께 위나라를 치는 것이다. 그동안 사로잡은 장수들의 충성심을 높이고 병사들을 훈련시킬 수 있을 것이다. 이 게임에서 그는 한 달에 한 번의 명령밖에 내릴 수 없다. 병졸을 훈련시키든지 장수들에게 상을 내리든지 그도 아니면 전쟁을 벌이든지 뭐든 한 달에 한 번밖에 명령을 내릴 수가 없는 것이다.

영업소에 들어서니 분위기가 싸늘하다. 지점장은 이미 출근한 지 오래인 듯, 벌써 넥타이가 느슨해져 있다. 다른 직원들은 사무실로 들어서는 그를 힐끔거리며 쳐다본다.

　—야, 너 이리 와봐.

　지점장은 일선 영업직원들에게 반말을 한다. 화가 날 때만 반말을 한다지만 그는 항상 화가 나 있는 편이다.

　—지금이 몇 시야?

　—아홉시 십오분인데요.

　—이 자식이 지금 누구 약올리나?

　지점장이 서류철을 들어서 책상을 내리쳤다. 반쯤 벗어진 대머리에 눈매가 날카로운 인상의 사십대 남자. 실적을 위해서라면 물불을 안 가리는 전형적인 영업매니저의 모습이다. 자세히 보니 지점장의 뒤통수가 툭 튀어나와 있다. 그냥 튀어나온 것도 아니고 양쪽으로 갈라져 있었다. 반골이다. 그래, 위연이다. 제갈량은 죽으면서 "위연을 조심하라. 그는 반역자의 골상을 가졌다"고 말했다. 그래서인지 게임 속의 위연도 배신을 밥 먹듯이 했다. 애초에 위연을 데리고 있던 건 그였다. 그러나 적벽전투에서 오나라에 투항했고 그뒤에 여러 차례 그의 영토를 공격해왔을 뿐 아니라 그의 장수 마속과의 일대일 대결에서 마속을 죽이기까지 했다. 언젠가는 내 너의 목을 반드시 베고 말리라.

　—너 내 말 안 들려?

　—네?

　—지난달에 차 몇 대 팔았냐니까?

―하, 한 대요.

―너 지금 그걸 말이라고 씨부리냐, 이 인간말종아. 김상근이 좀
봐라. 지난달에 아홉 대나 팔았잖아. 넌 그동안 뭐했어?

지점장은 1980년대 초에 입사했다고 한다. 1980년대 회사가 망
하느냐 마느냐 하는 시점에 강남지역에 부임해서 판매왕이 되었다
고 한다. 그뒤, 주로 실적이 부진한 영업소로 내려가서 실적을 끌어
올리는 데 탁월한 역량을 발휘하기 시작했다. 물론 그가 여기 지점
장으로 임명된 것도 마찬가지 이유였다. 그가 부임하기 전까지만 해
도 이렇게까지 영업사원들을 닦달하지는 않았었다.

지점장에게 한바탕 당한 후에 자리에 앉았다. 정신이 멍하다.

―커피나 한잔하지.

지점장이 칭찬하던 김상근이 다가와 어깨를 툭 쳤다. 고등학교 일
년 선배였다. 함께 학교 교지를 만든 적도 있었던 사람이어서 아무
래도 친하게 지내왔던 터였다. 타고난 영업사원이어서 가만히 앉아
있어도 계약이 들어오는 사람이었다. 복도로 나가자 김상근은 그의
몫까지 커피를 뽑아 왔다.

―힘내. 하루이틀 겪는 일도 아니잖아. 그 개새끼 어디 가서 안
돼지나 몰라.

―글쎄 말이에요.

커피가 텁텁했다.

―참 어제 택시 하나 계약했는데 기사가 너 안다고 하더라.

―그래요? 누군데요?

―박상수라고 공항동 사는 사람. 까다롭던데. 서비스 해달라는 게 무지하게 많더라. 깔판에 선바이저에 시트에 핸들커버까지 다 해 줬어. 아, 그 덕에 어제 하루종일 골치 아팠어.

　―아, 네.

　―그럼 수고해.

　김상근이 자기 자리로 돌아갔다. 다리에 힘이 쭉 빠진다. 그 택시 기사는 그가 이 주 동안이나 공을 들여온 사람이었다. 심지어 기사 집 앞 대폿집에서 소주까지 마셨다. 그는 아래층으로 내려가 공중전 화를 걸었다.

　―박기사님, 어제 계약하셨다면서요?

　―했지. 어제 마침 지나가는 길이라 들어갔더니 자네 없더라구. 그래서 그냥 했지.

　―저하고 인연을 봐서라도 저한테 해주시지 그랬어요?

　―아, 나도 그런 줄 알고 물어봤더니 계약은 아무하고나 해도 된 다던데. 내가 자네 명함까지 보여줬는데 그냥 해도 된다고 그러던 데. 그럼 안 되는 거야?

　―할 수 없죠, 뭐. 나중에 차 바꾸시는 분 또 계시면 소개나 해주 세요.

　어쩐지 김상근이 커피를 뽑아줄 때부터 느낌이 좋지 않았다. 그 는 이번달에도 본부 판매 1위를 할 것이다. 그래, 잘 먹고 잘살아라. 아무리 못 벌어도 너처럼 후배 실적까지 빼앗으면서 살고 싶지는 않 다. 이 개새끼야.

하기사 그는 선배로서 훌륭한 교훈 하나를 일러준 셈이다. 고맙군. 사무실로 돌아오자 김상근이 그를 힐끗거리는 게 느껴진다. 불편하겠지. 처음에는 조금 불편하다가 나중에는 만만한 놈이려니 여길 테지. 그러곤 계속 내 고객을 가로채겠지. 될 대로 되라지. 어차피 너나 나나 막장 인생이다.

지점장이 노려보고 있다. 몇 통의 거짓 전화를 건다. 그러고는 전화상담 기록부에 기록한다. 아무래도 내일은 대학 동창회 사무실에 한번 들러서 동창들의 직장 정보와 전화번호를 빼와야겠다. 어차피 그들에게 전화를 걸거나 하지는 않을 것이다. 아는 사람 파먹는 장사라고는 하지만 그렇게 살고 싶지는 않다. 그저 전화상담 기록부에 적어야 할 사람이 필요할 뿐이다.

—어디 가?

그가 자리에서 일어나자 대번에 지점장의 눈길이 그에게 꽂힌다.

—고객 만나러 갑니다.

—노상 만나기만 하면 뭐하나. 실적이 올라야지.

그는 대꾸하지 않고 밖으로 걸어나왔다. 하늘이 흐렸다. 장마가 시작됐다는데 비는 오지 않는다. 그는 차를 몰고 집으로 돌아온다. 넥타이를 늘여 고리처럼 만들어 목에서 빼낸다. 다시 매기가 귀찮기 때문이다. 같은 넥타이를 맨 것이 언제부터인지 그는 기억하지 못한다. 특별한 날을 제외하고는 이게 그의 일과다. 아침에 출근해서 얼굴도장 찍고 다시 집으로 돌아왔다가 저녁때 다시 회사로 돌아간다. 한 달에 한 대만 팔면 잘리지는 않는다. 한 대 파는 건 쉽다. 남들보다 깎아주면 되기 때문이다. 한 달에 십만원만 자신의 기본급에서 손해보면 된다.

컴퓨터를 켠다. 모니터의 빈칸에 SAM이라고 친다. 일본 고에사의 로고가 뜨고 잠시 후, 화려한 삼국지 초기화면이 뜬다. 그가 저장해 둔 파일을 불러오자 'AD220년 가을'이라는 메시지가 나타난다. 그는 서서를 손권에게 보내 강화를 체결하라는 명령을 내린다. 서서가 고개를 조아리고 그의 명령에 복종한다. 담뱃재가 그의 손에서 툭 떨어진다.

손권은 강화에 동의했다. 그는 다시 밀사를 보내 함께 위나라를 치자고 제안한다. 위연이 지키고 있는 10번 주가 표적이다. 산둥이다. 산둥을 차지하게 되면 위나라의 허리는 반으로 동강나게 된다. 다시 마초와 장비, 그리고 조자룡과 제갈량을 출진시키고 미축으로 하여금 군량을 지키게 하였다. 군량을 빼앗기면 그 즉시 패하게 되므로 강한 장수를 붙여야 하는데도 미축에게 그 일을 맡긴 까닭은 강화를 체결한 오나라의 군대가 합세하기 때문이었다.

전세는 촉오연합군에 절대적으로 유리했다. 제갈량이 이끄는 최정예군사 오만, 그리고 주유가 이끄는 삼만의 오나라 군대가 산둥으로 진격했다. 위나라는 위연과 안량, 문추가 이끄는 사만 명이 산둥성을 수비하고 있었다. 두 줄기의 강이 흐르고 그 사이에 산둥성이 있었다. 물에 강한 오나라 군대가 있으므로 그들은 강을 타고 공격할 터이니 제갈량의 군사들은 육지 쪽에서 성을 치도록 하는 것이 합당한 작전이었다.

미축을 최후방에 두고 제갈량은 중진에 서고 장비와 마초, 조자룡으로 하여금 공격에 나서게 하였다. 이면이 물로 막혀 있어 화공을 전개하기도 쉽지 않았다. 안량과 문추가 성밖으로 나와 미축 쪽으로 다가가다가 장비의 군대와 맞닥뜨렸다. 장비는 안량과 문추를 번갈아가며 공격했다. 안량의 전투력 94, 문추 93, 장비는 99였으니 비록 장비가 혼자라 해도 능히 당해내고도 남음이 있었다. 오나라의 태사자도 장비 쪽에 합세, 문추를 집중적으로 공략했다. 나머지 조자룡과 마초, 그리고 오나라의 주유는 산등성에서 농성중인 위연을 공격했다.

삐리리릭.

경고음과 함께 북쪽에서 위나라의 지원병이 전투에 참가했다는 사실을 알려왔다. 그는 신속하게 지원병을 이끄는 장수의 이름을 확인했다. 그중 한 장수는 장합. 조조 휘하의 명장이었다. 그리고 다른 한 명의 장수를 확인하다가 그만 그는 숨을 멈추지 않을 수 없었다. 그는 담배를 꺼내물었다. 게임을 잠시 중지시키고 한참 동안 화면을 들여다보았다. Kuan Yu. 바로 관우였다.

처음 게임을 시작할 때, 컴퓨터는 묻는다. 어느 제후를 선택하시겠습니까? 유비, 조조, 손권, 동탁, 유장 등 여러 제후 중에서 그는 언제나 유비를 선택하곤 했다. 게임 매뉴얼에는 조조나 손권을 선택해야 쉽게 천하를 통일할 수 있다고 나와 있었다. 왜냐하면 조조나 손권 휘하에는 뛰어난 장수가 처음부터 많이 있기 때문이었다. 그러나 유비 휘하에는 단둘밖에 없다. 관우와 장비가 그들이다. 나머지 장수들은 게임을 하는 동안 생포하거나 회유하는 등의 방법으로 데려와야만 한다. 그러므로 유비를 선택하게 되면 어려움이 많다. 유비는 전투력도 손권이나 조조보다 약할뿐더러 지력도 떨어진다. 숱한 어려움을 겪는 동안 관우와 장비는 언제나 그와 함께 있어주었다. 지난 형주성 전투에서 관우를 잃기 전까지는 말이다. 그 관우가 이제는 조조의 편이 되어 그를 공격하러 온 것이다. 그는 다시 관우의 신상명세를 불러와본다. 현재 관우의 지력은 98, 전투력 99, 카리스마는 99다. 게임의 모든 장수의 능력은 이 세 가지 척도로 표현된다. 도원결의 따위는 입력되지 않는다. 그는 마지막 희망을 걸고 관우에게 귀순 의사를 타진해본다. 결과는 거절이다. 이제는 싸우는 수밖에 없다. 그러면서도 마음 한구석에 이는 분노와 서운함은 어쩔 수 없다.

관우는 남쪽으로 곧장 진군해와 장비를 공격했다. 장합은 산둥성으로 들어가서 위연과 합류, 농성에 들어갔다. 이제 남은 길은 관우를 생포하는 것뿐이다. 관우 쪽을 보니 현재 아군은 장비와 태사자 둘이고, 적군은 관우, 안량, 문추, 셋이다. 관우와 장비가 일전을 벌이고 있는 한편에서 태사자와 안량, 문추가 일전을 벌이고 있다. 산둥성에서는 마초와 조자룡, 주유가 삼면에 걸쳐 위연과 장합을 대적하고 있었다.

그는 산둥성 공략에 참가하고 있는 조자룡과 마초로 하여금 말머리를 돌려 관우를 포위 공격하도록 했다. 게임의 정석대로라면 산둥성으로 병력을 집중시켜야만 한다. 성만 점령하면 전쟁에서 승리하기 때문이었다. 그러나 관우에 대한 배신감이 너무 강했다. 그를 사로잡아야 한다. 잡아서 다시 자신의 사람으로 만들고야 말겠다는 일념이 합리적 판단을 흐리고 있었다.

촉의 군대가 모두 관우 공격에 집중되자 오나라의 군사들은 산동성 공략에 나섰다. 당연한 일이었다. 오나라, 위나라 모두 컴퓨터에 의해 움직이는 것이므로 그들은 프로그래밍된 대로, 정석대로 움직이기 때문이었다. 그러나 관우는 역시 관우였다. 가을이 되어 날씨가 건조해지자 화공을 전개하여 장비를 공격하고 불길이 번지자 북동쪽으로 빠지면서 조자룡을 쳤다. 관우가 장비에게 불을 놓다니. 우울했다. 이건 게임일 뿐이라는 생각은 그의 머릿속에 들어서지 않는다. 마침내 그는 중군에 있던 제갈량마저 관우 공략에 투입한다. 안량과 문추는 전투력이 약한 제갈량을 협공한다. 상황은 점차 불리해진다.

삐리리릭.

경보음과 함께 태사자와 주유의 깃발 색깔이 바뀌었다. 깃발 색깔이 바뀐다는 것은 편이 달라진다는 의미였다. 오나라가 그새 위나라와 강화를 맺었다는 뜻이었다. 성을 공략하던 태사자와 주유는 발빠르게 군량미가 있는 미축 쪽으로 접근한다. 성안에 있던 장합도 그 뒤를 따른다. 이제 그들은 한편인 것이다. 군량을 잃으면 모든 것이 끝이다. 비상사태. 가장 근접거리에 있는 마초를 미축 쪽으로 보냈다. 한 발 한 발 태사자와 주유의 군대가 미축 쪽으로 다가선다. 북쪽의 마초도 황급히 달려간다. 그러나 태사자가 한발 빨랐다. 태사자는 단박에 총공세로 미축을 공격한다. 본시 문관이었던 미축의 공격력은 고작 60, 오나라의 명장 태사자는 98이다. 마초가 달려왔지만 그새 미축의 군사는 태사자에게 전멸하고 군량미는 불태워졌다. 삐리리릭. 전쟁은 끝났다.

삐리리릭.

후퇴하는 과정에서 마초마저 사로잡혔다는 메시지가 나타났다. 오호장군 중에서 두 명을 잃은 셈이다. 싸움에 패해 후퇴할 때, 적과 근접해 있거나 전투력이 약한 장수는 쉽게 생포되고 만다.

후. 그는 담배를 피워물었다. 왜 오나라가 배신했을까. 그는 제후 유비의 신상을 검색해본다. 신뢰도가 75에 머물러 있다. 그때 모사 제갈량이 화면에 등장해 아뢰던 말이 생각난다. 지난해 형주성 싸움에서 사마의의 목을 벨 때, 제갈량은 사마의를 살려야 한다고 말했다. 장수의 목을 자주 베면 백성들의 신망이 떨어지고 다른 나라 제후들로부터 신뢰를 잃어 신뢰도 수치가 떨어진다고 말했다. 오랜 게임의 경험으로 그는 그 말이 무엇을 의미하는지 잘 알고 있었다. 신뢰도가 떨어지는 제후는 부하들로부터 자주 배신당하고 조약도 쉽게 맺지 못한다. 그렇지만 사마의를 벨 때의 쾌감을 거역할 도리가 없었다.

삐리리릭.

갑자기 또 무슨 메시지일까? 그는 화면을 주시했지만 아무런 메시지도 뜨지 않는다. 다시 삐리리릭 하는 소리가 들려서야 그는 그

것이 전화벨 소리인지 알 수 있었다. 문득 돌아본 방안은 낯설었다. 광활한 중원은 온데간데없고 초라한 자신의 방안 풍경만이 생뚱맞게 나타나자 그는 전화벨 소리에 짜증부터 났다.

일주일 동안 사람들은 과연 몇 통의 전화를 받을까. 그는 일주일 동안 많아야 서너 통의 전화를 받는다. 또 그 정도의 전화를 하고 산다. 좀 적은 편이리라. 그러고 보면 그가 그리 사교적이지는 않은 모양이다. 벨이 자주 울리지 않는 만큼, 일단 울리면 놀란다. 아직도 연이 확실히 끊기지는 않은 자들로부터 걸려오는 전화들은 특히 피곤하다. 무슨 모임들이 그리 잦은가. 그들로서는 한 달에 한 번쯤이겠으나, 그것이 중첩되어 나타나는 그에게는 너무 잦다. 그래서 일단 벨이 울리면 그는 거절의 각오부터 다진다.

받아드니 낯선 목소리다. 잠시 후에 통화자가 이름을 밝히고 나서야 그는 아하, 라고 말할 수 있었다. 그 친구와 그가 함께 일했던 기간은 일 년 정도, 대학교 사학년 때니까 스물세 살 무렵이었을 게다. 게다가 그는 늘 별명으로 불렸으니 그 친구의 본명은 여전히 낯설다. 그 친구의 이름은 달라졌지만 그래도 그는 움츠러들었다. 그 친구는 그에게 있어서 일종의 끈덕진 채권자 같은 존재다. 잊을 만하면 찾아오고, 찾아오면 그리 유쾌하지 않다. 그 친구가 한 번도 그에게 화내지 않았다는 사실만이 채권자와 그 친구를 구별시키는 특성인데 그것마저 그에겐 불쾌함으로 남는다. 그리고 그가 그 친구에게 무슨 큰 빚을 진 것도 아니다.

―이번 토요일에 우리 애들 모임이 있어.

우리? 한때는 '우리'였던 적도 있었다. 그러나 지금도 우리, 일까? 한때 어떤 이념적 경향에 동조했던 이들이 있었고 그도 그 일원이었다고 할 수 있겠다. 그러나 그가 졸업한 이후 그 모임에 나간 건 기껏해야 두 번쯤 될 것이다. 졸업한 지 사 년째인데 두 번이라면 결코 많은 횟수가 아니다. 그 정도면 더이상 그에게 전화하지 않아도 괜찮을 횟수가 아닌가.

— 무슨 일인데?

— 유모某가 결혼했잖아. 집들이를 겸해서 우리 애들 모임을 했으면 해서.

유모가 결혼했잖아, 라고 그 친구는 그에게 말했지만 그는 금시초문이었고 어쩌면 그 친구도 그가 알고 있으리라고는 생각하지 않았을 것이다. 그러나 어쨌든 그런 말투는 그가 유모의 결혼에 대해서 당연히 알고 있어야 한다는 식으로 들렸다. 그는 자신의 무지를 확인시켜주어야만 했다.

— 그래? 유모는 요즘 뭐하는데?

— 뭐 학원선생 하고 있다나봐.

그는 요즘 놀라지 않는다. 총학생회장을 지냈던 형이 아무개 여대에서 잘나가던 멋진 여자와 결혼을 해서 지금은 그녀가 경영하는 학원에서 승합차로 아이들을 싣고 다닌다는 소식을 들었을 때만 해도 그는 놀랐다. 전국적 학생운동조직의 부의장까지 하던 사람이 속셈학원에서 승합차나 몰고 있다니.

그에게 아주 중요한 결단을 요구했던 단과대 학생회장이 자석요를 파는 피라미드조직으로 넘어갔고 그 과정에서 그의 동기 한 명을 함께 데려갔다는 소식을 들었을 때도, 그는 놀랐다. 그러나 이제 그는 여간한 일로 잘 놀라지 않는다. 산개전의 시대로, 생존이 곧 투쟁인 시대로 보고 싶지도 않다. 그냥 무덤덤해졌다. 유모 역시 학내에서 한 단과대의 학생회장이자 동시에 한반도의 재통일을 해보자고 만든(또는 만들어진) 위원회의 장이었다. 단상에 올라서면 자신을 소개하는 인사말이 아주 길었던 친구였다. 수배기간도 길었고 결국은 실형을 살았을 게다. 그 친구가 지금 학원선생을 한대서 그가 뭐라고 할 입장도 아니고, 그저 지금의 그로서는 세월이 무상할 따름이다. 그 친구가 결혼을 했고 집들이를 한다는 거다.

─토요일은 안 되겠는데.

─왜?

저렇게 묻는 친구들이 그에겐 꽤 피곤한 통화자들이다. 여전히 그 친구에게는 조직사업을 하던 시절의 냄새가 배어 있다. 그래서 아직도 그들은 친구가 아니다. A란 친구가 조직사업을 한다면 B라는 사람은 사업의 대상일 뿐이다. 그들 나이쯤 되면, 안 되면 안 되는 거다. 내일 시간 있어요? 라고 묻는 남자에게 시간이 없다고 대답하는 여자는 시간이 없을 수도 있고 시간을 낼 의사가 없을 수도 있고 둘 다일 수도 있는 거다. 어느 쪽이든 확실한 것은 그 남자와 그 여자는 그다음날 만날 수 없다는 것이고 설령 만나더라도 피곤한 만남이리라는 것이다.

─선약이 있어.

그 친구가 조직사업을 할 때부터 그는 그 친구를 대하는 법을 터득했다. 절대로 구체적인 이유를 대지 않는 것이다. 그 친구가 구체적인 변명에 대해서는 케이스 바이 케이스로 돌파할 능력을 가지고 있다는 것을 그는 잘 알고 있다. 마치 노련한 세일즈맨을 대하듯이 그 친구를 대해야 한다는 게 그동안 그가 터득한 지혜 중 하나다. 물론 그 친구는 성실하고 유능한 친구였다. 그건 좋은 품성이겠으나 그에겐 숨막히는 기질이었다.

─늦게라도 오지 그러니.

도대체 그 친구는 그에게 무엇을 기대하는 것일까. 스스로도 말쑥한 기업의 샐러리맨이면서, 누가 봐도 '애국적 사회진출'로 봐주지 않을 곳에서 먹고살면서, 학원선생과 대학원생과 방위병들과 삼성맨들이 모여서 뭘 하겠다고 그더러 늦게라도 오라는 것일까. 그는 짜증이 나기 시작했다. 가기 싫어, 라고 말하지 못하는 자신의 느물스러운 사회적 속성에 대해서, 그리고 기호 뒤편에 숨겨진 의미에 둔감한 그 녀석에 대해서 말이다. 나는 가기 싫단 말이다. 그저 한때 운동을 했다는 연으로 만나서 웃고, 떠들고, 술 마시고, 옛날 얘기 하고, 먹고사는 얘기 하면서, 배 나오고 머리 벗어진 그 옛날의 4·19 세대들처럼 변해가는 순간순간들이 싫단 말이다.

그 친구는 그가 다시 성당에 나가길 원하는 그의 어머니 같았다. 성당에는 신이 없고 헌금통과 고백성사실만 있다. 아마 '우리 애들 모임'도 그럴 것이다. 결혼한 이들에게는 돈을 모아주고, 자신들끼리는 거짓 고백을 하고 보속을 받을 것이다. 사제는 없다. 그들 모두가 사제다. 의식은 없다. 술이 의식을 대신하리라. 술이 들어가면 지은 죄들을 고백하겠지. 먹고사는 죄, 결혼하는 죄, 자동차를 좋아하는 죄. 미사가 끝났습니다. 나가서 복음을 전하십시오. 복음? 기쁜 소식?

　―봐서 갈 수 있으면 가지. 그치만 못 가기가 쉬울 거야. 근데 넌 결혼 안 하냐?

　―올해엔 안 할 생각이야. 넌?

　―난 안 해.

그 친구는 그저 피식 웃었다. 선언들이 무너지는 것을 많이 봐온 그들은 이제 선언에 무감하다. 그래서 그 친구의 웃음에는 좀 너그러울 수 있었다. 잠시 침묵이 흘렀고, 전화선상에서 몇 초의 침묵은 참 견디기 힘들다. 그 친구는 그의 거절이 견디기 힘들겠고 그는 그 친구의 권유가 견디기 힘들다.

　―그래, 그럼 혹시 모르니까 유모네 전화번호 알려줄게.

제발. 그 친구는 정말 끈질긴 친구였다. 이제 그가 그 모임에 나가지 않는 책임은 오로지 그에게 전가된 것이다. 그 친구는 그가 어떻게 반응하든지 자신의 책임을 완수하면 그만인 것이었다. 누군가 (아마 한 명도 묻지 않겠지만) 그에게 연락했냐고 묻는다면 그 친구는 연락했어, 라고 말할 것이다. 물론 그 친구에게는 그럴 자격이 있다. 그 친구는 모임을 통보했고, 늦게라도 올 수 있도록 전화번호까지 일러주었던 것이다. 전화번호를 받아적으며 그는 자신의 두려움에 대해서 생각했다. 도대체 난 무엇이 두려운 거지? 그들도 다 나처럼 사는데. 산처럼 의연하게 버티는 녀석이 있는 것도 아닌데. 그래서 누군가 나를 부끄럽게 하는 것도 아닌데.

그렇다면 그의 이 신경증적인 반응은 어디에서 비롯된 것일까. 가서 편안하게 아늑하게 그 옛날 교문 앞에서 쇠파이프를 들고 전경들을 타격하던 전설적인 무용담이나 떠들면서 술이나 퍼마시면 되는데……

아니다. 얘기는 간단한 것이었다. 바로 이 전화 때문이다. 녀석과 그가 나누었던 대화 속에서 형성되었던 불쾌하게 끈적거리는 이 기류 때문이다. 감색 양복과 꽃무늬 넥타이를 걸치고도 마치 '선'을 대듯이 연락하는 그 기질과의 부조화. 서로를 경멸하고 때론 연민하면서, 공유하는 것은 과거밖에 없는 사람들이 만나서 이 모든 부조화 속에서 고백성사를 치르는 의식에 대한 예감 때문이다. 고통보다는 고통의 예감이, 패배보다는 패배의 예감이, 페스트보다는 페스트의 예감이, 사랑보다는 사랑의 예감이, 사람을 미치게 만든다.

그는 다시 컴퓨터 앞에 앉는다.

산둥성 싸움은 치명적이었다. 그것을 계기로 오나라와 위나라는 다시 강화를 맺었고 백성들의 충성심은 10포인트 하락했다. 23번 주에서는 모반이 일어나 새로운 제후가 나라를 세웠다. 유비의 카리스마 지수는 점차 하락해서 이제는 70선 아래로 떨어지려 하고 있었다. 이럴 때는 전쟁을 중지하고 내치에 주력해야 한다. 치수와 농경에 주력하면서 장수들과 백성들을 다독거려야 한다. 그리고 다른 나라와는 강화를 맺어야 한다. 그렇게 지루한 몇 년을 보내야 한다.

그러나 이미 카리스마 지수가 떨어진 유비의 강화 제의는 잘 받아들여지지 않을 것이다. 전쟁이 끊이지 않을 것이며 위나라와 오나라, 그리고 다른 군소 제후들도 틈만 있으면 유비와 전쟁을 벌이려 할 것이었다.

방법은 하나뿐이다. 변방의 주들을 포기하는 것이다. 그 주를 넘겨주고 장수들로 하여금 군량과 돈을 싸그리 쓸어오도록 하는 것이다. 나폴레옹과 히틀러가 러시아를 침공했을 때 러시아가 썼던 전략이다. 그러고 나서 힘을 기르는 것이다. 천하통일은 그때 시작해도 늦지 않다. 그래, 차분해지자. 그게 가장 합리적인 대안이다.

그가 여기까지 생각했을 때, 다시 전화벨이 울렸다. 그는 한참을 생각하다 전화를 받았다.

—내가 너 거기 있을 줄 알았다, 이 빌어먹을 놈의 자식아. 회사가 밥을 공짜로 처먹여주는지 알아? 삐삐를 치면 응답을 해야할 거 아냐? 너, 삐삐는 네 돈으로 샀냐? 회사에서 차 팔라고 달아준 삐삐 차고 어디서 자빠져 있는 거야? 너 당장 이리 못 와?

지점장이었다. 그는 온몸에서 힘이 쭉 빠져나가는 느낌이었다. 그러면서 생각했다. 내가 이 인간에게 무에 그리 큰 잘못을 했단 말인가. 그러나 그는 지점장의 악다구니에 아무 대응도 하지 못하는 스스로에게 더 화가 났다.

—상담하러 나왔다가 밥 먹으러 잠시 들렀습니다. 곧 들어가겠습니다.

―밥이고 죽이고 간에 당장 들어와. 안 그러면 삼시세끼 다 집에서 먹게 해줄 테니까.

전화가 툭 끊겼다. 그는 담배 한 대를 깊이 피워물며 그의 반지하 셋방 속으로 주먹만한 햇빛을 들여보내주는 창문을 올려다보았다. 담배 한 대를 다 피우고 나서 그는 다시 자판을 두들기기 시작했다.

그는 맹장들을 모두 한 주에 모으기 시작했다. 합리적 대안? 웃기고 있네. 조자룡, 장비, 제갈량, 그리고 충성도 낮은 여포. 그리고 유비 자신을 직접 출정시켰다. 한 번의 싸움에 다섯 명의 장수밖에는 출진시킬 수 없는 게임의 룰을 잠시 원망하고 나서 그는 산둥성으로 진격했다. 이제 산둥성의 영주는 관우로 바뀌어 있었다. 산둥성으로 다가가는 도중에 가장 먼저 맞닥뜨린 장수는 위연. 그는 조자룡과 여포로 하여금 단번에 총공격으로 위연을 공격도록 하였다. 이 개새끼. 배신자. 반골. 삐리리릭. 격렬한 비프음이 컴퓨터에서 울려나왔지만 그는 그 소리를 듣지 못했다. 위연. 뒤통수가 갈라진 채 튀어나온 자. 힘만 세고 머리는 없는 놈. 차 못 파는 게 어째서 내 죄냐? 차만 좋아봐라. 길 가는 거지에게도 할부로 팔 수 있어. 내가 너에게 전생에 무슨 그리 큰 죄를 지었길래 날 그리 못살게 구는 거야? 이놈의 막장 인생이 나도 지긋지긋해. 이 사디스트 자식아.

삑삑삑삑. 평소와는 다른 소음이 나서 그는 정신을 차렸다. 이미 위연의 군대는 여포와 조자룡에게 전멸한 지 오래였던 듯, 모니터에 위연의 부대를 표시하는 기호가 사라져버렸다. 그런 줄도 모르고 그가 요란하게 반복적으로 두들겨댔을 자판 때문에 컴퓨터가 경고 신호를 보내고 있었다.

조자룡과 여포의 군사도 각기 이천 명가량 줄어들었다. 그는 계속 군대를 진격시켜 산둥성으로 다가갔다. 산둥성에서 하후연이 나와 군량미 쪽으로 이동하고 있었다. 그는 장비를 시켜 하후연에게 총공격을 개시했다. 장비의 군사가 반으로 줄고 하후연도 비슷했다. 조자룡더러 장비를 돕게 하여 하후연을 전멸시켰다. 자, 이제 남은 것은 관우뿐이다. 모든 군사의 말머리를 산둥성으로 향하게 했다. 그때쯤 예상했던 대로 위나라와 오나라의 지원군이 도착했다. 두 나라의 총 병력은 십일만. 아군은 이미 두 번에 걸친 총공격으로 만 명을 잃었으니 사만.

그만 후퇴하시는 게 좋겠습니다.

모사 제갈량이 진언했으나 그는 무시한다. 장비와 조자룡, 그리고 여포는 산둥성을 포위한 채 공격중이다. 오나라 군대와 위나라 군대가 이들을 다시 포위하는 바람에 갇힌 것은 오히려 장비와 조자룡, 여포였다. 유비 자신과 제갈량은 산악지형을 등지고 군량미를 보호하고 있다. 적들은 한 발 한 발 유비와 제갈량 쪽으로 다가서고 있다.

삐리리릭.

여포의 깃발이 바뀌었다. 충성심이 낮은 여포는 전세가 불리해지자 오나라로 투항해버렸다. 그는 오나라의 장수가 되어 함께 있던 조자룡을 공격한다. 조자룡과 장비가 분투하는 동안 성안의 관우가 불을 놓았다. 장비와 조자룡의 군사들이 삽시간에 사라져간다. 그들의 비명소리가 귓전에 들리는 듯하다. 군량 쪽으로 다가오는 태사자와 주유, 그리고 하후돈을 향해 불을 놓았다. 유비는 산악을 넘어 그들의 후면으로 다가간다. 유비의 전투력은 고작 65. 그들의 상대가 되지 않는 터. 그러나 유비는 태사자를 공격한다.

삐리릭. 조자룡이 전사했다. 이어 군사가 오백 명밖에 남지 않은 장비가 화공에 이은 관우의 공격으로 전사. 싸움은 절망적이다. 유비는 태사자와 일전을 벌이는 동안 만 명의 군사 중 벌써 오천을 잃었다. 제갈량은 아직 무사하다. 그는 화공을 적절히 사용, 적군으로 하여금 아예 공격할 기회조차 주지 않는다. 그의 지력은 100. 당대 최고의 지략가다.

군량미 공격을 포기한 주유와 여포, 그리고 공성군을 섬멸한 오나라와 위나라의 병사들이 일제히 유비에게 달려든다. 유비는 사면에서 공격을 받으며 싸운다. 요란한 비프음. 드디어 제갈량이 군량을 포기하고 주군의 위기를 구하러 달려온다. 삐리리릭. 태사자가 총공격을 해온다. 태사자가 죽든 유비가 죽든 이제 둘 중의 하나다. 결과는 명약관화하다. 유비의 군사가 이천, 천오백, 팔백, 삼백, 백으로 줄어든다.

싸움은 끝났다. 모니터는 황혼이 지는 무렵, 망나니에 의해 목이 떨어지는 유비의 모습을 삼차원 그래픽으로 보여준다. 그는 한동안 그 모니터를 망연히 바라본다. 그러고는 고리 모양으로 걸려 있는 넥타이를 꺼내 목에 건다. 그리고 천천히, 아주 천천히 목을 조인다. 때 묻은 셔츠의 깃이 그의 목에 완전히 밀착할 때까지. 그런 후에 그는 컴퓨터의 전원을 끄고 자신의 방을 한번 둘러본다.

그는 언제나처럼 마을버스를 타고 고개를 얼마간 숙인 채 다시 영업소로 돌아간다. 그가 이미 죽여버린 위연에게로.

장마철인데도 여전히 비는 내리지 않고 그의 게임도 계속된다, 언제까지나.

도드리

1

당신의 책상 앞에는 작은 거울이 있다. 그 거울 바로 앞에다 향을 피워놓기를 당신은 좋아한다. 길고 가느다란 오사카산 향수림이라는 향이다. 당신이 꼭 거울 앞에다 향을 피워놓는 까닭은 그 연기의 자태 때문이다. 당신은 진짜 향에서 나는 연기와 거울 속의 연기가 때로는 평행하게, 때로는 엇갈리면서 만들어내는 브라운운동을 보고 싶어한다. 당신은 두 자루 또는 그 이상의 향을 피우지 않는다. 반드시 한 자루의 향만을 피운다. 현실의 향과 거울 속의 향, 이 둘의 조합이 흐트러질까 저어되기 때문이다.

마찬가지 이유로 당신은 거울을 보며 담배 피우기를 즐긴다. 거울 속에는 당신과 당신이 피워대는 담배 연기 그리고 향과 그 향이 피

위내는 연기가 엇갈린다. 당신의 책상만을 비추는 국부조명 탓에 당신의 그림자는 어둡다. 눈 아래와 입 언저리에 유독 깊은 그늘이 자리한다.

당신은 〈영산회상〉이라는 곡을 좋아한다. 『악학궤범』에 따르면 본래 〈영산회상〉은 영산회상불보살靈山會上佛菩薩이라는 일곱 자의 가사를 붙여 부르던 불가의 성악곡 〈상령산〉이 세월이 거듭됨에 따라 점차 다른 가락을 붙여 늘려감으로써 지금 전하는 형태와 같은 총 아홉 곡의 기악곡이 된 것이라 한다. 그 〈영산회상〉 중에서도 당신은 현악기를 중심으로 편성된 〈거문고회상〉, 일명 〈중광지곡〉을 가장 즐겨 듣는다.

때로 당신은 대금을 분다. 감상할 때와는 달리 직접 연주할 때의 당신은 〈영산회상〉보다 〈도드리〉를 더 좋아한다. 〈영산회상〉이 합주를 위한 곡임에 비해 〈도드리〉는 혼자 연주해도 부족함이 없는 곡이기 때문이다.

처음 대금을 배울 때, 당신은 〈도드리〉에 대한 전설을 들었다. 조선시대 말엽, 어느 대금의 고수가 날이면 날마다 인왕산 꼭대기에 올라 〈도드리〉 한 곡을 불 때마다 나막신에 모래 한 알을 던져놓고 내려오곤 했다는 이야기. 어느덧 나막신에 모래가 빼곡히 들어찰 무렵, 그 속에서 꽃 한 송이가 피어났다는 이야기. 스무 살이었던 당신은 웃었다. 대금을 배우려는 이들이 가장 처음에 부는 곡도 〈도드리〉요, 죽을 때까지 어려워하는 곡도 〈도드리〉라는 사실을 그때의 당신은 몰랐기 때문이다. 석 달만 열심히 배운 이라면 누구나 불어젖힐 수 있는 그 단순한 곡조가 평생토록 어려울 수 있다는 사실을 스무 살의 당신은 몰랐던 게다.

이제 당신은 혼자 분다. 당신의 대금 소리를 듣고 도서관에서 달려와 거문고 줄을 고를 친구도, 해금에 송진을 바를 후배도 없다. 당신은 국립국악원 CD를 틀어놓고 혼자 분다. CD 속의 연주자들은 최고다. 그러나 당신은 수시로 음을 틀리면서도 박자를 맞추려 애쓰던 스무 살의 동료들을 그리워한다.

〈도드리〉는 '되돌아간다'는 어원을 가지고 있다. 1장과 4장이 같고 6장과 7장은 거의 비슷할 뿐 아니라 같은 가락이 여러 번에 걸쳐 등장한다. 그래서 당신은 4장을 불다가 다시 2장으로 돌아가기도 하며 7장을 불다가 5장으로 넘어가기도 했다. 어떨 땐 이 곡이 뫼비우스의 띠처럼 느껴질 때가 있어서 당신은 혼란스럽다. 끝맺는 가락을 기억해내지 못하면 몇 시간이고 불어야 할 곡이 또 이 〈도드리〉가 아니었던가. 그 지겨운 곡을 아직도 불고 있다.

아마도 당신의 인생이 〈도드리〉를 닮았기 때문일지도 모른다.

비둘기를 끔찍이도 무서워하는 여자를 당신은 알고 있다. 비둘기 말고는 그 어느 것도 무서워하지 않는 여자. 당신이 그 여자에게 매혹될 무렵, 한강변과 남산에서 비둘기가 떼죽음을 당했다는 기사가 여러 신문에 실렸다. 목격자들은 새벽녘 어느 노파가 비둘기들에게 모이를 주고 있었다고 증언했다. 경찰이 조사해본 바에 의하면 그 모이에 독극물이 들어 있었다지. 당신과 그 여자는 그 사건에 관해 이야기를 나누었다.

그 기사를 봤을 때, 어떤 기분이 들었는지 알아요? 통쾌했어요. 그 여자는 눈을 반짝이며 말했다. 당신은 그 여자의 말에 고개를 끄덕인다. 왜 사람들은 바퀴벌레나 생쥐의 떼죽음은 아무렇지도 않게 생각하면서 비둘기의 죽음에는 그토록 호들갑일까.

비둘기. 그들은 게걸스럽다. 고가도로 아래에 둥지를 짓고 수백 수천 마리씩 몰려다니면서 쓰레기통을 뒤지고 과자 부스러기 하나에도 수십 마리가 몰려들어 구구구거린다. 그러나 당신은 비둘기의 그런 특성 때문에 그녀가 비둘기를 혐오하리라고는 생각하지 않는다. 당신은 그녀를 유심히 살펴본다. 그녀는 핑크 플로이드를 들으며 리듬감 있게 몸을 움직이면서 맥주를 마시고 있다. 당신은 계속 그녀를 바라본다. 어쩐지 그녀는 비둘기를 닮았다.

사람들은 누구나 적어도 한 가지씩은 혐오하며 살아간다. 그 대상은 개일 수도 있고 가수일 수도 있고 정치지도자일 수도 있고 때로는 특정 지역의 사람들일 수도 있다. 사람들은 자신이 혐오하는 것들과 닮았다.

2

〈도드리〉 2장은 1장의 변주다. 여전히 고요하면서 청량하다. 언제 지나는지도 모르게 불어버리고 마는 그런 장이다.

스무 살의 당신. 한 사람을 바라보고 있다. 콧날이 오똑하고 눈이 깊은 사내, 대금을 불고 있다. 그때 당신은 또하나의 시선이 당신의 뒤에서 그를 향하고 있다는 걸 느낀다. 콧날이 오똑하고 눈이 깊은 사내는 두 시선에 구애받지 아니하고 〈도드리〉를 불고 있다. 당신은 뒤를 돌아다본다. 거기, 짧은 단발 여자가 있다. 그녀는 당신이 뒤를 돌아다보는지도 모르고 대금 부는 사내를 응시하고 있다. 그래서 당신도 다시 그녀의 시선을 좇아 대금 부는 사내를 바라본다. 그때 당신의 가을이 지나가는 것이 보인다.

대금 불던 사내가 담배를 피워문다. 그는 마치 담배를 피우기 위해 대금을 불었던 사람처럼 그렇게 연기를 빨아댄다. 한 모금에 사분의 일가량의 담배가 타들어간다. 그는 신입생들은 물론 자신의 동기들에게까지 친절한 말 한마디 건네지 않는다. 그럼에도 그가 사람들에게 깊은 인상을 남기는 건 다름 아닌 그의 대금 연주 덕이다. 그의 유달리 긴 호흡, 그것은 힘을 의미했고 관악기에서 힘은 마술 같은 효과를 가진다. 특히 자잘한 기교보다는 유장한 힘을 중시하는 정악에서 그의 대금은 누구도 범접할 수 없는 배타적 권력이 된다. 임淋이나 남湳처럼 높은음에서 뿜어내는 그의 힘찬 음색은 듣는 이의 호흡을 멈추는 북풍이다.

스무 살의 당신, 음악에는 그다지 재능이 없다. 황潢 음이 높아. 그러면 당신은 대금을 좀더 입술 쪽으로 기울인다. 아니 이번에는 낮아. 그러면 다시 반대쪽으로 기울인다. 응, 이제 맞아. 그때 당신은 그 입술 위치를 기억하려 노력한다. 들어서는 알 수 없으니 외울 수밖에.

그렇게 한 음 한 음 외워가는 동안 당신의 스무 살이 지나간다. 여전히 그 선배는 당신의 시선 속에서 대금을 분다. 때로 그 사람은 대금을 던져두고 기타를 친다. 아, 그는 기타도 잘 친다. 음악에 관한 한 그는 한없이 자유롭다. 처음 듣는 곡조도 수월하게 기타로 쳐내는 그를 당신은 바라본다. 그리고 그가 없을 때 기타를 잡아본다. 그리고 CAmDmG, 이런 코드의 진행을 외운다. 그렇게 해서 당신은 약 열 곡쯤, 악보를 보지 않고도 기타를 칠 수 있게 된다.

단발머리 여자. 당신의 동기는 당신이 대금을 불 때면 손톱을 다듬거나 잡지를 뒤적인다. 당신이 기타를 칠 때는 미간을 좁히기도 한다. 그렇지만 당신에게 말을 건네거나 하지는 않는다. 그 여자는 거문고를 탄다. 가끔 당신과 합주를 할 때, 그녀는 짜증을 부린다. 넌 왜 그렇게 음감이 없니? 당신은 그냥 웃는다. 그러다 그 선배가 나타나면 그녀는 그 선배와 합주를 하고 싶어 그 선배의 악보를 넘겨다 본다. 대부분 그 선배는 그녀가 탈 수 없는 곡을 분다. 어쩌다 그녀가 아는 곡, 그래, 〈도드리〉 같은 곡을 불 때면 그녀는 벽에서 거문고를 내려 그 선배의 음률을 따라간다. 그때 두 사람 사이에는 에로틱하기까지 한 긴장이 흐른다. 무딘 당신의 음감에도 두 사람의 합주는 훌륭해 보인다. 당신은 대금을 가지고 동아리방을 나와 옥상으로 통하는 계단으로 간다. 그곳 계단에 앉아 〈도드리〉를 분다. 불고 또 분다. 지루하고 또 지루하다. 여전히 당신은 어디서 곡을 끝내야 하는지 몰라서 헤매고 또 헤맨다. 그때쯤 민주광장에서는 거친 스피커

소리가 들려온다. 선봉에 서서 하늘을 본다. 고향집 하늘 위에 굴뚝 연기가…… 그 노래를 무연히 듣다가 당신은 동아리방으로 들어가 대금을 두고 민주광장으로 나간다. 그때까지도 선배와 동기는 합주를 하고 있다. 그날의 시위 도중 어디선가 굴러온 사과탄 파편이 당신의 왼발 복사뼈 근처에 무수히 박힌다. 흰 양말은 너덜너덜해진 채 붉게 물들어 있다. 한참을 뛰다가 왼쪽 발에 감각이 없어진 것을 알아챈 당신은 오른발로 깡충깡충 뜀박질을 한다. 그런 당신을 들쳐업고 누군가 교내 병원으로 달려간다. 어느새 당신은 마음이 편안해지는 것을 느낀다. 그때 또 한번 당신의 가을이 지나간다.

3

〈도드리〉는 3장에 이르러 도약한다. 1장과 2장의 평화는 깨어지고 높은음이 등장하기 시작한다. 1장과 2장이 산사의 아침이라면 3장은 목어 소리 울리고 새들이 지저귈 무렵이다.

스물한 살의 당신. 술을 몹시도 많이 마신 어느 날, 동아리방에서 침낭을 덮고 잠든다. 지퍼를 끝까지 올리고 그 속에 웅크린 채 당신은 날이 훤하게 밝도록 계속 잠들어 있다.

콧날이 오뚝한 선배와 단발머리 동기는 동시에 동아리방으로 들어온다. 당신은 설핏 잠에서 깨어난다. 그러나 그들은 당신이 잠들어 있는지 알지 못한다. 18세기 오페라 같은 장면이다. 그들은 자판기 커피를 마시면서 이야기를 나눈다. 당신은 생각하기 시작한다. 어제는 분명 늦게까지 함께 술을 마셨다. 당신은 단발머리 동기가 집에 가야 한다고 일어났던 때를 기억한다. 그리고 잠시 후 선배도 어디론가 사라졌다. 그리고 그들은 지금 함께 나타났다. 당신은 몸을 뒤척이고 싶다. 지퍼를 열어 목을 내놓고 싶다. 그러나 참는다. 두 사람은 자판기 커피를 다 마신 후에 마룻바닥에 내려앉는다. 두 사람은 당신이 처음 듣는 곡을 연주한다. 대금과 거문고의 병주다. 다른 악기가 끼어들 틈이 없다. 처음부터 두 악기를 위해서 만들어진 곡인 것쯤은 당신도 이젠 알 나이가 되었다. 가끔 그녀가 음을 틀리고, 그때마다 선배가 대금을 내리고 그 부분을 지적해준다. 그녀는 금세 알아듣고 다시 현을 탄다. 어느새 둘의 병주는 아주 빠르게 전개되기 시작한다. 박자도 빨라지고 음도 높아진다. 뒤척일 수 없는 당신은 피가 몰리면서 몸이 굳어가는 걸 느낀다. 누에처럼 말이다.

거문고는 수묵화야. 선배가 말한다. 수묵화 중에서도 남종화에 가깝지. 소리보다 침묵이 더 아름다운 악기이기도 하고. 여백의 미를 감추고 있다고 할까. 한 음 뜯고 난 후 그다음 음이 나올 때까지의 침묵을 즐길 줄 알면 거문고는 다한 거라지. 반면에 가야금은 지나치게 음이 많고 자잘해. 대금이나 해금 같은 관악기는 음이 끊이질 않고. 그래서 거문고를 선비의 악기라고 하는 거겠지.

단발머리 동기가 묻는다. 그런데 왜 형은 그 좋은 거문고를 안 하고 대금을 부세요? 선배가 답한다. 그 침묵이 좀 버거워.

그때의 당신은 알지 못했다. 음과 음 사이의 간극이 얼마나 깊고

넓은 것인지, 그 간극을 감당하는 자만이 인생의 여백에 시라도 한 수 적어넣을 수 있다는 것을, 당신은 알지 못했다. 그리고 인생 자체가 하나의 간극임을, 그때는 알지 못했다.

몇 번의 연주가 끝나고 선배가 대금을 내린다. 그러곤 가야 한다고 말한다. 그녀는 혼자 남아서 거문고를 탄다. 당신은 그제야 침낭에서 몸을 빼내며 일어나 앉는다. 그녀는 놀란 기색이다. 무슨 곡이야? 당신은 묻는다. 그녀는 대답한다. 〈산운山韻〉, 황병기 곡이야.

들켜버린 자의 체념 섞인 여유가 그녀에게는 있다. 그녀가 말한다. 대학교 이학년 어느 날 FM에서 들려오는 〈산운〉을 들었다. 안개가 무연히 깔린 새벽이었다. 지끈거리며 아파오는 머리를 가볍게 두들기며 창밖으로 지나가는 여고생들의 재잘거림을 지켜보았다. 멀리 공중목욕탕에서 흰 연기가 꾸불거리며 상승했다. 편두통의 예감, 잠 덜 깬 새벽, 공중목욕탕의 굴뚝 연기―그 사이로 〈산운〉이 사바세계를 비집고 들어섰던 거다. 찰나, 그 찰나에 그 선배를 생각했다. 송광사의 아침 예불 같은, 일출 직전의 석가탑 같은, 경주 남산의 목 잘린 부처들 같은, 그런 서늘함.

다행히 명동 대한음악사에서 악보를 구할 수 있었다. 악보를 구해서는 남몰래 연습했다. 다가오는 정기연주회에서 그와 병주할 수 있겠다는 승인이 떨어지려면 그보다는 그녀가 급했다. 어느 정도 자신이 붙었다고 생각한 어느 날, 그에게 악보를 내밀었다. 형, 이 곡 좀 봐줄래요? 그는 몇 소절을 불어보더니 좋다고 했다. 다음날 연주회 기획회의가 열렸고 그녀가 〈산운〉을 밀어붙였다 한다. 테이프를 들어본 악장과 임원진은, 곡은 좋지만 소화할 수 있을까, 라며 갸우 뚱거렸다. 대금이야 정태형이 할 수 있겠지만 거문고가…… 그녀가 1장을 그런대로 연주해 보인 덕에 〈산운〉은 결국 연주회의 레퍼토 리로 잡히게 되었다. 그러나 정작 그 사람, 정태형만은 고개를 가로 저었다. 안 할란다. 그가 고개를 가로젓자 편두통이 격렬해지는 느 낌이었다. 왜 그랬을까. 그때 왜 그다지도 조바심을 냈을까. 그가 끝 까지 그 곡을 안 하겠다면 죽일 수도 있겠다는 어처구니없는 살의가 솟아올랐는데, 그 이유를 지금도 헤아릴 수 없다. 그는 곡의 난해함, 다른 레퍼토리와의 조화 따위의 문제를 들어 〈산운〉을 반대했지만 그건 모두 변명 같았다. 그는 단지 그녀와 병주하고 싶지 않은 거라 고 철석같이 믿어버렸다. 그러던 그가 드디어 그녀와 병주하는 것에 동의했다. 그래서 그녀는 지금 너무 기쁘다고 말한다.

체념한 자의 여유에 사랑하는 자의 노출욕까지 얹혀 있는 그녀의 말투가 당신에게는 거슬린다. 정태형이랑 잤니? 스물한 살의 당신은 그 말이 묻고 싶다. 그러나 묻지 못한다. 그녀는 어색하게 담배를 피 워문다. 왜 그래? 손가락이 다시 터졌어. 그녀의 손가락에는 검은 피 멍이 들어 있고 어떤 손가락에는 밴드가 감겨 있다. 일학년 때 안 터 졌어? 당신은 의아해한다. 일학년 초, 처음 현악기를 하는 친구들의 손가락은 갈라져 피가 난다. 그러고 나면 굳은살이 박인 손가락은 더이상 피 흘리지 않아도 좋았다. 그런데 그녀의 손가락은 다시 터 졌다 한다. 그녀는 당신의 질문에 대답하지 않는다. 그제야 당신은 시선을 거둔다. 스물한 살의 당신은 듣지 않고도 아는 법을 배웠기 때문이다.

연주회날이다. 선배는 실내악 예복인 옥색 두루마기를 입고 단발머리는 청색 한복을 입고 무대에 앉아 있다. 앞에는 보면대가 놓여 있고 그 위에는 각자의 악보가 놓여 있다. 장고의 신호에 맞춰 단아한 도입부가 시작된다. 2장으로 넘어가면서 그의 음이 흔들리기 시작한다. 사람들은 있을 수 없는 일이라는 표정을 짓는다. 이윽고 박자도 엇갈리고 장고를 잡은 악장의 눈가에 당혹이 서린다. 단발머리는 마음을 다잡고 자기 박자를 지키려 안간힘을 쓰지만 선배의 대금은 소리도 잦아들고 음정도 혼란하고 이윽고 박자를 완전히 놓치는 일마저 잦아진다. 차가운 땀 한 방울이 거문고 현 위로 떨어진다. 선배, 자신의 음을 포기하고 거문고의 음을 따라가려고 하지만 쉽지 않아 보인다. 길고 긴, 영원히 끝날 것 같지 않던 연주, 술렁대던 객석. 신화가 깨지는 순간이다. 장고의 마지막 장단이 울리며 연주가 끝나자 단발머리는 그를 쳐다본다. 그런 그녀의 눈빛에 비원이 섞여 있는 듯싶다. 그는 그녀의 눈길을 마주하지 않는다. 장고가 먼저 걸어나가고 두 사람이 일어설 즈음, 선배는 약간 휘청거리다가 다시 중심을 잡고 걸어나간다. 어두워지는 조명 사이로 그가 작아져간다. 연극의 한 장면 같다. 대기실로 걸어들어와 단발머리는 눈물을 터뜨린다. 당신이 다가가 어깨를 토닥이며 그녀를 위로한다. 정태형이 연습을 못했던 것 같아. 그게 위로가 아니라는 것을 뻔히 알면서 당신은 그렇게 말한다. 연주회가 끝나자 당신은 그녀의 손을 이끌고 대기실을 빠져나간다. 뒤풀이 장소에도 들르지 않고 이름을 알 수 없는 소줏집에서 그녀와 술을 마신다. 억장으로 취한 그녀는 선배를 저주한다. 깨어나니 아침이었고 그녀가 당신 곁에 있었다. 하늘이 너무 맑았다. 당신은 무서웠다. 그리고 목이 말랐다.

4

〈도드리〉 4장은 1장과 완벽하게 같다. 완벽하게 같은 장을 왜 집 어넣었는지 모를 일이다. 서른 살인 당신에게도 여전히 모를 일이 너무도 많다.

서른 살인 당신. 비둘기를 닮은 여자와 숲에 앉아 있다. 웃자란 소나무와 참나무가 당신과 그녀를 둘러싸고 있다. 여고생들이 깔깔거리며 사진을 찍고 멀리 차들이 아주 느리게 움직이는 것이 보인다. 가끔 새소리가 들린다. 옛날 이 숲에는 크낙새가 살았더랬지요. 당신은 말한다. 딱, 딱, 딱. 경쾌한 음률이 숲을 관통해 퍼져나가는 것을 들었노라고, 당신은 시선을 멀리 던지며 이야기한다. 크낙새는 멋지게 진화해왔지요. 다른 새들이 먹이를 찾아 바지런히 날아다니는 동안 크낙새는 나무에 매달려 구멍이 뚫릴 때까지 쪼는 거예요. 딱, 딱, 딱. 그러자 그녀가 말한다. 여긴 왠지 비현실적인 곳 같아요. 세상의 시간과 거꾸로 흘러가는 것 같지 않아요? 당신은 고개를 주억거린다. 늦가을의 햇살이 당신들과 세상의 경계를 허물어뜨리고 있는 것 같다. 서른 살의 가을은 지나가지 않고 허물어진다. 당신 눈에는 그게 보인다.

당신의 구애는 이미 한 차례 거절당한 바 있다. 당신은 지나가는 말처럼 이런 말을 건넨 적이 있다. 연애하지 않을래요? 그 말이 마치 저와 커피 한잔 마시지 않을래요, 정도로 들리도록 당신은 애썼다. 비슷한 사람끼리는 연애하지 못해요. 그렇게 말한 그녀는 그날 이후로 당신의 전화를 피한다. 당신은 불면의 밤들을 보낸다. 당신은 기다린다. 그것밖에는 할 수 있는 일이 없었으므로. 기다리고 또 기다린다. 이미 〈도드리〉를 잊어버린 당신은 대금을 불지도 않는다. 해리 코닉 주니어의 재즈 레이블을 듣거나 존 파울즈의 소설을 읽으면서 당신은 기다린다. 시간은 잘 흐르지 않는다. 당신은 전화기를 벽장 속에 처박고 기다린다. 무엇을 기다리는지 당신 자신도 알지 못한다.

이십대의 마지막 생일날. 당신은 그녀에게 말한다. 오늘은 생일인데 아무도 만날 사람이 없군요. 저녁을 같이 먹어주지 않을래요? 그렇다. 당신은 그렇게밖에 말하지 못한다. 그녀는 제시간에 나타난다. 늘 시끄러운 음악에 묻혀 술을 마시던 당신과 그녀는 그날따라 조용한 찻집에서 차를 마신다. 그 찻집에서 당신은 그녀에게 『모든 인간은 죽는다』라는 시몬 드 보부아르의 소설에 관해 말한다. 한 십자군이 겁에 질린 아랍의 연금술사에게서 영생불사의 약을 얻는다. 그는 약효를 믿을 수 없어 쥐에게 먼저 먹여본다. 그리고 그 쥐를 죽이려고 칼로 베어보지만 쥐는 죽지 않고 도망친다. 그제야 약효를 알게 된 십자군은 그 약을 먹는다. 13세기에 약을 먹은 십자군은 18세기가 되도록 죽지 않고 살아 있다. 그 십자군의 공포란 이런 것이다. 만약 세계의 멸망이 온다면 그때 지구에는 자신과 그 쥐만이 영원히 살아남으리라는 것. 영원히. 영원히 말이다.

당신은 그녀에게 비둘기와 함께 영원히 살게 되는 공포를 이야기한다. 그녀는 반응한다. 생각하기도 끔찍하다는 듯이 몸서리를 친다. 당신은 그녀에게 그 악몽에서 벗어나는 유일한 길을 가르쳐준다. 그 비둘기를 잡아먹으면 되지요.

그뒤로 당신과 그녀는 자주 만난다. 그러나 가끔씩, 아주 가끔씩 그녀의 시선이 당신의 머리를 관통하여 저 먼 소실점에 다다르려 하는 것을 안다. 기차의 레일이 합쳐지는 지점 같은 것 말이다. 원근법의 논리적 종착점. 그게 현실에서는 불가능한, 이론상으로만 가능한 지점이라는 걸 알고 있으면서도 당신은 쓸쓸해한다. 그 소실점에는 그녀가 가닿고 싶어하는 사람이 있다. 그녀에게 욕망의 시작과 끝을 가르쳐준 사람이다. 욕망은 언제나 이론적 귀결을 가지고 있다. 불행한 것은 당신의 욕망도 마찬가지라는 것이다. 비유클리드기하학은 평행선도 언젠가는 만날 수 있다는 걸 증명했다. 그들의 근거는 이렇다. 완벽한 평면은 존재하지 않는다는 것.

어렸을 적 당신은 연탄가스를 마신 바 있다. 초등학교 삼학년 무렵일 것이다. 그래서 당신은 그전 기억이 없다. 깨끗할 정도로 말이다. 당신에게는 돌아갈 곳이 없다. 그러니 계속 나아갈 뿐이다. 가끔은 다시 한번 연탄가스를 마셨으면 하고 바랄 때도 있다. 그런데 쉽지 않다.

어쨌든 그때부터 당신은 혼자였다. 기억이 없는 자들의 운명은 그렇다. 그 시절 당신은 이런 몽상에 빠져들곤 했다. 어딘가, 이 세상 어딘가에 당신의 쌍둥이가 살고 있다는 상상 말이다. 얼굴 생김새부터 취향, 습성, 사람을 대하는 방식, 읽은 책까지 똑같은 그런 쌍둥이 말이다. 요즘 말로 하자면 코드가 같은 사람일 게다. 한편으로는 두렵기도 했다. 하지만 그런 사람이 존재하고 있으리라는 생각은 당신의 삶을 위무해주었다.

비둘기를 싫어하는 여자를 만났을 때, 당신이 느꼈던 것은 바로 그런 것이었다. 두려움과 의혹이 반반쯤 섞여들었다. 당신은 그녀가 정신적 쌍생아라 믿었다. 언젠가부터 당신은 그녀가 당신의 말을 거의 정확히 예측하고 있음을 알게 된다. 그것은 당신도 마찬가지여서 어느덧 당신과 그녀의 대화는 선문답의 모양을 띨 때도 있다. 그럴 때마다 당신은 쌍둥이를 따로 길렀던 옛사람들의 이야기를 생각하곤 한다.

5

5장은 2장과 비슷하지만 훨씬 현란하다. 이는 다가올 6장과 7장을 준비하기 위함이다. 크게 보자면 〈도드리〉는 1, 2, 3장과 4, 5, 6, 7장의 두 부분으로 이루어져 있음을 알 수 있다.

스물두 살의 당신. 이제 〈도드리〉 따위는 불지 않는다. 대신 당신은 을지로에서, 종로에서 그리고 신촌로터리에서 가두시위를 벌이고 있다. 학교에 돌아와서는 쉴새없이 후배들을 만나 세미나 하기에 여념이 없다. 그래도 가끔 당신은 학생회관 사층에 자리잡은 당신의 동아리방을 올려다본다. 그곳에서 뚜렷하게 음률을 알 수 있는 누군가가 대금을 불 때는 말이다. 대금 소리는 얼핏 듣기에는 피리보다 작은 듯해도 더 멀리 퍼져나간다. 오늘따라 대금 소리가 거슬린다. 그런데 당신은 지금 대금을 부는 사람이 누구인지 안다. 그래서 당신은 올라가서 말하지 못한다. 집회 때는 악기를 연주하지 말아달라는 말 말이다. 당신이 그럴 수 없다는 걸 잘 안다는 듯이 그는 힘차고 유장하게 대금을 분다. 한심한 룸펜. 당신은 그를 경멸한다. 운동을 하는 것도 아니고 그렇다고 고시공부를 하는 것도 아닌 인간이 졸업하고도 매일 동아리방에 나와 대금을 불고 있다니.

스물두 살의 당신. 밤 열한시. 늦은 회의가 끝나자 휘적휘적 교문을 지나 걸어나간다. 당신의 자취방으로 가는 대신 단발머리, 아니 이제는 긴 머리의 동기에게 간다. 그녀는 반지하 단칸방에 혼자 살고 있다. 당신은 말한다. 나 이제 여기 안 와.

그녀가 말한다. 정태형은 알고 있었어. 그날 누가 악보를 바꿔놨는지. 당신은 갑자기 소주병을 찾기 시작한다. 악보를 챙겨주는 건 후배들의 몫이었다. 후배들은 원본 악보를 복사해서 그것을 두 면짜리 보면대에 맞게 잘라 붙여놓았다가 선배들이 연주하러 올라가기 전에 대기실에서 그것을 건네준다. 하지만 여러 명이 복작거리는 연주회장에서 그것을 일일이 체크하는 사람은 없다. 당신은 그것을 알고 있었다. 그게 내가 더이상 대금을 불지 않는 이유고 너를 찾아오지 않을 이유야. 당신은 말하고 싶었다. 그러나 말하지 못한다. 당신의 가을은 또 한번 그렇게 지나가고 있었다.

6

6장에 이르면 〈도드리〉의 음들은 춤추기 시작한다. 임淋과 남湳 음이 길게 여운을 끌며 고음역을 장악한다. 반대로 거문고를 비롯한 현악기의 음은 가라앉기 시작한다.

콧날이 오뚝하고 눈이 깊은 선배의 대학원 시절. 당신과 당신의 동기들은 그를 찾아간다. 시위 도중 사망한 한 여학생의 일주기 추모식에 대금을 불어달라고 청하기 위해서다. 당신의 동아리에 부여된 역할은 추모시가 낭송될 동안 그 배경음악으로 김영동 작곡의 〈어디로 갈거나〉를 불어주는 것이었다. 애당초 당신은 그에게 연주를 청하자는 동기들의 의견에 반대했다. 그러나 당신의 주장은 관철되지 않는다. 동기들은 총학생회로부터 그런 제안이 들어온 것에 황감해하는 눈치였고 그런 기회에 걸맞은 사람은 그 선배밖에 없다는데 모두가 동의했기 때문이다.

그는 여러 차례 고사한다. 자신은 대금을 놓은 지가 오래되어 잘 불지 못할 뿐 아니라 그런 대중집회에 나가서 대금을 불 수 없다는 것이다. 또한 그 여학생의 죽음은 안타깝게 생각하지만 개인적으로 잘 알지 못하는 사람이며 그 여학생이 참여했던 시위가 있었는지도 몰랐다고 말한다. 그러나 당신과 당신의 동기들은 집요했고 그는 결국 굴복한다. 형, 잠깐 동안만, 한 곡만 불어주면 돼요. 우리 국악을 대중들에게 널리 알릴 수 있는 기회이기도 하고요. 동기들은 간곡하다. 뿐만 아니라 당신들은 시대를 업고 있었다. 처음엔 머뭇거리던 당신이 갑자기 그를 닦아세우기 시작한다. 형, 그럴 수가 있어요? 너무하네요. 죄 없는 학우가 타살당했는데, 누군 그 친구 잘 알아서 최루탄 뒤집어쓰면서 시위하는지 아세요? 멈출 수 없는 가학의 관성.

그는 침묵한다. 그러곤 말없이 그들을 따라 그다음날 집회장에 모습을 드러낸다. 연주회 때 즐겨 입던 홍주의도 옥주의도 아닌 상앗빛 삼베적삼을 입은 채 그는 묵묵히 철제의자에 앉아 차례를 기다린다.

집회는 절정으로 치닫는다. 이윽고 그의 차례가 된다. 죽은 여학생과 같은 과 학생이 나와서 시를 낭송할 준비를 하고 있을 때 그의 음악이 대형 앰프를 통해 광장을 채운다. 그 순간을 당신은 명징하게 기억한다. 갑자기 당신은 빌기 시작한다. 어떤 돌발사태라도 일어나 그의 음악이 멈추었으면, 그가 연주를 그만해도 좋을 상황이 펼쳐졌으면, 교문에서 전경들이라도 페퍼포그 차를 앞세우고 진입했으면, 누군가 불발 최루탄이라도 터뜨려 집회를 아수라장으로 만들었으면, 하고 말이다. 그러나 정작 당신의 소망은 다른 방식으로 이루어진다. 시가 반쯤 낭송되었을 즈음, 그의 대금 앞에 놓인 마이크가 고장난 것이다. 시는 우렁차게 낭송되는데 그의 대금은 갑자기 초라해진다. 그의 음악은 삼베적삼을 입은 채 허허롭고 광활한 공간 속으로 잦아들어갔다. 멈춰요, 형. 당신은 소리라도 지르고 싶었다. 그러나 그는 멈추지 않았다. 몇 명의 진행요원이 뛰어올라가 그가 연주하는 코앞을 어른거리며 마이크와 앰프를 점검했지만 소용없었다. 멈춰요, 제발. 당신은 눈가에 젖어드는 물기를 훔쳐내며 소리 죽여 외쳤다.

낭송은 끝났다. 그리고 앰프가 없어 초라했던 그의 연주도 끝났다. 그는 〈산운〉 연주를 끝내던 그 연주회장에서처럼 잠시 휘청거린다. 그가 작아지며 무대 뒤편으로 사라져간다. 당신은 그 모든 장면을 상세하게 기억하고 있다. 당신은 그를 원망한다. 왜 그렇게 약한가. 왜 진작에 더 강하게, 반주 따위는 하고 싶지 않다고, 내 음악은 그런 음악이 아니라고 말하지 못했는가. 왜 내 가학에 그토록 무기력하게 자신을 헌상했는가. 당신은 그를 몰아세웠던 자신이 미워 그날 과음했다. 그런다고 잊히는 건 아무것도 없다는 걸 스물세 살의 당신은 아직 몰랐다.

7

〈도드리〉 7장의 초입은 6장과 거의 비슷하다. 그러나 뒤로 가면 달라진다. 달라지는 이유는 7장이 마지막 장이고 끝을 맺어야 하기 때문일 것이다. 하지만 7장에서 많은 사람들이 끝맺음으로 넘어가는 가락을 찾지 못해 다시 처음으로 돌아가거나 빙빙 맴을 돈다.

서른 살의 당신. 불지 않아서 메말라버린 당신의 대금을 가끔 꺼내본다. 당신의 대금은 쌍골죽이다. 대나무란 본시 옆구리에 홈이 난다. 한 마디에 한 줄씩 엇갈리면서 홈이 파여 있다. 그러나 이 쌍골죽이란 종자는 한 마디에 두 줄씩 홈이 나 있다. 일종의 돌연변이 대나무다. 이 돌연변이 대나무야말로 대금에는 적격이다. 이 대나무는 주로 그늘지고 음습한 곳에서 아주 드물게 발견된다. 홈이 두 개나 되므로 발육이 느리고 그 덕에 살이 토실토실 올라 있다. 소아마비 청년의 팔뚝처럼 말이다.

어쩌면 그 선배 같은 인간은 대나무로 치자면 쌍골죽이 아니었을까. 당신은 생각한다. 그도, 단발머리 동기도, 그리고 비둘기를 닮은 여인도 모두 쌍골죽이 아닐까. 그럼 당신은 무엇인가. 서른 살의 당신은 아직 대답하지 못한다.

당신은 가끔 학교를 찾아간다. 학생회관 앞을 지날 때마다 그 선배의 대금 소리를 듣는다. 사층으로 달려올라가 문을 열어보면 아무도 없다. 당신 귀에는 그의 대금 소리가 분명히 들렸는데 말이다. 또한 당신은 이미 알고 있다. 그가 아주 먼 곳으로 떠나버렸다는 것을. 그런데도 당신 귀에는 또렷하게 그의 음률이 울려온다.

그렇게 동아리방의 문을 열어젖힐 때, 당신이 보게 되는 건, 그처럼 되고 싶다, 고 되뇌던 스무 살의 당신이다. 단발머리 동기의 시선을 질투하던 스무 살의 당신이다. 당신은 가끔 아주 멀리 왔다고 생각해왔는데도 말이다.

비둘기를 닮은 여자와 당신은 여전히 술을 마신다. 그녀의 원근법과 당신의 원근법은 계속 어긋나고 있다. 나는 내 삶의 밑바닥까지 추락해본 적이 있어요. 그녀는 말한다. 독약 같은 연애였죠. 그녀의 팔뚝은 비정상적으로 가늘다. 딱 대금의 굵기만하다. 어쩐지 그녀의 팔뚝에는 쌍골죽처럼 두 줄기의 홈이 파여 있을 것만 같고 그 손목에 입을 대고 불면 소리가 날 것 같다. 아무도 들은 적 없는 음악이 그녀의 머리와 심장과 늑골을 공명시키면서 천상의 소리를 토해낼 것 같다.

당신은 그녀의 팔을 가져다 가만히 입술을 대본다. 그리고 귀도 대본다. 소라를 귀에 대면 바닷소리가 들린다는 유쾌한 농담처럼 그녀의 가는 팔에서는 크낙새가 나무 쪼는 소리가 들려온다. 한편 그 소리는 그녀가 좋아하는 핑크 플로이드의 비트음 같기도 하고 〈산운〉을 반주하던 악장 선배의 장고 소리 같기도 하다. 그러나 서른 살의 당신에게는 그 모든 음이 〈도드리〉로 들린다.

자세히 보면 비둘기보다는 크낙새를 닮은 그녀와 함께 당신은 아주 오래도록 숲속에 앉아 있다. 아무 소리도 들리지 않을 때까지.

베를 가르다

중남부 아프리카 칼라하리사막 근처에 작은 호수가 있다. 사막에서 뿜어내는 열기 때문에 호수의 소금기는 점점 더 진해져간다. 언젠가 호수는 염전이 되어버릴 것이다. 그 호수에 수십만 마리의 홍학떼가 해마다 찾아온다. 유럽에서 여름을 난 홍학떼가 지중해를 건너 사하라를 지나 아프리카 중남부의 보츠와나까지 회귀하는 것이다. 그곳에서 홍학떼는 알을 낳는다. 알이 다 부화할 쯤이면 건기가 찾아오고 호수의 곳곳은 소금 웅덩이로 변해버린다. 홍학떼는 그곳에서 이십오 킬로미터 떨어진 작은 담수호까지 갓 태어난 새끼들과 함께 죽음의 행진을 시작한다. 날 수 없는 새끼들 때문에 홍학들은 걸어서 간다. 물 한 모금 먹지 못하고 사막을 무연히 걷고 또 걷는다. 그 죽음의 행진에서 사분의 일가량의 홍학이 모래더미 위에 긴 다리를 꺾으며 쓰러진다. 비로소 담수호에 이른 홍학들은 그곳에서 물과 먹이를 섭취한 후에 새끼들이 날갯짓을 시작하는 대로 다시 북쪽으로 날아간다.

　어디에도 낙오자는 있다. 다른 새끼들이 어미새들을 따라 죽음의 호수를 떠났을 무렵에야 알에서 깨어나 두리번거리는 것들. 그들은 아무것도 발견하지 못한다. 그래도 그들은 본능적으로 북쪽을 향해 걸어간다. 그렇게 걸어가는 그들의 갈퀴발에는 족쇄처럼 소금이 엉겨붙기 시작한다. 걸어가면 걸어갈수록 족쇄는 두꺼워져간다. 나중에는 몸통보다 더 두꺼운 소금덩이가 발목에 감긴다. 그 소금덩이의 접착력은 놀라울 만큼 강해서 톱으로도 쉽게 제거하지 못할 정도다. 눈도 채 뜨지 못한 홍학 새끼는 제 몸보다 무거운 소금덩이를 발에 차고 북쪽으로 향하다 하나둘 쓰러져간다. 아마 그들은 썩지도 않을 것이다. 그리고 먹히지도 않을 것이므로 어쩌면 영원히 절여진 채 남아 있을 것이다.

1

―생각보다 옷이 잘 어울리는구나.

―그러니? 고맙다.

벌써 사위는 어둑해져 있다.

―네가 무당이 될 줄은 몰랐어.

―나도 몰랐어.

나는 수연의 빈 잔에 맥주를 따라준다. 수연은 맥주를 들이켠다. 주위는 여전히 소란스럽다. 신내림굿의 여운이 수락산 어귀를 떠나지 않는다. 수연은 유쾌해 보인다. 그녀의 얼굴에는 채 가시지 않은 작두춤의 여운이 남아 있다. 볼은 발그레하게 상기되어 있고 입은 조금 열려 있다. 나는 잔을 비우는 그녀를 힐끗 바라본다.

—사람이 작두 위에 올라설 수 있다는 게 난 아직도 신기해.

—신기할 것 없어. 사람은 더한 것에도 올라설 수 있어.

어느새 그녀의 말투는 무당의 그것을 닮아 있다.

—사진을 몇 컷 더 찍어야 해.

—아까 굿할 때 안 찍었어?

—찍었는데, 이런 장면도 하나 찍어둬야지. 무당이 맥주 마시는 거.

—찍어.

그녀는 심드렁하게 대꾸한다. 나는 카메라를 꺼내 만지작거린다.

2

베가르기라는 춤이 있다. 내가 베가르기를 처음 본 것은 대학교 이학년 때, 그러니까 1987년 5월의 어느 봄날이었다. 날이 무척이나 더웠고 사람들은 봄을 탓하며 거리를 걸어다녔다. 낮잠이 그리운, 그러나 잠은 오지 않는 그런 날이었다. 맥주나 한잔할까? 도서관에서 공부하던 친구 하나가 그렇게 제안했고 아마 세 명쯤 되는 친구들이 의기투합하여 학교 앞 맥줏집으로 향하던 참이었을 게다. 그렇게 걸어나오다 교문 앞쯤에서 우리는 긴 행렬과 마주하게 되었다. 그 행렬 중에는 몇몇 낯익은 얼굴들이 보였고 그들은 시위 때면 언제나 볼 수 있는 면면이었다. 어쩌다보니 우리는 그 행렬 뒤를 졸졸 따라가게 되었는데 그 행렬은 교문 앞에서 멈추었다. 오늘 집회가 있나? 우리 중 한 친구가 물어왔지만 아무도 알지 못했다. 플래카드 를 든 사람들은 행렬의 선두에 있었기 때문이었다.

교문 앞에서 멈춘 행렬은 둥글고 긴 타원을 만들기 시작했다. 아 스팔트 위에서 태양은 더 뜨거워진다. 모두들 땀을 흘리고 있었다. 그 행렬 사이에서 소복을 입은 여자가 홀연히 나타났다. 흰 광목천 으로 만든 홑옷을 걸친 그녀, 머리는 질끈 동여맸지만 여러 가닥이 풀려 앞으로 흘러내렸다. 사람들은 모두 그 여자를 주목하기 시작했 다. 북과 장고가 그 여자의 주변에 자리를 잡았다. 몇몇 사내들이 삼 십 미터는 좋이 됨 직한 긴 베를 가지고 그녀 앞에 섰다.

그 여자가 수연이었다. 나는 그녀를 알고 있었다. 그렇다고는 해 도 내가 그녀에 대해 알고 있는 거라고는 그녀가 나와 같은 과라는 것, 그러나 수업에는 거의 들어오지 않는다는 것, 그리고 풍물을 하 는 동아리에 있다는 것 정도였다. 갸름한 얼굴에 쌍꺼풀이 없는 눈 을 가졌고 호리호리한 몸매, 화장이나 몸치장을 전혀 하지 않는 여 자. 하지만 그날 소복을 입은 그녀는 완전히 다른 사람이었다. 어딘 가 귀기까지 느껴지는 모습으로 그녀는 아스팔트 위에 맨발로 직립 해 있었다.

둥둥둥. 북소리가 울렸다. 길 건너편에 전경들이 도열해 있는 게 보였다. 언제라도 최루탄을 쏘며 달려들 것 같은 긴장감이 돌았다. 반면에 학생들은 아무것도 들고 있지 않았다. 전경과 학생 모두가 소복의 그녀를 보고 있었다. 물론 나도 마찬가지였다.

북소리에 맞춰 그녀의 춤사위가 시작되었다. 그때쯤 누군가 이 집회가 얼마 전에 고문으로 죽은 학생의 혼을 위로하기 위해 열렸으며 이 춤의 이름이 베가르기라는 것을 내게 일러주었다. 그러는 동안 그녀는 한 걸음 한 걸음 베 쪽으로 다가갔다. 그녀 앞에 놓인 베는 네 사람의 건장한 학생들이 팽팽하게 부여잡고 있었다. 때로는 주먹을 불끈 쥐어 하늘로 향하기도 하고 때로는 아스팔트 바닥에 널브러지기도 하면서 그녀의 춤은 계속되었다. 허리 높이에서 땅과 평행하게 펼쳐져 있는 베는 그녀가 다가오자 조금씩 갈라지기 시작했다. 그 찢어진 틈으로 그녀의 몸이 들어섰다. 그때부터 그녀의 춤이 베를 가르며 진행되었다.

춤이 계속될수록 베는 점차 두 갈래로 갈라져갔다. 그녀의 얼굴은 땀으로 질펀했고 머리카락은 모두 풀려 흘러내렸다. 춤은 점차 격렬해져갔다. 그에 따라 북과 장고의 소리도 높아지고 빨라져갔다. 날카로운 소리를 내며 찢어지는 베, 그녀는 그 베 속에서 이리저리 출렁였다. 마지막 한 치의 베마저 갈라져 베는 드디어 두 조각이 되었지만 그녀는 몰아지경에 빠진 사람처럼 베가 모두 갈라진 후에도 춤추기를 멈추지 않았다. 그녀의 눈은 풀렸고 몸은 유연하게 흐느적거렸다.

이상한 얘기지만, 그때 나는 그녀의 발을 보고 있었다. 몸의 다른 모든 부분은 이완되었지만 그녀의 발만은 그렇지 않았다. 뒤꿈치를 먼저 땅에 대고 흘러가듯이 스텝을 밟는 한국무용 특유의 발동작만큼은 생생하게 긴장되어 있었다. 게다가 그녀는 맨발이었다.

그녀의 발을 씻어주고 싶다. 그때의 나는 그런 생각을 하지 않았나 싶다. 저 뜨거운 아스팔트에 달궈진 그녀의 발을 차가운 물로 깨끗하고 시원하게 해주고 싶다. 그리고 그 발에 입맞추고 싶다. 하지만 내가 그런 생각을 하고 있을 즈음, 그녀는 관중들 사이로 스르르 사라져버렸고 그제야 나는 하늘을 보았다. 태양이 눈부셨고 땅이 뜨거웠다. 춤이 끝나자 누군가의 선창으로 구호가 터져나왔고 대열은 불어나기 시작했다. 전경들은 최루탄 발사기를 하늘로 향했다. 나는 서둘러 그곳을 떠났다. 한동안 그녀의 춤, 그리고 발의 이미지는 내 머릿속에 남아 있었다.

3

사진을 찍은 수연은 동료 무당들에게 이끌려 잠시 자리를 뜬다. 여기저기 질펀한 술자리가 펼쳐져 있다. 나는 굿음식을 집어먹으며 필름을 되감는다. 그러면서 다른 여자를 생각한다. 왜 바로 이런 때 그 여자가 생각났는지는 잘 모르겠다.

그녀를 처음 만났을 무렵, 나는 대학가의 한 오피스텔에 기거하고 있었다. 열세 평짜리 방들이 복도를 따라 양쪽으로 줄지어 늘어서 있는 형태. 문밖에는 쓰레기만이 놓여 있다. 옆방에 사는 사람들의 모습은 쓰레기를 통해 밖으로 알려진다. 그러나 그녀는 쓰레기봉투를 문밖에 내어놓지 않았으므로 잘 노출되지 않았다.

그녀의 방에는 하얀 커튼이 드리워져 있었다. 커튼이라기보다는 하얀 천이라고 말해두는 것이 더 정확하겠다. 야트막한 언덕을 올라 슈퍼마켓을 끼고 돌면 내가 살고 있던 그 오피스텔이 보였는데 그녀는 내 바로 옆방에 기거하고 있었다. 어느 날인가, 슈퍼마켓을 끼고 돌던 나는 내 방 쪽을 무심히 바라보다가 그녀의 방에 불이 켜져 있는 것을 발견하게 되었다. 형광등은 아니었고 그렇다고 스탠드의 불빛 같아 보이지도 않았다. 불빛은 희미했고 흔들리고 있었다. 아마도 촛불이리라고 생각했다. 그러나 내 발길을 멈추게 만든 것은 무엇보다도 흰 커튼에 어른거리던 검은 그림자였다. 한 손을 둥글게 구부려 머리 위로 올리고 다리는 곧게 올려뻗은 여자가 천천히 회전하고 있었다. 그게 여자라고 믿었던 까닭은 우산처럼 펼쳐진 짧은 치마의 윤곽을 보았기 때문이었다. 나는 멍하니 서서 그 여자의 춤을 바라보았다. 똑같은 자세로 흐트러짐 없이 반복되던 회전. 인간이라면 저럴 수가 있나? 한 발을 든 채로 저렇게 천천히, 그리고 저렇게 많은 회전을 할 수는 없다. 나는 좀 기괴한 느낌을 받기 시작했다. 하지만 어두운 골목에 한없이 서 있을 수는 없는 노릇이어서 나는 열쇠를 꺼내들고 오피스텔의 현관으로 들어섰다. 구층의 내 방으로 들어서기 전에 다시 한번 그녀의 방 쪽을 힐끔거렸으나 아무런 기척도 들리지 않았다.

그러던 어느 날. 오피스텔 주차장 옆 정원에 심어놓은 철쭉이 피었던 걸로 보아 4월 언제쯤이 아닐까 싶은 날. 그녀와 처음으로 조우하게 되었다. 그날따라 취재가 오후에 있어 느지막이 방을 나서려는데 그녀의 방문이 처음으로 열렸다. 그녀는 남의 집 문을 잠그듯 서툰 동작으로 열쇠를 끼워 돌리고는 천천히 복도를 걸어갔다. 나는 그녀가 걸어가는 모습을 한참이나 바라보았다. 그녀의 발걸음은 어딘가 이상했다. 말하자면 그녀는 사뿐사뿐 출렁이며 걸어갔다. 아니, 걸어갔다기보다는 흘러갔다는 말이 더 정확한 표현일 것이다. 그녀가 계단에 이르러서야 그 걸음걸이의 비밀이 드러났다. 그녀는 뒤꿈치를 살짝 들고 걷고 있었다. 그것이 그녀의 몸 전체에 탄성을 주었던 게다.

흰 커튼에 비친 그림자가 저 여자였을까? 방안에서 믿을 수 없이 긴 회전을 반복하던 여자가? 나는 고개를 절레절레 흔들며 그 여자를 따라 계단을 내려갔다. 오피스텔의 현관 앞에 내려서자 그녀의 모습은 벌써 보이지 않았다.

그녀와 내가 다시 만난 것은 그로부터 일주일이 더 지나서였다. 오피스텔에서 슈퍼마켓을 지나 좀더 내려오면 길가에 연한 카페가 하나 있다. 퓨어pure라는 이름의 카페였는데 이름 그대로 내부에는 아무런 그림도 장식도 걸려 있지 않은 다소 삭막해 보이는 곳이었다. 좁은 방안이 지겨워지면 가끔 그 카페에 들러 술도 마시고 차도 마시고 때로는 식사까지 해결했다. 그 카페의 바에서 그녀를 다시 만난 것이다.

어떻게 그녀의 옆에 앉게 되었는지는 분명하게 기억나지 않는다. 아마도 그녀가 전화기 옆에 앉아 있어서였을지도 모르겠다. 여하튼 그녀와 나는 옆자리에 앉아 술을 마시게 되었던 듯싶다. 나는 그녀에게 여러 번 말을 건넸지만 대체로 시큰둥한 반응을 얻었던 것 같다. 이 집에 처음 오시나요? 이 음악 아세요? 따위의 질문들 말이다.

대화를 포기하고 앉아서 계속 술을 마시던 나는 그녀가 화장실에 다녀오는 모습을 보게 되었다. 예의 출렁거리는 발걸음. 그런데도 어딘가 불균형한 그 걸음걸이 말이다. 그건 무용수의 움직임을 닮아 있었다. 그녀가 자리에 다시 앉자, 혹시 무용을 했는가, 라고 내가 물었던 것 같다.

─혹시 누레예프의 발 사진을 본 적이 있나요?

로돌포 누레예프, 전설적인 러시아 출신 발레리노. 그는 1938년에 바이칼호에 면한 아름다운 호반도시 이르쿠츠크에서 태어나 1993년에 에이즈로 사망했다. 나의 아버지와 출생연도가 같은 그가 죽던 해에 나는 집을 떠나 독립했다. 수많은 사진이 누레예프의 움직임을 기록했다. 그의 움직임 하나하나는 모두 정지화면으로 남길 만한 가치가 있었다.

누레예프의 발에서 시작된 이야기는 자연스럽게 서로가 좋아하는 아티스트에 대한 이야기로 흘러갔다.

─무용은 오래전에 그만두었어요.

─왜 지금은 무용을 안 하세요?

내 질문에 그녀는 기다렸다는 듯이 아주 빠른 어조로 대답했다.

─다리를 다쳤거든요. 중학교 이학년 때였어요. 저는 예중을 다녔더랬는데 선생님께서 저더러 콩쿠르에 나가보라고 하셨어요. 선

생님께서 절 지명한 이유는 제가 초등학교 때부터 온갖 콩쿠르를 휩쓸었기 때문이었어요. 물론 저는 열심히 연습했어요. 선생님이 퇴근하신 뒤에도 집에 가지 않고 밤늦도록 춤을 추었어요. 지금 생각해보면 힘들지만 행복했던 때였지요. 하지만 연습이 과했던 모양이에요. 콩쿠르를 이틀 앞둔 어느 날, 무릎의 인대가 끊어져버렸어요. 저야 물론이고 부모님과 선생님들의 낙담이 대단했어요. 의사는 무용을 더 할 수 없을 거라고 하더군요. 미칠 것 같았어요.

자신의 과거를 이야기하는 동안 그녀의 몸은 어느새 조금 전의 무용을 하는 듯한 긴장된 자세로 돌아가기 시작했다.

—저보다 훨씬 못하던 애들이 지금은 미국이나 러시아에 가서 프리마돈나가 되고 그러더라고요.

그러면서 그녀는 가끔 신문지상에 이름이 나오는 몇몇 사람의 이름을 댔다. 무용에 관심이 있는 사람이라면 익히 알 만한 사람들이었다. 그녀의 입에서 보스턴과 페테르부르크, 키로프 같은 도시의 이름들이 술술술 튀어나왔다.

—제 인생은 그때 끝난 거예요. 전 지금도 꿈만 꾸면 춤을 추고 있어요. 제가 가장 연기하고 싶었던 역이 뭔지 아세요? 지젤이에요. 지젤 아세요? 지젤이라는 여자가 남자에게 버림을 받고는 호수에 몸을 던져 자살을 하지요. 혹시 그 공연 보셨어요? 강수진이라고 있잖아요? 슈투트가르트 발레단의 프리마돈나. 그 여자가 작년에 한국에서 올린 공연이 바로 〈지젤〉이에요. 거기서 강수진이 머리를 풀어헤치고 미친듯이 춤을 추어대다가 죽는 1막의 결말부는 정말 압권이었

어요. 제 중학교 때 동기였어요.

2막이 되면 지젤이 요정이 되어 호숫가에서 춤을 추어요. 그러면 지나가던 남자들이 지젤에게 홀려 밤새도록 함께 춤을 추다가 죽어버리거나 실성해버리죠. 지젤은 모든 발레리나들이 꿈꾸는 역이에요. 왠지 아세요? 지젤 역을 맡은 배우는 1막에서는 아주 촌스러운 여자를 연기해야 하고 2막에서는 반대로 요염하고 고혹적이면서 화려한 연기를 구사해야 하거든요. 그래서 어려워요.

그녀의 발은 꼿꼿해져 있었다. 그녀의 발을 보며 나는 베르니니(1598~1680)가 조각한 〈성 테레사의 황홀경 Ecstasy of St. Theresa〉이라는 작품을 생각했다. 로마의 산타 마리아 델라 비토리아 성당에 있는 이 작품은 성 테레사가 성령을 접하여 황홀경에 빠지는 장면을 묘사한 것이다. 아빌라의 성 테레사(1515~1582)는 성령을 통해 계시를 받아 신비주의적인 카르멜 수녀회를 창립한 인물로 알려져 있다. 하지만 베르니니의 이 작품을 보는 사람들은 묘한 느낌을 받게 되는데 조각 속에 묘사된 성 테레사의 표정이 오르가슴에 오른 여인의 모습과 흡사하여 별반 구별이 되질 않기 때문이었다. 게다가 성 테레사 위쪽에는 한 어린 천사가 화살을 들고 그녀의 가슴을 겨냥하고 있다. 누가 보아도 그건 사랑의 신 큐피드다. 그러니 이 조각가가 정말로 표현하고 싶었던 것은 성녀 테레사가 아니라 오르가슴에 도달한 여인이 아니었을까 싶은 의심을 하게 되는 것도 당연하다.

조각 속의 성 테레사는 탈진한 모습으로 비스듬히 늘어져 있고 주름이 많은 옷자락이 그녀의 몸을 덮고 있다. 눈은 지그시 감고 입은 약간 벌렸으며 손은 아래를 향해 수직으로 쳐져 있다. 그러나 이 작품의 비밀은 발에 있다. 옷자락 사이로 비어져나온 테레사의 발은 발등이 아닌 발바닥 쪽으로 구부러져 있다. 그 긴장된 발가락들은 테레사가 잠들어 있는 게 아니라 극도의 흥분 상태에 도달해 있음을 알려준다. 베르니니의 천재성은 그 발가락을 통해 드러난다.

4

수연은 돌아오자마자 제 잔을 내게 넘기며 술을 따른다. 잔을 권하는 동작에 옛날 수연의 흔적이 남아 있다.

―술 마셔.

―발이 예뻐졌더군.

나는 작두 위에 올려져 있던 그녀의 발에 대해 이야기한다. 하얗게 날이 서 태양빛을 퉁겨내던 작두와 그 위에 올라선 그녀의 발에 대해서 이야기한다. 인간은 얼마나 가벼워질 수 있을까. 한없이 무거워지면 또한 한없이 가벼워질 수 있는 것일까.

수연은 웃으며 자신의 버선발을 힐끗 내려다본다.

―너희 신문사는 별걸 다 취재하는구나.

수연이 화제를 돌린다.

―요새 지면이 늘어났잖아. 매일매일 신기한 사람들을 구해서 대문짝만하게 싣는 게 우리 임무지. 신기하지 않은 사람들도 신기하게

만들어야 하고 신기한 사람은 더 신기하게 만들어야 해.

—기사 타이틀은 뭐야?

—글쎄, 내가 정할 건 아니지만 신세대 무당 어쩌구로 나가겠지. 우리 데스크는 신세대란 말에 중독돼 있거든.

나와 수연은 한참을 침묵 속에 앉아 있는다. 수락산의 어둠이 더 깊어가는 걸 느낀다.

—손님이 왔구먼.

등뒤에서 기척도 없이 다가온 이가 대뜸 말을 던져 나는 어처구니 없을 정도로 크게 놀란다. 나는 고개를 돌리고 수연은 자리에서 성큼 일어서며 고개를 숙인다.

—인사드려. 우리 선생님이셔. 이쪽은 제 대학 때 친구예요.

나도 얼결에 일어나 그녀의 선생님에게 꾸벅 인사를 한다. 아까 굿을 주재하던 수연의 신어머니가 검은 어둠을 등지고 우뚝 서 있다. 키는 작지만 어딘가 사람을 위압하는 데가 있다.

—귀한 손님 곁으니 잘 채려서 대접하더라고.

—예, 쉬세요.

수연의 신어머니가 허우적허우적 지나쳐간다. 그녀의 옷자락이 스치며 내는 소리가 유난히 크게 들린다.

—인간문화재시라며?

—응.

—그럼 넌 전수자가 되는 거야?

—그런 셈이지.

―무병巫病을 앓지 않고도 내림굿을 받을 수 있구나.

수연은 대답을 않고 그저 웃는다. 머릿속에서는 계속 작두를 타던 그녀의 하얀 발이 명멸한다.

5

대학원에서 수연을 다시 만났다. 다른 사람도 아닌 그녀가 대학원에 진학했다는 게 과에서도 화제였다. 사 년 내내 수업 한번 제대로 듣지 않고 아스팔트 위에서 생활하던 그녀였다. 그녀가 왜 대학원에 왔는지 아무도 몰랐다. 아마 그녀 자신도 몰랐을 것이다.

그녀의 연애도 유명했다. 그녀의 상대는 한 학번 위의 총학생회장이었다. 인물이 수려했고 달변이었다. 그러나 수배가 떨어졌고 일찍검거되었다. 총학생회장이 구치소와 교도소를 전전하는 동안 그녀가 부지런히 뒷바라지를 했다는 이야기는 이미 널리 알려져 있었다. 그동안 그녀는 일체의 활동을 중단하고 편지 쓰기와 면회 날짜 기다리는 것으로 하루하루를 보냈다. 그가 수감되어 있는 사이 그녀는 대학원에 진학했고 그 무렵 정권이 바뀌었다. 특사가 있었고 그 남자가 풀려났다. 남자는 살이 많이 쪄 있었다 한다. 다시 자유의 맛을 본 그 남자가 수연에게 헤어지자고 했고 그녀는 울며 매달렸다 한다. 친구들이 모두 그 남자를 비난했지만 그는 개의치 않았다. 그후 정치에 투신한 그 남자는 지금 국회의원의 보좌관이 되어 있다.

어쨌거나 내가 수연과 잠시나마 연애 비슷한 걸 했던 때가 그 무렵이었다. 아마도 여름이었을 것이다. 공동연구실에 그녀와 나만이 남아 늦게까지 책을 뒤적이고 있었던 그 여름밤. 그녀가 나직이 내 이름을 불렀고 나는 창가에 면한 그녀의 책상으로 눈을 돌렸다. 그녀의 머리 뒤로 스탠드의 불빛이 역광으로 번졌다.

　―술 마시자.

그녀가 짧게 말했다.

　―내일 발표는 어쩌고? 너 내일 발표잖아? 준비 다 했어?

　―발표는 발표고 술은 술이니까 마시자.

아무것도 거절할 수 없는 순간들이 있다. 시계를 보았다. 이미 열두시가 다 되어가는 시각이었다.

　―술 사올 테니 기다려.

　―아니, 같이 가.

우리는 같이 걸었다. 아스팔트의 열기는 채 식지 않아서 더운 숨을 불어올리고 있었다. 그녀와 나는 유난히 힘들어하며 학교를 내려갔다. 교내의 가로등도 하나둘 꺼지고 수위들의 플래시 불빛만이 여기저기서 반딧불처럼 움직였다. 학교 앞 슈퍼에서 맥주 몇 병과 안줏거리를 사서 돌아오니 한시쯤이었다.

그녀는 빨리 취했다. 나는 취하지 않았다. 그날 나는 한 남자가 한 여자에게 얼마나 잔인해질 수 있는지에 대해 밤새도록 들었다. 그런데 왜였을까. 나는 계속 그녀의 발을 씻어주고 싶다는 생각만 반복하고 있었다. 술에 취한 그녀가 맥주병을 입에 댔다. 맥주는 그녀의 입으로 들어가지 않고 목선을 타고 그녀의 가슴께로 한참 동안을 주르르 흘러내렸다. 시원하다. 그녀는 그렇게 말하고는 그 자리에서 푹 고꾸라져버렸다.

새벽이 되어서야 그녀는 깨어났다. 질펀하게 널려 있는 술병들을 치우는 소리에 나도 소파에서 일어났다.

―집에 갈 거야?

―응.

―바래다줄게.

그녀는 대답하지 않았다. 우리 둘은 안개가 깔린 새벽 교정을 걸어 교문 건너편에 밀집한 주택가로 휘적거리며 걸어갔다. 어떻게 그녀의 방까지 들어가게 됐는지는 잘 기억나지 않는다. 그녀가 권했던 것 같기도 하고 그냥 내처 들어간 것 같기도 하다. 하지만 기억나는 한 가지는 그날 내가 처음으로 그녀의 발을 씻어주었다는 것이다.

―기분이 참 좋아.

문턱에 앉은 채로 그녀가 말했다.

―나도 그래.

가스 온수기에서 나오는 물은 쉬이 뜨거워지지 않았다. 그 미지근한 물에 그녀의 발을 담그고 나는 정성스레 비누질을 했다. 발가락에 굳은살이 많이 박여 있었다. 물이 뜨거워질수록 그녀는 더 간지럼을 탔다. 내 손이 그녀의 발가락과 발가락 사이, 발톱과 발가락 사이를 천천히 오가며 어루만지는 동안 그녀는 두 손을 등뒤로 짚고 나를 굽어보았다.

마른 수건으로 그녀의 발을 닦고 나서 우리는 합성섬유 이불 위에 나란히 누워 거친 숨을 몰아쉬었다. 약속이나 한 듯이 갑자기 서로 껴안은 우리는 아무 말도 하지 않았다. 나의 혀는 그녀의 몸 구석구석을 핥다가 그녀의 발에 이르렀고 뒤꿈치와 앞꿈치 사이의 부드러운 부분에 오래 머물렀다. 엄지발가락을 입에 넣었을 때, 나는 그녀의 발에 박인 굳은살이 쓸쓸하다고 생각했다. 그 굳은살엔 그녀가 사 년 동안 달려갔던 아스팔트 위의 삶이 아로새겨져 있었다.

6

옆집 여자는 그뒤로 자주 그 카페에 나타났다. 나는 커튼에 비친 그림자의 비밀이 궁금했다.

—발레리나들이 최대 몇 회전을 할 수 있나요?

나는 그녀에게 물었다.

—육 회전 반.

그녀는 자신 없는 어조로 말하며 내 쪽을 슬며시 바라보았다. 나는 재차 물었다.

—그것도 아주 빠른 속도로 도는 거겠죠?

—그렇겠죠.

—아주 이상한 걸 봤어요.

—뭔데요?

―당신의 창 커튼에 수십 회의 회전을 아주 천천히 하는 사람의 그림자가 비쳐요. 그거 알고 있어요? 당신은 아닐 테고.

그녀는 묘한 웃음을 지었다. 비웃는 듯한, 그러면서도 당혹스러워하는 기색으로 안면근육을 긴장시켰다.

그것을 설명하기 위해 그녀는 자신의 집으로 나를 데려갔다. 문을 열자 옷걸이에 걸려 있는 발레복이 가장 먼저 눈에 띄었다. 빈 벽에 걸려 있는 하얀 옷은 어딘가 음침해 보였다. 그녀는 방 한가운데에 놓여 있는 소파에 나를 앉혔다.

―조금만 기다리세요. 커피를 가져올게요.

소파 앞 다탁 위에 보석함처럼 생긴 상자가 놓여 있었다.

―열어보세요.

그녀는 싱크대 앞에서 커피를 만들면서 말했다. 나는 조심스레 상자를 열어보았다. 상자를 열자 작은 인형이 튀어나오며 음악이 흘렀다. 오르골이었다. 인형은 흰 발레복을 입었고, 한 손은 머리 위로 둥글게 올리고 왼쪽 다리를 곧게 펴올린 채로 빙글빙글 돌아가기 시작했다. 땡땡땡땡. 오르골 특유의 단조로운 음악이 계속 반복되었다.

커피를 가져온 그녀가 탁자 위에 놓인 촛대에 불을 붙이고 중앙 조명을 껐다.

―이걸 보신 거지요?

촛불의 불빛이 오르골을 비춰 큰 그림자를 드리웠다. 오르골 속의 발레리나는 멈추지 않고 계속 회전을 거듭했다. 나는 멍하니 그 오르골을 바라보았다. 머릿속이 텅 비는 느낌이었다.

―지젤이에요. 예쁘죠?

촛불이 그녀의 눈동자에 반사되어 번뜩였다. 나는 고개를 끄덕이고는 말없이 커피를 마셨다.

―전 발톱이 없어요. 한두 번 빠지더니만 아예 나질 않아요.

그녀가 자신의 발을 들어 탁자 위에 올려놓으며 말하는 바람에 하마터면 나는 커피를 엎지를 뻔했다. 정신 차리고 자세히 살펴보니 정말 그녀의 엄지발가락엔 발톱이 없었다. 발톱이 있어야 할 부분에는 검게 죽은 피부만이 어둡게 그림자져 있었다. 따뜻한 물로 오래오래 그녀의 발을 씻어주고 싶다는 생각이 처음으로 들었다.

―발레를 그만둔 지가 오래됐는데 새로 나지 않아요?

―요즘도 하는걸요.

―어디서요?

―여기서요.

그녀는 손을 들어 침대와 소파 사이의 빈 공간을 가리켰다.

―네에.

나는 대충 고개를 주억거리고는 자리에서 일어났다.

―커피 잘 마셨습니다.

방으로 돌아온 나는 오래도록 오르골 소리의 환청에 시달렸다. 단조롭게 반복되는 기계음이 이명처럼 남아 있었다.

수연은 예전만큼 술을 잘 마시지 못한다. 그녀와 비슷한 연배의 동료 무당들이 청바지 차림으로 오가면서 그녀에게 술을 권했지만 그녀는 다 받아마시지 않는다.

—요새 무당들은 참 세련됐구나.

—그럼, 우리 핸드폰도 있어. 참, 내 명함 한 장 줄까?

그녀가 건네준 명함에는 그녀의 이름과 호출기 번호 등속이 적혀 있다. 인간문화재 전수자 이수연. 나는 그녀의 명함을 한참 동안 들여다본다.

—뭘 그렇게 열심히 봐?

—재미있잖아, 인생이라는 게.

—난 재미없어.

그녀가 웃는다.

—작두에 올라설 때 기분이 어땠어?

—그땐 잘 기억나지 않고 올라서기 전은 기억나. 죽는다는 기분이 들었어. 어머니가 비단을 작두 위에 비비다가 올려놓을 때, 그래서 그 비단이 두 쪽으로 갈라질 때 말야. 단절이랄까. 그런 느낌.

아까 그 비단이 날 선 작두 위에서 스르르 두 쪽으로 갈라질 때, 나는 대학교 이학년 때의 베가르기를 생각하고 있었다. 5월, 뜨거운 햇살, 지열, 군중들, 전경들과 학생들, 그녀를 사이에 두고 감돌던 긴장감, 그 사이에서 팽팽하게 당겨진 베를 온몸으로 찢으며 춤추던 그녀의 모습 따위를 떠올리고 있었던 것이다.

　—춤을 추니 좋아. 모든 걸 잊을 수 있으니까.

　—다행이다. 나이 서른에 좋은 것도 있고.

　—심심하면 호출해. 술이나 마시자. 난 그만 가봐야 해. 장군님 맞아야지.

　그녀의 마지막 농담이 너무 쓸쓸해서 우리는 크게 웃는다. 장군님 오신다. 그녀의 신어머니는 작두춤 끝에 땅에 널브러진 그녀의 몸 위에 삼전불이 그려진 부채를 휘두르며 외쳤었다. 장군님 오신다. 무병도 앓지 않고 신내림을 받은 그녀에게 어떤 장군이 찾아올까. 그런 생각을 하는 동안 그녀가 옷가지를 주섬주섬 챙겨 멀어져간다. 어둠 속이어서 그녀의 발은 보이지 않는다. 하지만 나는 발이 있어야 할 부분을 계속 응시한다. 어쩌면 이게 그녀를 보는 마지막일지 모른다는 생각을 하면서.

　울긋불긋 단청이 그려진 사당의 처마 밑에서 나는 담배 한 대를 피워문다. 수연과는 왜 연애를 할 수 없었을까. 나는 수연의 발을 씻어주던 나날들을 생각한다.

　—넌 날 매혹시킨 첫 여자야.

　기억 속의 내가 옷을 벗은 채 수연에게 말한다.

　—매혹 따윈 필요 없어. 어서 나를 안아줘.

　기억 속의 나는 당혹스러워한다. 다시 한번 말한다.

　—그건 내게 아주 중요한 얘기야. 난 너의 베가르기를 보는 순간 너에게 매혹됐어.

—그게 어쨌다는 거야?

기억 속의 수연이 화를 낸다. 나와 수연은 섹스를 시작한다. 수연의 모든 몸짓에 그 남자의 흔적이 남아 있다. 그 남자와의 섹스를 통해 익숙해진 모든 동작이 나를 불편하게 만든다. 나는 등뒤에서 나를 짓누르는 그 남자의 그림자를 느낀다. 수연은 눈을 뜨지 않는다. 그게 나를 더 불안하게 한다. 나는 오래도록 사정하지 못한다.

그 무렵, 오직 발을 씻어주는 순간만큼만 나는 그 남자의 그림자로부터 자유로웠다. 발에는 그 남자의 손길도, 입술도 닿지 않았다고 나는 믿었다. 발을 씻어줄 때면 그녀의 하루가 느껴진다. 나는 그녀의 자취방에 누워 하루종일 책과 비디오를 보면서 그녀의 귀가를 기다린다. 그러던 어느 날 그녀가 말한다.

—이제 내 발에 손대지 마.

—왜?

—난 네가 필요해. 왜 그걸 모르지?

기억 속의 나는 아무 말도 하지 못한다. 난 겁이 나. 두려워. 그러나 입 밖에 내어 말하지 못한다. 더이상 발을 만지지 못하게 된 나는 그녀를 떠난다.

수락산에는 어느덧 밤안개가 자욱하게 깔린다. 천천히 수락산 어귀에 있는 주차장까지 내려오면서 어느새 나는 다시 옆집 여자를 생각하고 있다. 그녀는 그해 가을, 오피스텔에서 투신자살했다. 옆방은 경찰과 구경꾼으로 붐볐다. 경찰은 내게도 찾아왔다. 뭐 이상한

점 없었습니까? 경찰은 별반 신통한 대답을 기대하지 않는다는 눈치로 물었다. 우리 삶에 어디 한 군데 이상하지 않은 데가 있습니까? 나는 그렇게 반문하고 싶었지만 대구하지 않았다. 그리고 똑같은 질문을 그녀의 언니라는 사람에게서 받았다. 뭐 이상한 점 없었나요?

— 발레를 무척 하고 싶다고 말하곤 했지요.

— 발레요?

— 어렸을 적 사고만 아니었다면 지금쯤 프리마돈나가 되어 무대에 섰을 거라는 얘기를 입버릇처럼 했어요.

그녀의 언니는 멍하니 서 있었다.

— 그애는 발레를 한 적이 없어요. 발레를 한 건 저였지요. 사고를 당한 것도 저였고요. 그애는 집에서는 단 한 번도 발레를 하고 싶다거나 하지 않았어요. 늘 자기 방에 틀어박혀서 공부만 했어요. 집에서 가라는 간호학과로 순순히 진학했고 서울에 와서 간호사가 됐지요. 그게 전부예요.

그녀의 언니는 난감한 표정으로 입술을 깨물었다. 나는 그때 그녀의 발을 씻어주지 않았던 일을 후회했다.

— 왜 죽었을까요?

질문을 던지고 나서야 나는 바보 같은 짓을 했다는 걸 알았다. '그게 전부예요'라고 말하는 이가 그녀에 대해 무엇을 알 수 있겠는가. 아무도 모를 일이다. 그렇다고 그녀가 발레를 하고 싶어서 죽었다고 믿는 것도 우스운 일이었다.

나는 그녀의 언니를 따라 사건 현장인 방안으로 들어가보았다. 그때 나는 보았다. 그녀가 몸을 던진 창가에 놓여진 하얀 발레슈즈 한 켤레. 그건 그녀가 세상에 던진 마지막 퀴즈였을지도 모른다. 나는 궁금했다. 자살자들은 옷은 입고 있으면서 왜 신발은 벗을까?

차에 시동을 걸면서 뒤를 돌아다본다. 수락산의 그림자가 깊다. 어디선가 오르골 소리가 들려온다. 홍학들이 떼지어 사막을 횡단하고 있다. 무녀리 홍학 새끼들이 저마다 발에 소금 족쇄를 차고 그들의 뒤를 따라 염전을 걸어간다. 한없이 가벼워져 작두날 위에서 춤추는 수연과 역시 무한히 가볍게 생애 마지막 춤을 추어버린 옆방 여자와 한없이 무거운 다리를 지닌 홍학떼가 사막에서 어울려 논다.

그들의 발을 씻어주고 싶다.

도마뱀

1

뱀의 혀에 입을 맞춰
우리가 두려워하면 뱀은 삽시간에 우리를 삼키지만
그렇지 않으면 다른 세계의 입구로 우리를 안내할 거야.
뱀은 시간을 초월한 동물……
—짐 모리슨, 영화 〈도어스〉 중에서

그 남자가 말했다.

담배 여인 얘기를 해줄까?

좋아. 해줘. 나는 대답한다.

그 남자는 담배를 피워문다. 담배연기가 그의 입에서 나와 뭉클거리며 퍼져가는 것을 바라본다.

어느 날. 한 남자가 시체로 발견되었지. 경찰이 현장에 도착해보니 시체 주위에는 수많은 담배꽁초가 널려 있었어. 방안은 담배 냄새로 찌들어 시체가 부패하는 냄새조차 나지 않았을 정도였지.

그래서?

나는 눈을 동그랗게 뜨며 그를 재촉한다.

왜 죽었을까? 경찰은 궁금해했어. 여러 사인을 조사해보았지. 우선 시체를 검안해보았지. 검안은 시체를 해부하는 부검과는 다른 거야. 일단 육안으로 시체의 여기저기를 살펴보는 걸 말하는 거지. 경찰은 아주 흥미로운 점을 발견하게 됐어.

뭔데?

그 남자의 아랫도리가 벗겨져 있었는데 말야, 성기 주위에서 정액이 다량으로 검출된 거야. 아주 많이.

사람이 죽을 때 사정을 한다는 얘기를 들은 적이 있어.

나는 몸을 부르르 떨면서 말한다. 그러자 그가 고개를 젓는다.

그건 주로 목이 졸려 죽을 때 그래. 하지만 이 남자의 목 주위에는 졸린 흔적이 없었어. 목이 졸려 죽으면 목 주위에 멍이 들거든. 그런데 이 남자의 목은 아주 깨끗했거든.

그래서?

그래서 경찰은 이 사건에 여자가 개입한 것이 아닌가 하는 추정을 하게 됐어.

자위를 했을 수도 있잖아?

그건 아니었어. 왜냐하면 자위를 하다가 죽는다는 것도 이상하고 만약 정말로 자위를 했다면 그렇게 정액이 사방으로 흩어지게 하지는 않았을 거야.

나는 남자들이 어떻게 자위를 하는지는 잘 모르지만 그가 너무도 자신 있게 말했기 때문에 수긍하기로 한다. 이 남자는 언제나 이렇다. 어떤 말이든 주저함이 없다. 모든 언어가 그에겐 이미 준비되어 있는 것처럼 보인다. 머뭇거림이나 에둘러 말하기 따위는 없다. 그래서 그의 이야기를 듣는 건 마치 영화를 보거나 소설을 읽는 것처럼 느껴진다. 그러고 보니 문득 그가 낯설게 느껴진다. 그가 언제부터 내 방에 들어서게 된 걸까. 언제부터 저토록 자연스럽게 내 침대의 한 귀퉁이를 차지하고 누워 있게 된 걸까. 그렇다. 도마뱀 때문이다. 나는 고개를 돌려 하얗게 칠해진 벽을 바라본다. 아무것도 없는 벽에 도마뱀 한 마리가 덩그러니 걸려 있다.

무슨 생각 해?

그가 고개를 돌린 나를 건드린다. 나는 도마뱀에게서 시선을 거둔다.

아무 생각도 안 해.

남자들은 여자들이 무슨 생각을 하느냐고 자주 묻는다. 그러나 여자들은 남자들의 방식으로 생각하지 않는다. 남자들은 머리로 생각하지만 여자들은 몸으로 생각한다. 그래서 남자들처럼 분명하게 말할 수 없다. 그건 정말 한마디로 말해질 수 없는 어떤 것이다. 나는 도마뱀과 그 남자, 그리고 그들이 내 몸에 새겨놓은 흔적들을 몸으로 느끼고 있었을 뿐이다. 그래서 나는, 아무 생각도 안 해, 라고 말할 수밖에 없다.

계속 얘기해줘.

나는 그에게 말한다. 그러자 그는 흐물흐물 웃으며 고개를 젓는다.

나머지는 나중에 얘기해줄게.

그는 옷을 챙겨입고 밖으로 나선다. 그는 내 방안에 *도마뱀* 한 마리와 정액으로 칠갑한 채 죽어 있는 남자만을 남겨두고 표표히 떠나버렸다. 그가 어디로 가는지는 모른다. 그는 물어도 대답하지 않는다.

그 남자를 처음 만난 것은 1995년 가을이었다. 가을답지 않게 몹시 추웠고 강풍이 불었다. 어느 거리에선가 지나가던 행인에게 간판이 떨어졌다는 날이다. 그 무렵 나는 강남의 어느 보습학원에서 중학생들에게 영어를 가르치고 있었다. 아이들에게 줄 유인물을 복사하려는 참에 그가 들어서며 물었다.

강사를 모집한다지요?

그가 이미 엘리베이터에서 내려 뚜벅뚜벅 학원 쪽으로 오고 있는 걸 보았음에도 나는 놀랐다. 왜냐하면 그가 결코 학원 안으로 들어오리라고는 생각지 못했던 참이었기 때문이다. 왜였을까. 그가 감색 콤비에 검은 바지를 입은 전형적인 학원강사의 복장을 하고 있었는데도 왜 그런 생각이 들었을까?

그에게선 어딘가 이 세상 사람 같지 않은 느낌이 배어났다. 그런 사람이 있다. 길을 걷다가 부딪히기라도 하면 마치 유령인 것처럼 느껴지는 사람. 그냥 쑤욱 겹쳐지며 통과해버릴 수 있을 것 같은 사람. 툭 건드리면 재가 되어 부스러질 것 같은 사람. 지하철에도 그런 사람이 있다. 수백 년 전부터 그 자리에 앉아 있었고 앞으로도 영원히 앉아 있을 것만 같은 사람. 그 사람 때문에 그 지하철이 끝없이 순환할 것처럼 느껴지게 만드는 사람. 그런 사람들이 있다. 그 사람이 그랬다.

무슨 과목이시지요?

국어.

그 남자가 국어, 라고 짧게 말하자 국어라는 단어가 갑자기 생경하게 들렸다. 우리 학원에서 가르치지 않는 과목인 듯한 착각마저 들게 만드는 어투였다. 국어, 국어라. 나는 혼자 중얼대며 그 남자를 원장에게 데려갔고 그 남자는 그후로 국어를 가르치기 시작했다.

2

인디언 주술사는 첫 섹스를
자신을 미치게 만든 사람에게 바치는 것이라 했지.
—짐 모리슨, 영화 〈도어스〉 중에서

몸을 바꿔야 해.

그 남자와 두번째로 술을 마셨을 때, 그 남자가 그렇게 중얼거렸다. 그러면서 그 남자는 주머니 속에서 흰 종이에 싸인 물건을 꺼내 탁자 위에 놓았다.

선물이야.

종이를 헤쳐보다가 나는 질겁을 했다. 쇠로 만든 검은 도마뱀. 만져보지 않으면 진짜 도마뱀으로 착각할 만큼 정교했다.

벽에 걸어놓는 거야. 그러면 마치 도마뱀이 벽을 타고 기어내려오는 것처럼 보이지. 아마 처음 보는 사람들은 깜짝 놀랄 거야.

나는 께름칙한 기분으로 도마뱀을 집어들어 핸드백에 넣었다.

어디서 산 거예요?

아주 덥고 습한 나라. 그곳에는 도마뱀이 우리의 개미처럼 흔하지. 어린애들은 도마뱀이 자신의 배와 다리 위를 기어다니는 것을 보면서 자라나. 도마뱀은 어디에나 있어. 도마뱀을 신으로 모시는 부족도 있다지.

그래요?

도마뱀은 꼬리가 잘려도 다시 자라나. 재생과 부활을 상징하지. 그래서 중세 유럽에서는 전설 속의 동물 불도마뱀 샐러맨더를 숭앙하기도 했어. 샐러맨더는 불 속에서 산다고 믿어졌지. 주변 환경에 따라 색깔을 바꾸는 카멜레온도 도마뱀의 일종이야. 도마뱀에게는 과거가 없어. 그것만으로도 신이 되기엔 충분하지. 그들에겐 영원히 현재만이 존재해.

그때 나는 그 남자를 뚫어지게 바라보고 있었다. 이 사람이야말로 알 수 없는 사람이다. 비록 두 번밖에 만나지 않았지만 단 한 번도 그에게서 그의 과거를 들어본 적이 없다. 그가 어느 학교를 나왔는지고향이 어디인지 어느 학원에 있었는지 알지 못한다.

그와 헤어져 집으로 돌아온 나는 내 방의 벽들을 찬찬히 둘러보았다. 옷걸이 하나를 빼고는 사방의 벽에 아무것도 걸려 있지 않았다. 무슨 여자애 방이 이래? 집에 놀러온 친구들은 그렇게 말하곤 했다. 생각해보면 난 내 방을 꾸미려고 뭘 사본 적이 없다. 그 흔한 사진틀하나 없는 것이다. 어쩌면 그것은 무료하고도 무료했던 내 대학생활의 결과일 수도 있다.

나는 침대 맞은편 벽에 작은 못 하나를 박고 그곳에 *도마뱀*의 구부러진 꼬리 부분을 걸었다. 그러자 정말로 검은 *도마뱀* 하나가 벽을 타고 내려오려는 듯이 보였다. 갑자기 벽 전체에 긴장감이 흘렀다.

그날 밤 나는 꿈을 꾸었다. 꿈은 꿈인데 아주 생생한 꿈이 있다. 그 꿈에서 나는 그 *도마뱀*을 보았다. 벽에 걸려 있어야 할 *도마뱀*이 스멀스멀 벽을 타고 내려오고 있었다. *도마뱀*은 아주 천천히 몸을 S자로 굴신시키면서 이동했다. 이상한 것은 그 장면이 하나도 괴이쩍게 여겨지지 않았다는 것이다. 오히려 나는 *도마뱀*이 더 빨리 내려오지 않는다고 답답해했던 것 같다. 꿈에서 깨어난 나는 벌떡 일어나 벽을 보았다. *도마뱀*은 걸려 있어야 할 바로 그 자리에 정확하게 걸려 있었다.

3

이 세상은 시작도 끝도 없다.

임을 상실한 이 세계에 남은 것이라고는 없다.

—짐 모리슨, 영화 〈도어스〉 중에서

도마뱀이 내게 가까이 다가오기 시작한 것은 아마도 그와 세번째 술을 마셨을 때쯤일 것이다. 술을 마시고 돌아온 집은 보일러가 꺼져 있어서 싸늘했다. 나갈 때와 아무것도 달라진 게 없는 방. 혼자 사는 사람들은 이럴 때 흔들린다. 기적이라도 일어나길 바라는 마음으로 문을 열어보지만 변한 것은 없다. 그렇다고 한밤중에 청소하는 것도 청승맞고 해서 나는 날름 침대 위로 기어든다. 불콰한 술기운이 온몸을 휘감아돈다. 불을 끄면서 맞은편에 있는 도마뱀을 바라보았던 것 같다. 저 도마뱀에 이름을 붙여볼까. 나는 그런 생각을 하고 있지 않았나 싶다. 그러나 마땅한 이름은 떠오르지 않았고 그동안 스르륵 잠이 들었다.

도마뱀이 천천히 구불거리며 벽을 내려오고 있다. 나는 묶여버리기라도 한 것처럼 몸을 움직일 수 없다. 소리를 지를 수도 없다. 음악이 들려온다. 느리고 장중한 타악기의 리듬이 작은 방안을 가득 울리는 것 같다. 어디선가 들어봤음 직한, 그러나 곡명은 기억나지 않는 음률이다. 중간중간 쉬익쉬익 소리도 난다. 도마뱀의 혀가 들락날락하면서 내는 소리가 아닌가 싶다. 나는 계속해서 도마뱀의 움직임을 응시한다. 할 수밖에 없다. 나는 아무것도 할 수 없다. 벽에서 내려온 도마뱀은 천천히 침대 쪽으로 다가온다. 그가 내 발치 쪽으로 가까워지자 내 눈에 띄지 않는다. 그는 내 시야의 사각死角에 있다. 그가 보이지 않자 두려움은 더 커진다. 두려움과 함께 흥분이 스며든다. 쉬익쉬익 소리가 타악기 소리보다 더 커진다. 갑자기 침대 발치에 도마뱀의 머리가 나타난다. 갑자기 내 방은 침대만을 남기고 열대의 숲으로 변해버린다. 강한 햇볕과 새소리, 그리고 아련하게 타악기의 음률이 내 주위를 가득 채운다. 도마뱀이 내 발등에 올라선다. 차가운 이물감이 전류처럼 전해져오는 것을 느낀다. 그때 아득하게 아빠의 목소리가 들려오는 것 같다. 그는 무엇인가를 빠르게 말하고 있다. 무서워요. 잘못했어요. 나는 뭘 잘못했는지도 모르는 채 아빠에게 빈다. 열대의 숲에서 온통 벌거벗은 아빠는 화난 얼굴로 내 침대 쪽으로 다가온다.

샤악샤아. 도마뱀이 허벅지에 이르렀다. 아빠를 바라보던 나는 문득 도마뱀의 존재를 깨닫는다. 아빠가 보고 있다는 사실이 수치스럽다고 느낀다. 아빠는 얼굴이 벌게져서 화를 낸다. 그가 나를 때릴 것이라고 생각한다. 두렵다. 도마뱀은 허벅지에서 멈추고 혀를 내밀어 허벅지를 핥기 시작한다. 얼음이 허벅지에서 녹는 듯한 기분이다. 차갑고 불쾌하면서도 간지럽고 부드럽다. 나는 온 힘을 다해 저항하려 하지만 도마뱀의 혀는 숨어 있는 감각을 차츰 일깨우기 시작한다. 아빠는 더 가까이 다가와 도마뱀과 나를 번갈아가면서 본다. 멀리서 엄마의 웃음소리가 들려온다. 거봐요. 쟤는 끼가 있다니까요. 엄마가 아빠에게 말한다. 아빠는 대꾸하지 않는다.

도마뱀은 조금 더 위로 올라온다. 이제 그의 혀는 내 성기 부근을 건드리고 있다. 소리를 지르고 싶다. 하지만 아빠와 엄마가 지켜보고 있다. 더러운 계집애. 너는 도마뱀을 키우고 있었구나. 아빠가 책망한다. 나는 부정하고 싶지만 말이 나오지 않는다. 견딜 수 없는 쾌감이 온몸을 떨리게 만든다.

이상한 일이다. 지금까지 단 한 번도 남자에게서 만족을 얻어본 적이 없다. 남자들은 늘 성급하지 않으면 서툴렀다. 그래서 섹스는 언제나 지겨운 것이었다. 욕망을 주체하지 못하는 이들이 왜 그 욕망을 그럴듯하게 해소하는 데에는 아무 관심이 없는지 이해할 수 없다.

내 나이 스물다섯. 지금까지 세 명의 남자와 함께 잠을 잤다. 첫 남자는, 말하자면 소년이었다. 혀를 뽑을 것처럼 키스하다가 허겁지겁 옷을 벗기고는 서둘러 삽입하려는 게 그의 방식이었다. 그나마 키스라도 하는 게 얼마나 다행스러운지 몰랐다. 두번째 남자는 사정을 하고 나면 불에라도 덴 것처럼 몸을 일으키고는 욕실로 향했다. 그러면 나는 불결한 여자가 된 것처럼 느껴지곤 했다. 몸안에 아직 남아 있는 이물감 때문에 몸을 비트노라면 지친 그는 쉽게 잠든다. 세번째 남자는 섹스 자체를 공포스러워했다. 마지못해 하기는 하지만 어서 끝내고 싶다는 기색이 역력했다. 끝내고 나면 끊임없이 묻고 또 묻는다. 조루가 아닌지, 성기가 작지 않은지, 내가 만족했는지 묻고 또 묻는다. 지겨웠다. 쾌감을 느끼지 못했던 것은 사실이었지만 그걸 말로 확인해야 한다는 일이 짜증스러워서 나는 거짓말을 하곤 했다. 그래, 좋았어. 너무 좋았어. 그제야 그는 잠이 들었다. 하지만 내 말을 완전히 믿지는 않는 것 같았다.

그런데 지금은 다르다. 날카로운 쾌감이 전해온다. 참을 수가 없다. 이제 타악기 소리는 들리지 않는다. 아빠와 엄마도 보이지 않는다. 언뜻 *도마뱀*을 전해준 남자의 얼굴이 나타난다. 희미하고 불명확한 그림자로 존재하는 그가 어둠 속에서 웃고 있다. 그러면서 나는 잠에서 깨어났다. 깨어나고도 한참 동안은 몸을 움직일 수 없었다. 새벽녘이었고 어슴푸레 동이 터오고 있었다. 나는 눈을 떠 벽을 바라보았다. *도마뱀*이 보이지 않았다. 나는 잠에서 깨어나려고 필사적으로 도리질을 쳤다. 벽을 더듬어 불을 켜고 다시 *도마뱀*이 걸려 있던 벽으로 시선을 돌렸다.

*도마뱀*은 걸려 있어야 할 바로 그 자리에 정확하게 걸려 있었다.

4

난 허수아비
신이 나를 조종하는 것 같아요.
—짐 모리슨, 영화 〈도어스〉 중에서

학원강사 생활 일 년 만에 거의 모든 친구들과의 관계가 끊어졌다. 대부분의 학원강사들은 오후 늦게 출근하고 자정이 다 되어야 퇴근하기 때문이다. 생활하는 시간대가 다른 탓이다. 하지만 난 그런 상황에 익숙하다. 아빠는 개척교회의 목사였다. 아파트 단지 삼

층, 삼십여 평의 공간이 그의 교회였다. 목사의 아내들이 그렇듯이 엄마는 하루종일 바빴다. 신도들을 관리하고 교회를 청소하고 아빠의 설교 준비를 도와주고 집안일을 하느라 엄마는 새벽부터 자정까지 부지런히 움직여야 했다. 새벽기도나 철야기도가 있는 날이면 더 했다. 아빠는 항상 엄숙했다. 엄마는 항상 복종했다. 나는 항상 심심했다. 교회에 딸린 방에서 우리 세 식구는 하루종일 찬송가에 둘러싸여 살았다. 아주 가끔, 아빠와 엄마가 섹스하는 걸 보게 되었다. 아빠의 숨소리가 거칠게 들릴 때면 나는 잠에서 깨어났다. 이불 속에서 엄마의 신음소리가 들려왔다. 그때 엄마의 음성은 사람들이 교회에서 행하는 방언 같았다. 나는 무슨 말인지 알아듣기 위해 귀를 쫑긋 세우곤 했지만 한 번도 제대로 알아듣지 못했다. 엄마가 가끔 큰 소리를 내거나 하면 아빠는 엄마를 나무랐다.

아빠는 가끔 엄마를 때렸다. 청소가 제대로 되어 있지 않거나 설교 원고가 없어졌다고 했다. 엄마는 말없이 맞았다. 그때마다 아빠의 머리 위에 나무 십자가가 덩그러니 걸려 있었다.

믿음, 소망, 사랑, 이라는 세 단어가 교회 현관에 붙어 있었지만 엄마나 아빠는 나를 소망하지도 않았던 것 같고 믿지도 않았으며 그렇다고 사랑하는 것 같지도 않았다. 나는 언제나 아파트 단지 놀이터에서 그네를 타거나 상가 여기저기를 쏘다니며 지냈다. 교회는 싫었다.

세월이 흘러도 아빠의 교회는 커지지 않았다. 그리고 엄마가 사라졌다. 편지 한 통 남기지 않고 그야말로 증발해버렸다. 신도들은 모이기만 하면 엄마 얘기를 했다. 사람들은 사탄이니 뱀이니 도망이니 하는 얘기를 했던 것 같다. 그 시절의 일기에 나는 무수한 뱀을 그려넣었다. 멍하니 앉아 있다가 문득 내려다보면 종이 위에는 무수한 뱀들이 서로 엉켜 똬리를 틀고 있었다. 엄마, 보고 싶어요, 라고 적고 그 위에 뱀을 그려넣었다.

아빠는 열 살이나 어린 여신도와 재혼했고 교회를 옮겼다. 나는 서울에 있는 대학으로 진학하여 드디어 집을 떠날 수 있었다. 주일마다 교회에 나가요. 목사님이 설교를 참 잘하셔서 재미있어요. 성가대에도 들었구요. 나는 아빠에게서 전화가 올 때마다 거짓말을 한다. 대학에서는 수학을 전공했다. 편미분과 중적분 따위와 씨름하면서 사년을 보냈다. 그 단순하고도 명료한 세계가 마음에 들었다. 일학년 일학기 중간고사 미분적분학 시험문제는 '1이 0보다 크다는 것을 증명하라'는 것이었다. 나는 입실론과 델타를 이용해서 그 문제를 풀었다. 어떤 함수를 미분하면 꽃 모양의 함수가 그려지기도 했다. 그렇게 1과 0 사이에서 진동하면서 내 이십대의 초반이 흘러갔다.

지금도 나는 가끔 뱀을 그린다. 나는 처음부터 뱀이 무섭지 않았다. 실제로는 한 번도 본 적이 없어서일지 모른다. 뱀이 엄마를 꼬였다고 어른들이 어린 내게 속삭이던 게 기억난다. 웃기는 일이다. 그게 거짓말이라는 걸 난 이미 알고 있었다. 난 엄마가 부러웠던 것 같다. 나도 찬송가 소리에 짓눌린 교회를 떠나고 싶었다. 언제나 나를 굽어보는 십자가가 없는 곳으로 말이다.

난 첫 경험을 하면서 신을 봤어.
— 파멜라의 대사. 영화 〈도어스〉 중에서

도마뱀이 내 몸속으로 들어온 것은 그 꿈을 꾸고 난 얼마 후의 일이었다. 늦은 오후의 낮잠이었다. 나는 총잡이가 나오는 할리우드 영화를 보다가 잠이 들었다. 비디오를 보면서 찬 맥주를 함께 마셨던 것 같기도 하다.

꿈은 역시 *도마뱀*이 움직이는 것으로 시작한다. *도마뱀*은 이제 아주 빠르게 벽을 내려온다. 나는 그가 그닥 두렵지 않다. *도마뱀*이 침대를 향해 다가온다. 나는 *도마뱀*의 꼬리를 자르면 새로 꼬리가 난다는 이야기를 생각한다. *도마뱀*과 말하고 싶다는 생각도 한다. *도마뱀*이 침대 위로 올라선다. 엄마가 어디론가 가고 있다. 엄마, 미안해요. 뭐가 미안한 건지 난 알지 못하지만 엄마에게 빈다. *도마뱀*이 내 발을 타고 천천히 가까워진다. 그의 혀가 내 다리 구석구석을 핥는다. 오, 제발. 움직일 수 없는 나는 입술을 깨물면서 절규한다.

나는 갑자기 어려진다. 짧은 치마를 입고 머리에 리본을 달고 누워 있다. *도마뱀*이 나에게 영상을 펼쳐준다. 어린 내가 벌거벗은 아담과 이브를 보며 사타구니를 만지고 있다. 쾌감이 밀려온다. 장면이 바뀐다. 교회의 주일학교에서 목사의 딸인 나는 동년배 남자애의 성기를 만지고 있다. 그의 바지를 내려 천천히 바라보다가 그의 성기를 입에 물고 싶어한다. 남자애의 성기가 갑자기 커진다. 그의 키도 자라 그는 어느새 나이든 남자의 모습으로 변한다. 그의 성기 주위에는 웅숭숭 털이 많아 나는 그 털을 쓰다듬으며 즐거워한다. 나는 그것을 입속으로 집어넣는다. 내 입속에서 성기는 점점 더 딱딱해진다. 입이 아파온다. 어느새 성기는 직사각형의 나무토막으로 변해버린다. 나는 입속에서 간신히 성기를 빼낸다. 그의 성기는 네온사인 십자가가 되어 있다. 붉게 빛나는 십자가 앞에 나는 경건하게 무릎 꿇고 있다. 붉은 십자가에서 내 타액이 한 방울씩 흘러내린다. 나는 그 남자가 누구인지 궁금해진다. 고개를 들어 얼굴을 바라본다. 한 번도 본 적이 없는 낯선 남자가 거기 있다.

*도마뱀*이 영상을 거두어간다. *도마뱀*은 이제 내 성기 주변을 어슬렁거리고 있다. *도마뱀*의 혀와 꼬리가 성기와 허벅지를 자극한다. 내 온몸은 땀으로 흠뻑 젖는다. *도마뱀*의 머리가 점점 더 내 성기 쪽으로 밀착한다. 어느새 내 다리는 벌려져 있다. *도마뱀*이 내 성기를 보고 있다고 생각하니 부끄럽다. 나조차도 자세히 본 일이 없는 내성기를 *도마뱀*은 찬찬히 살펴보고 있다. *도마뱀*은 혀를 거두고 내 몸속으로 들어오기 시작한다. 이상하게 하나도 아프지 않다. 이미 그곳은 충분히 젖어 있다. 젖어 있다는 사실이 수치와 흥분을 동시에 야기한다. *도마뱀*이 꾸불거리면서 내 몸속으로 들어오는 것이 느껴진다. 머릿속이 터져버릴 것 같다. 이제 *도마뱀*은 꼬리만 보인다. 무언가 맹렬히 몸속에서 요동을 치고 있다. 그게 *도마뱀*인지는 확실하지 않다.

여기서 뭘 하는 게냐? 엄마가 말한다. 엄마는 의심스러운 눈초리로 내 침대 곳곳을 살핀다. 나는 그가 도마뱀을 발견하지 않았으면 하고 바란다. 더 깊이 들어가주렴. 나는 도마뱀에게 애원한다. 도마뱀의 꼬리가 그의 눈에 띄지 않아야 할 텐데. 나는 조바심을 내며 도마뱀을 채근하지만 도마뱀의 꼬리는 아직 내 몸 바깥에 있다. 아직 엄마는 도마뱀을 발견하지 못했다. 엄마의 시선 속에서도 내 흥분은 점점 더 고조되어간다. 몸속에서 차가운 도마뱀이 이리저리 나를 헤집고 있다. 나는 쾌감을 감추려고 얼굴을 찡그리고 엄마는 그런 내 모습을 냉정하게 지켜보고 있다. 엄마, 저는 몹시 아파요. 그러나 엄마는 믿지 않는 기색이다.

엄마가 내 도마뱀을 빼앗아가려고 한다고 믿는다. 나는 괄약근을 조여 도마뱀을 가둔다. 그러자 도마뱀은 내 몸 깊숙이 들어온다. 이제 꼬리마저 완전히 내 몸속으로 들어와버렸다. 이제 엄마는 도마뱀을 볼 수 없다. 이 도마뱀은 내 것이다. 차가운 도마뱀이 내 몸속에서 꿈틀거리는 동안 나는 엄마를 보고 웃는다. 엄마도 나를 보고 웃는다. 엄마의 웃음은 점점 더 커져간다. 그런 엄마의 입속에 뱀의 머리가 보인다. 뱀은 천천히 꾸불거리며 엄마의 입에서 비어져나온다. 엄마는 허리를 숙여 뱀이 빠져나오는 것을 돕는다. 그 모습이 구토하는 것처럼 보인다. 엄마, 제 동생은 어디로 갔나요? 나는 엄마에게 묻는다. 그애는 죽었잖니. 아니, 우리가 죽였잖니. 아니에요, 엄마. 전 죽이지 않았어요. 걜 본 적도 없는걸요. 엄마의 입에서 나온 뱀은 어디론가 사라져간다. 나는 서서히 꿈에서 깨어난다. 깨어나면서 벽을 본다. 도마뱀이 없다. 나는 다시 눈을 감는다. 꿈은 다시 이어진다. 내 뱃속의 도마뱀이 다시 꿈틀거리기 시작한다. 나는 항문에 격렬한 통증을 느끼기 시작한다. 아, 제발. 도마뱀은 천천히 항문을 통해 빠져나온다. 아이를 낳고 싶어요, 엄마. 제가 엄마의 아이를 낳아드릴게요. 나는 고통을 참으며 말하지만 엄마는 듣지 않고 사라져간다. 도마뱀이 다 빠져나가자 통증과 함께 나른함이 몰려온다. 나는 잠에서 서서히 깨어나 다시 벽을 본다. 도마뱀이 보이지 않는다. 당연하다고 생각한다. 도마뱀은 나와 함께 잠들어 있기 때문이다. 전화벨 소리가 들려오고 나는 좀더 명징한 정신으로 돌아온다. 잘못걸려온 전화를 받고 다시 벽을 바라보았을 때, 도마뱀은 걸려 있어야 할 바로 그 자리에 정확하게 걸려 있었다.

6

도마뱀에게는 과거가 없어.
그것만으로도 신이 되기엔 충분하지.
그들에겐 영원히 현재만이 존재해.
─김영하, 「도마뱀」 중에서

도마뱀이 내 몸속으로 들어오기 시작한 이래, 나는 몇 번쯤 남자와 섹스를 했다. 오래전에 헤어진 남자가 찾아와서였다. 그러나 그 남자와의 섹스에서 나는 여전히 아무런 느낌도 받을 수 없었다. 섹스하는 내내, 나는 *도마뱀*만을 생각했다. 네 성기가 좀더 차가웠으면 좋겠어. 내가 그렇게 말하자 그 남자는 일어나 앉으며 정색을 했다. 너 많이 달라졌구나. 그런 말을 다 하고.

그게 끝이었다. 그는 가버렸고 다시는 오지 않았다. 그의 말처럼 내가 달라졌는지도 모르겠다. 하지만 그런들 어떻단 말인가. 나는 코웃음을 쳤다. 몸을 바꿔야 한다고 *도마뱀*을 준 남자는 내게 말했었지. 내 몸이 바뀌고 있나? 나는 *도마뱀*을 본 날이면 그의 말을 떠올렸다. *도마뱀*은 그후로도 내 꿈에 자주 출몰했다. 항문으로 들어와 입으로 나가기도 했고 성기로 들어와 눈으로 나오는 날도 있었지만 느낌은 거의 비슷했다. 그런 꿈을 꾼 날이면 아무 말도 하고 싶지 않을 만큼 피로했지만 기분은 상쾌했고 신이 났다.

*도마뱀*을 준 남자를 가끔 학원에서 마주칠 때가 있었다. 그는 나를 보면 알 듯 모를 듯 웃음을 지으며 지나갔다. 어쩌면 그가 내 꿈을 들여다보는 것은 아닐까 싶을 때도 있다. 그의 시선이 내 깊은 곳으로 스며드는 느낌이었다. 그래서일까. 종종 그 남자의 목덜미를 볼 때 나는 몸이 뜨거워지곤 했다. 왜 하필 목덜미였는지는 잘 모르겠다. 언젠가 학원 지하식당에서 그 남자가 밥을 먹는 장면을 본 일이 있다. 아무도 없는 식당에 그 사람 혼자 뜨거운 국물을 곁들인 밥을 먹고 있었다. 식당으로 들어서던 나는 망연히 그의 뒷모습을 바라보았다. 한 번도 고개를 들지 않고 묵묵히 수저질을 하고 있는 그의 목덜미가 눈에 들어왔다. 그의 목덜미에는 어떤 완강함이 있었다. 팽팽하게 긴장된 목의 근육. 그것이 그의 모습을 황량하게 만들고 있

었다. 왜 그 목에서 *도마뱀*을 생각하게 됐는지는 잘 모르겠다. 그를 안고 싶다고 생각했다. 섹스가 아니어도 좋다. 그냥 가까이 다가가 등뒤에서 그를 안고 그 목덜미에 입맞추고 싶었다. 나는 그날 그 식당에서 밥을 먹지 못했다.

그뒤로 그 남자를 자주 만났다. 그는 한 달에 한 번쯤 내 집으로 찾아왔다. 말없이 음악을 듣거나 술을 마셨다. 그는 섹스를 원하지 않았다. 그렇다고 내가 원하는 것도 아니어서 우리는 막막하게 앉아 이야기를 하거나 술잔을 채워갔다. 그는 여행을 좋아한다고 했다. 아무와도 관계를 맺을 필요가 없는, 필요하면 언제라도 떠날 수 있는 학원강사 생활이 편하다고 했다.

그리고 오늘이다. 나는 그가 어서 돌아와 담배 여인 이야기를 끝맺어주기를 기다리고 있다. 어쩌면 그가 돌아오지 않을지도 모른다는 생각을 한다. 그 이야기를 마무리하는 것은 내 몫인지도 모르겠다. 나는 그가 돌아왔다고 상상하기 시작한다.

어서 이야기를 해줘.

내가 말한다.

경찰은 사건 현장에서 사망자의 일기를 발견하게 되었지.

그가 말한다. 나는 그에게 담배를 한 대 피워물린다. 그의 담배연기가 내 폐부 깊숙이 밀고 들어온다.

일기에는 아주 매혹적인 여자의 이야기가 적혀 있었어. 오늘, 그녀를 만날 수 있을까? 내 온 감각을 소모시키는 여자. 그녀가 오기만을 기다리며 나는 하루종일을 보낸다.

그의 얘기가 계속된다.

경찰이 확인해본 결과, 그 남자는 대학을 졸업하고 아무 곳에도 취직하지 못한 채 자취방에서 하루하루를 빈둥거리며 살던 룸펜이었고 서울에는 친구도 거의 없었어. 친구들은 그가 여자를 만나는 걸 본 적이 없다고 했지. 그럼 창녀였을까? 그는 여자를 돈 주고 살 만한 처지도 못 됐어. 그럼 누구였을까.

부검은 안 해본 거야?

내가 묻는다. 그가 대답한다.

부검 결과가 나왔는데, 사인은 심장마비였어. 사건 현장 주변의 유류품을 샅샅이 뒤져봤는데 여자의 음모 따위는 발견되지 않았어. 그래서 담당 형사는 다시 깊은 생각에 빠졌지. 그는 방안을 다시 뒤져서 다른 일기장을 찾아낼 수 있었지. 그 일기장에는 이런 구절이 있었어. 연기로 무언가를 만드는 일이 내 유일한 오락이다. 어제는 자동차와 술을 만들어냈다. 연기로 만든 술을 마시며 스포츠카를 운전했다. 연기가 사라지지 않도록 창문을 굳게 닫아걸고 방안의 공기 흐름을 차단해야 한다. 그래도 그 시간이 너무 짧다. 내겐 여자가 필요하다. 형사는 일기장을 덮고 사건을 종결했어. 직접사인은 심장마비. 자살도 타살도 아닌 자연사로.

이제 알겠어. 내가 말한다. 그 남자는 담배연기로 여자를 만들어낸 거야. 그 여자의 애무를 받고 그 여자와 섹스를 했을 거야. 그렇지만 그 남자는 절대로 그 여자를 건드려서는 안 돼. 그러면 사라지니까. 여자는 공중에서 천천히 내려오면서 그 남자를 감싸안겠지. 그 남자의 온 감각에 스며들면서 말이야.

그는 고개를 끄덕인다. 맞아. 하지만 그 형사는 아무에게도 그 이야기를 하지 않았어. 누가 믿겠어. 안 믿는다 한들 아무 상관도 없지.

담배연기가 사람을 위안할 수도 있어. 나도 담배 한 대를 피워물면서 말한다. 그러면서 벽에 걸린 *도마뱀*을 본다. 오늘따라 *도마뱀*이 더 크게 보인다. 나는 침대로 기어들어가 잠을 청한다. 그는 여전히 오지 않는다. 나는 불을 끄고 천천히 잠 속으로 빠져든다.

잠결에 누군가 문을 열고 들어오는 기척을 느낀다. 그 남자가 돌아왔다고 생각하지만 나는 너무 몽롱하다. 그가 옷을 벗는 소리가 들린다. 나와 한 번도 섹스를 하지 않았던 *그가* 남편처럼 태연하게 침대로 들어온다. 그의 손이 내 발등에서부터 무릎을 거쳐 허벅지를 천천히 애무한다. 그의 손이 차갑다. 나는 오스스 소름이 돋는 걸 느낀다. 그가 몸을 일으켜 내 위로 올라온다. 차갑고 커다란 그의 성기가 내 몸속으로 밀려들어온다. 소리를 질러서는 안 돼. 나는 다짐한다. 그리고 그를 만져서도 안 돼. *그가 사라질 테니까.* 그의 성기는 느리게 움직인다. 온몸에 격렬한 쾌감이 번진다. 남자에게선 한 번도 느껴보지 못한 기쁨으로 내 육체가 떤다. 멀리 네온사인 십자가가 빛난다. 그의 움직임은 더 광폭해진다. 차가운 그의 성기가 내 몸 여기저기서 미끄러진다. 나는 온통 젖어버렸다. 그의 성기가 내 몸을 관통해버릴 것 같은 두려움이 든다. 몸을 바꿔야 해. 그의 말이 울려온다. 아악, 나는 아주 멀리 간다. 열대의 우림을 지나 십자가의 숲을 건너 유년의 놀이터에 다다른다. 나는 비명을 지르려 하지만 소리가 되어 나오지 않는다. 원시부족의 타악기 연주가 내 귀를 꽝꽝대며 울린다. 그의 성기가 내 귀로 나오는가. 고막이 터져버릴 것 같다.

　나는 늘어진다. 그가 몸을 일으켜 옷을 입는다. 그리고 그는 연기처럼 사라진다. 나는 가만히 눈을 떠 벽을 바라본다. 도마뱀이 보이지 않는다. 그렇지만 불을 켜고 확인하려 하지 않고 나는 다시 눈을 감아버린다. 그리고 잠든다. 아주 안온하게 빠져든다. 다시는 깨어나고 싶지 않다.

총

1

석태는 총의 노리쇠를 후퇴, 전진시키는 동작을 반복한다. 차르륵, 차르륵, 경쾌한 소리가 들린다. 총에서 나는 모든 음들은 말할 수 없이 산뜻하다. 그는 기억한다, 처음 신병훈련소에서 M16소총을 분해 결합하던 때의 희열을. 일 분 삼십 초 안에 총의 모든 부품들을 질서정연하게 분해했다가 다시 재결합했을 때, 그는 자신이 남자가 됐다고 느꼈다. 기름걸레를 꼬챙이에 끼워 총구 속으로 집어넣을 때면 그의 몸은 달아올랐다. 어쩌면 총을 소제할 때 쓰는 윤활유에는 마약이 들어 있을지도 모른다고 생각했다. 그래야 전쟁이 벌어졌을 때 죽어라고 쏴댈 게 아닌가.

그가 총의 노리쇠를 후퇴, 전진하는 소리를 낼 때마다 사람들이 몸을 움츠린다. 석태는 사십대 남자와 삼십대쯤으로 보이는 여자, 그리고 그들의 두 아이를 바라본다. 사십대 남자는 배가 조금 나왔고 골프웨어를 입고 있고 그의 여자는 주부들이 집에서 흔히 입는 통원피스를 걸치고 있다. 원피스에는 커다란 해바라기들이 그려져 있다. 석태는 아파트의 내부를 찬찬히 둘러본다. 벽에는 뻐꾸기시계가 걸려 있고 그 옆으로, 마음이 가난한 사람은 행복하다, 라는 붓글씨 족자가 보인다. 식탁 위에는 그들이 미처 끝내지 못한 저녁식사가 그대로 남아 있다. 내장이 드러난 굴비 두 마리, 콩나물무침, 그리고 오이냉국. 그 음식들을 석태는 멍하니 쳐다본다.

—아줌마, 저 음식들 좀 치우지.

그녀가 움직이자 해바라기들도 따라서 출렁인다. 여자는 황급히 그릇들을 개수통에 처박으며 그의 눈치를 본다.

—설거지하시라구요.

그의 짜증에 놀란 여자는 접시를 떨어뜨린다. 접시에서 콩나물이 떨어져 마루 위에 뻘건 고춧가루와 양념이 핏물처럼 퍼져버린다. 모두들 불길한 징조라도 된다는 듯이 깨진 접시와 널브러진 음식들을 뚫어져라 바라본다. 그러다가 중학생 남자아이가 걸레를 가져와 그것들을 훔쳐낸다.

즐거운 곳에서는 날 오라 하여도 내 쉴 곳은 오직…… 경비실과 연결된 인터폰에서 귀에 익은 음악이 울려댄다.

—누가 좀 받아봐요.

석태의 말에 그건 당연히 자신이 해야 할 일이라는 듯이 분연히 일어난 사십대의 가장이 인터폰을 집어든다.

—여보세요. 네, 네.

석태는 가장의 손에서 인터폰을 낚아채며 다시 구석으로 가라고 눈짓한다.

—이석태, 나야.

—……

—나 모르겠나? 네 소대장이야. 야 인마, 어쩌자고 그런.

—소대장님, 늦었습니다. 돌아가십시오.

—너 이런 놈 아니었잖냐? 지금이라도 늦지 않았으니까 내려와. 사람이라도 해치면 넌 끝장이야.

석태는 인터폰을 내려놓는다. 소대장이라고? 그가 자신에게 이런 충고를 할 자격은 없다고 생각한다. 그는 악랄한 소대장은 아니었지만 그렇다고 좋은 지휘관도 아니었다. 외출, 외박 날짜나 꼽으며 살아가는, 석태와 다를 바 없는, 그렇고 그런 인간이었다. 소대장이 석태를 위해 해준 일이라고는 가끔씩, 이석태, 뭐 애로사항 없나, 하고 지나가는 말로 물어봐준 것뿐이었다. 애로사항이라는 게 그렇게 간단하면 왜 애로사항이겠냐, 석태는 그렇게 그를 비웃으면서, 없습니다, 라고 대답하곤 했었다.

생각해보면 정말 그렇다. 말로 해결될 일 따위를 가지고 누가 탈영을 하거나 목을 매겠는가.

갑자기 온 집안이 눈을 뜰 수 없을 정도로 환한 불빛으로 가득찬다. 동시에 창문이 심하게 흔들린다. 헬리콥터다. 아마도 저격수들이 타고 있을 것이다. 아니면 창문을 깨고 들어와 석태의 몸에 총알을 박을 특공대가 있거나.

석태는 탄창을 결합하고 베란다 창문을 열고 서치라이트를 향해 총을 쏘아댄다. 물론 창에서 비켜난 어두운 곳에 몸을 의지하고 말이다. 이것 역시 군대에서 신물이 나도록 배운 것이다. 건물 내에서 사격할 경우엔 창에서 떨어진 어두운 곳에서 하라, 그래야 적에게 관측되지 않는다는 것.

다다다다. 다섯 발의 총성이 헬리콥터를 향해 날아갔다. 석태는 다시 다섯 발을 허공을 향해 쏘아젖힌다. 총만 쏘며 살 수 있다면. 내친김에 있는 총알을 다 쏴버리고 싶은 충동에 휩싸인다. 그사이 헬리콥터는 기수를 올려 훌쩍 올라가버렸다.

석태는 인터폰을 든다. 조금 전 사격의 흥분이 채 가시지 않아 그의 볼은 발갛게 달아올랐다.

—개수작하지 마. 여기 수류탄 다섯 발, 실탄 이백 발 있으니까. 알았어?

—이석태, 얘기 좀 하자. 도대체 이유가 뭔가?

굵직한 목소리로 보아 나이가 지긋해 보이는 자다. 석태는 애써 더 크게 악을 써지른다.

—그러는, 씨팔, 넌 누구야?

—나 수방사 헌병대장이다. 나하고 얘기하자. 사나이 대 사나이로.

―니미 씨발, 사나이 좋아하네. 그딴 거 필요 없으니까 나 건드리지 마. 여차하면 다 터뜨려버릴 거야.

―이석태, 지금 자수하면 영창 몇 달 들어갔다 나오면 끝나. 내 말 들어라. 내가 책임진다.

―개소리하지 마. 다 필요 없어.

인터폰을 내려놓고 방안을 둘러본다. 사십대 남자와 설거지를 마친 그의 아내, 그녀는 고무장갑도 채 벗지 않고 있다. 그리고 중학생쯤 되어 보이는 아들과 여고생 티가 역력한 딸이 있다. 아들의 얼굴에는 여드름이 더덕더덕 나 있고 딸은 이미 여자다. 그 네 명이 그를, 정확히 말하면 그의 총을 바라보고 있다. 그의 시선과 부딪치자 모두 눈을 내리까는데 유독 여고생만이 그의 눈을 똑바로 쳐다본다.

―아저씨.

―……

―도대체 왜 이러시는 거예요?

―은영아!

그녀의 아버지가 딸을 꾸짖으며 입을 틀어막는다. 입을 틀어막히면서도 그녀는 시선을 거두지 않는다. 그 눈에 도발의 기운이 서려 있다. 그래, 저런 눈을 본 적이 있어. 사람을 미치게 만드는 눈빛이지. 하지만 그게 누구의 눈이었는지, 언제 어디서였는지 석태는 기억하지 못한다.

어쩌다 여기까지 오게 됐을까.

벽에 기대어 총을 무릎에 얹어놓았을 때, 다른 사람의 목소리처럼 들려오는 말—어쩌다 여기까지 오게 됐을까. 저들의 저녁식사는 왜 중지되었을까, 왜 뻐꾸기시계가 있고 마음이 가난한 사람은 행복하다는 족자가 걸려 있는 집에 내가 있게 되었을까, 왜 내 옆엔 성능 좋은 총과 수류탄이 있는 걸까, 어째서?

하지만 석태는 알고 있다. 이 질문이 그의 일생 내내 자신을 따라다녔다는 것을.

2

한 여자가 있었다. 삼 년 전이었고 그의 나이 열아홉이었다. 그들은 본드를 불었다. 고가도로가 그늘을 드리우는 개천가였고 거기서 그들은 행복했다. 그녀가 그의 앞에서 날아다녔고 그도 그녀를 따라서 하늘을 떠다녔다. 불행한 것은 그들에게 오토바이가 있었다는 것뿐이었다. 그녀를 등뒤에 태우고 늘 그들에게 그늘만 드리우던 고가도로 위로 오토바이를 몰았다. 멀리 승용차의 브레이크등이 보였다. 빨갛고 예뻤다. 그가 가질 수 없는 것이어서 더 그랬을 것이다. 그 브레이크등이 천천히 그에게 다가왔다. 그는 가까이, 더 가까이 브레이크등으로 접근했다. 그다음 순간 그녀와 석태는 다시 하늘을 날았다. 아주 긴 시간이었다. 그렇게 날아가면서 아주 잠깐 그녀의 모습을 본 것 같기도 하다.

그다음 장면은 응급실. 그 여자의 어머니가 침대에 누워 있는 그에게 욕설을 퍼붓고 있었다. 그 여자의 딸은 현장에서 즉사했다. 그러나 그는 운이 나쁘게도 살아남았다. 다리가 먼저 땅에 닿은 그는 골절상을 입었을 뿐이었다. 앞의 차를 들이받은 덕분에 도로교통법 위반이 되었고 본드 때문에 독극물관리법 위반이라는 죄명까지 얹혀서 구속되었다. 본드를 불면 독극물관리법 위반이고 대마초를 피우면 대마관리법 위반, 히로뽕을 맞으면 향정신성의약품관리법 위반이라는 것도 그때 알게 됐다. 그렇게 구치소로 걸어들어갔을 때, 처음 그 질문이 다가왔다. 어쩌다 여기까지 오게 됐을까.

그리고 그때 이후 그는 귀가 아팠다. 그렇게 귀가 아플 때면 청력을 잃었다. 그것은 아무런 예고 없이 찾아왔고 그럴 때면 아무 소리도 들을 수 없었다. 검사를 해보면 별 이상이 없다고 했다. 하지만 그는 정말로, 가끔 아무것도 들을 수 없다. 입영 신체검사에서도 그는 간곡하게 말했다. 가끔 귀가 전혀 들리지 않습니다. 군의관은 몇 가지 검사를 했다. 그때는 빌어먹을, 귀신처럼 잘 들렸다. 그는 현역으로 입영했다.

—이봐요.

사십대의 가장이 조심스럽게 말을 건네온다. 석태는 물끄러미 그를 바라본다.

—내가 이런 말 해도 될지 모르겠습니다만, 젊을 때는 다 힘든 법이에요. 나도 아버지가 일찍 돌아가셔서 고생깨나 한 놈입니다. 이

래 봬도 안 해본 일이 없어요. 형씨, 형씨라고 불러도 될지 모르겠지만, 어쨌든 형씨, 그땐 죽을 생각도 많이 했더랬어요. 얘들한테도 말 안 한 건데, 그 시절에 우리 집사람이 애를 가졌었는데 도대체 키울 자신이 없더라구요. 그래서 두 번이나 지워버렸지요. 이 사람한테 못할 짓 많이 했지요. 이 사업 저 사업 하다가 이제야 좀 자리가 잡혀서 사람 노릇 하고 삽니다. 형씨, 제 말 오해하지 말고 들으세요. 자수하세요. 지금이야 죽을 맘밖에는 없겠지만 조금만 생각해보면 그게 다 헛거예요. 형씨, 보아하니 어렵게 자란 사람 같은데, 자수했다가 풀려나면 내 꼭 형씨 취직자리를 알아보겠소. 정 안 되면 우리 회사에서라도……

　—아저씨, 됐어요. 그만하세요.

　석태가 건조하게 그의 말을 끊는다. 그러면서도 왠지 그의 다정한 말이 마음을 울리는 것을 느낀다. 저런 따뜻한 말을 언제 들어보았던가. 그는 기억해내지 못한다. 문득 이 가족의 삶이 정겹게 느껴진다. 여덟시 반 저녁 드라마에 나오는 가족들처럼 말이다. 저 사내의 말처럼 언젠가 나도 이런 가족을 가질 수 있을까. '사람 노릇' 하면서 살 날이 올까. 설마, 석태는 고개를 젓는다. 그건 유산 같은 거야. 물려받는 거지. 남편복 없는 년이 자식복은 있겠냐고 그의 어머니는 말하곤 했다. 그건 나도 마찬가지야. 그는 맞받아치곤 했다. 부모복 없는 놈이 무슨 복은 있을라구.

3

오토바이 사고 이후, 짧은 구속기간이 끝나고 구치소 문을 나섰을 때, 문 앞에서 그를 기다리던 여자가 있었다. 석태는 그 여자와 그때부터 함께 살았다. 그 여자는 그가 단란주점 삐끼로 일할 때, 그 단란주점을 출입하던 보도였다. 보도 사무실로 전화하면 그녀와 그녀의 친구는 단란주점으로 달려와 손님들 품에 안겼다.

—오빠는 왜 그렇게 말이 없어?

—말이 많으면 다쳐.

—하긴 그래. 참, 오빠가 제일루 갖고 싶은 게 뭐야? 내가 사줄게.

—넌 줄 수 없는 거야.

—뭔데? 응?

끝내 석태는 말하지 않았다. 그건 정말로 그녀가 그에게 줄 수 없는 것이었다. 그는 총을 가지고 싶었다. 총 중에서도 그가 정말로 가지고 싶었던 총은 오스트리아 슈타이어사에서 만든 AUG소총이었다.

총. 총을 생각하면 언제나 가슴이 뛰었다. 그는 총에 관한 잡지를 사모았고 정교하게 만들어진 장난감 총을 사서 조립하며 그 지긋지긋한 학교생활을 견뎌냈다. 총만큼 아름다운 건 없었다. 총에는 아무것도 불필요한 것이 없다. 간결하면서도 정교하고, 그러면서도 충격에 강해야 한다. 그가 처음 가지고 싶었던 건 헤클러앤드코흐 사에서 만든 독일제 MP5소총이었다. 방아쇠를 당길 때 노리쇠가 움직이지 않으므로 초탄 명중률이 대단히 높기로 유명한 총이다. MP5 시리즈 중에서 가장 마음에 드는 건 제일 작은 모델인 MP5K 시리즈인데 기관권총에 가깝다. 그래서 경호원들이나 특수부대의 실내전 등에 요긴한 제품으로 구조는 MP5와 거의 같았다. 탄창은 15연발이 기본이고 가방 속에 넣고 다닐 수 있게 된 제품도 있었다. 가방 손잡이에 발사 버튼이 붙어 있어 가방 속에 넣은 채로 발사할 수도 있어서 경호원들의 휴대 무기로 어울린다고 했다.

한때 사막의 모래바람 속에서 끄떡없이 견디면서도 정밀도가 높은 이스라엘제 갈릴 소총을 좋아했던 적도 있었다. 하지만 MP5나 갈릴 소총은 무엇보다 멋이 없었다.

그러던 어느 날 잡지에서 본 슈타이어의 AUG소총에 그는 단박에 매료되었다. 그 소총을 들고 있던 오스트리아 병사가 죽도록 부러웠다. 저 총을 가지고 싶다. 슈타이어 소총은 몸체의 대부분이 플라스틱으로 되어 있어 보기에도 매끄럽고 총신 위에 망원경이 달려 있는 점은 더 멋졌다.

하지만 그가 실제로 만져볼 수 있었던 총은 군대에서 지급받은 M16과 K1소총이었다. 멋대가리 없는 돌격용 소총들. 망원경도 없고 무겁기만 했다. 그래도 그는 좋았다. 그래서 그는 사격훈련 전이면 벌어지는 가혹한 사격술 예비훈련을 기꺼운 마음으로 해냈고 무서운 집중력으로 사격에 임했다. 당연하게 그는 사격을 잘하는 편에 속했다. 스무 발 중에서 평균적으로 열여덟 발 정도를 해치웠다. 그의 불행이라면, 그가 군대생활을 사격과 혼동했다는 점이다. 군대생활이란 사격만 잘하면 아무 문제 없이 굴러갈, 그런 것으로 알았다.

석태에게 주어진 보직은 취사병이었다. 날이면 날마다 수백 마리의 생선과 닭을 잘라야 했다. 내장을 발라내고 머리를 자르고 발을 끊었다. 지겨웠다. 오늘 수백 마리의 생선을 발라낸다 해도 내일 또 그만한 수효의 생선이 그를 기다리고 있다는 사실이 그를 미치게 만들었다. 그러던 어느 날, 그로 하여금 사격조차 못하게 만든 하나의 사건이 일어난다.

─사수, 발사 위치로.

─위치로.

통제장교의 명령에 따라 석태와 그의 중대원들이 일제히 사격 자세를 취했다.

─탄창 결합.

─탄창 결합.

─전방의 목표물을 향하여 사격 개시.

요란한 소음이 천지창조처럼 웅장하게 터져나온다. 석태는 오십 미터, 백 미터, 이백오십 미터에 위치한 표적들이 올라올 때마다 방아쇠를 당겨댔다. 그런데 왜 그랬을까. 탄창에 들어 있는 열 발의 탄약을 다 소모하고 나서 석태는 다시 탄창을 결합했다. 그건 금지된 일이었다. 사격을 멈추고 사선 밖으로 물러나와 다음 명령을 기다려야 했다. 그러나 석태는 그러지 않았다. 멀리 표적선 근처에서 어슬렁대던 흑염소 한 마리 때문이었을까. 사선에 엎드린 채로 그는 미친듯이 방아쇠를 당겨댔다. 그 순간 그의 귀엔 아무것도 들려오지 않았다. 어깨로 전해오는 둔탁한 충격만이 그가 총을 쏘고 있다는 사실을 알려주었다. 흑염소 주위에서 작은 흙먼지가 일고 위험을 느낀 흑염소는 겅중거리며 사방으로 뛰어다녔다. 그의 총이 염소를 따라 계속 발사되었다. 드디어 한 발이 맞았다. 풀썩 쓰러졌다가 다시 일어나 달아나려던 염소는 또 한 발의 총탄에 맞아버렸다. 명중이었다. 염소는 다시 일어나지 못했다. 석태의 탄창도 다 비어버렸다. 아득함. 플래시를 별에 비추면 언제쯤 별에 닿을까. 어린 시절의 석태는 그게 궁금했다. 수백만 년이 지나면 언젠가 저 별에서 이 플래시의 불빛을 보게 될까. 그 빛은 너무 약해서 거기까지 가기도 전에 다 흩어져버려, 이 병신아. 똑똑한 친구들이 그에게 진실을 알려주었지만 석태는 믿지 않았다. 다시 아득함. 방아쇠를 당겨도 아무런 충격이 느껴지지 않았다. 저 먼 우주를 향해 총을 쏘아버린 기분이었다.

석태가 탄약을 다 소모했다는 것이 확실해지자 그제야 선임하사와 통제장교가 그에게 다가왔다. 아마도 그들은 석태에게 뭔가 말했을 것이다. 야, 이 개새끼가 죽으려고 환장했나, 따위의 말 말이다. 하지만 석태는 그 말을 듣지 못했으므로 그가 느낀 최초의 감각은 배를 찢을 듯이 차올린 그들의 군홧발이 전해준 통증이었다. 그들은 군홧발과 개머리판으로 누워 있는 그를 때렸다. 처음엔 통제장교와 하사관만 때렸지만 나중엔 사선에 함께 엎드려 있던 그의 고참들도 합세했다.

그후로 그는 사격에서 제외되었다. 그리고 그 무렵, 단란주점의 여자가 그를 떠났다는 게 확실해졌다. 그에게 남겨진 건 분해를 기다리는 수천 마리의 비린 생선들과 대가리 잘린 닭들뿐이었다.

4

총을 쏘지 못하게 된 후, 총은 석태의 꿈속에 자주 출몰했다. 언제나 비슷했던 꿈들. 그는 이름을 모르는 자동소총을 들고 있다. 무수히 많은 자들이 석태를 쫓아오고 석태는 수많은 총알을 그들에게 쏘아댄다. 그렇게 쏘아대도 총이 과열되어 휘어버린다거나 총알이 모자라는 일 따위는 없다. 그는 쏘고 또 쏘며 절벽과 절벽을 지나 커다란 파도가 치는 바닷가나 산 정상으로 밀려올라간다. 꿈은 마지막 순간으로 치닫는다. 그러다 갑자기 근접거리에서 복병이 나타나 그에게 총을 겨눈다. 그도 총을 들어 응사하려고 하나 아무리 방아쇠를 당겨도 총알이 나가지 않는다. 적들은 천천히 그에게 다가오며 웃어댄다. 초조함 속에 석태는 포위된다. 그렇게 잘 나가던 총알이 결정적인 순간에 발사되지 않는다. 그러다 가위눌린 것처럼 식은땀을 흘리며 잠에서 깨어난다. 그게 석태 꿈의 주된 줄거리였다.

그 악몽마저도 이제 끝인가. 석태는 개머리판으로 마룻바닥을 단조롭게 쿵쿵쿵 찧으며 쓸쓸하게 웃는다. 자고 싶다. 아주 편안하게 잠들고 싶다. 저 안방에 놓인 퀸사이즈의 침대에 올라 포근한 오리털이불을 덮고 딱 하룻밤만 자고 싶다. 아무런 꿈에도 시달리지 않고 아무런 불안도 없이 그렇게 잠들고 싶다.

그때 갑자기 그의 귀가 아파온다. 며칠에 한 번씩 찾아오는 청각마비. 하필이면 지금 다시 귀가 들리지 않는다. 헬리콥터 소리도, 밖에서 쉴새없이 질러대는 메가폰 소리도 들을 수 없다는 얘기다. 어쩌면 잘됐는지도 몰라. 세상이 조용해졌으니까. 그러면서도 그는 총을 다시 점검한다. 이제 눈밖에 믿을 것이 없다. 인질들은 민감하게 그의 불안을 알아차리고 더욱더 몸을 움츠린다. 중학생 아들내미는 석태를 노려본다. 밉겠지. 내가 너의 편안한 잠을 방해하고 컴퓨터 게임을 방해했겠지.

여고생은 석태를 향해 뭔가를 말하고 있다. 사십대의 가장도 그를 향해 입을 달싹거린다. 자신이 살아온 이야기거나 뭐 그런 이야기일 것이다. 그는 미간을 찌푸리며 두 사람의 이야기를 알아들으려 하지만 소용이 없다. 여고생은 석태가 지금 아무것도 듣지 못한다는 것을 금세 깨닫고 입을 다물어버린다. 어떻게 알았을까. 아무런 움직임도 보이지 않았는데. 아니다. 바로 그것이다. 아무 움직임도 없다는 것. 그는 곧 깨닫는다. 듣는다는 건 곧 듣고 대꾸한다는 것이다. 대꾸하지 않았기에 그는 사람들의 분노를 샀다. 아주 주의깊은 사람들만이 그의 귀가 가끔 멀어버린다는 것을 알아차렸다. 그래서 그는 이 사실을 알아차린 여고생이 고맙다. 그녀를 안고 잠들고 싶다. 갑자기 치받쳐오르는 성욕이 불편해진 석태는 총을 집어든다. 마음이 가라앉고 편안해진다. 그랬다. 총을 들면 세상이 다 내 것 같았다. 그게 모조품이든 진짜 총이든 그랬다.

총을 다시 점검한 후에 조심스레 베란다로 접근해 바깥의 동정을 살펴본다. 거의 모든 아파트의 불빛이 꺼져 있다. 아마도 경찰이 모두 대피시켰을 것이다. 이 아파트에는 아마도 석태와 네 사람의 가족밖에는 남아 있지 않을 것이다. 주차장에는 경찰차와 군용트럭이 빼곡히 들어차 있다. 역시 아무 소리도 들려오지 않는다. 무덤처럼 고요한 이곳이 석태는 불안하다.

그때 갑자기 석태가 몸을 돌린다. 아마도 그는 귀로 들을 수 없는 어떤 것을 감지했을 것이다. 귀가 들리지 않을 때면 열리는 제6의 감각, 그에겐 그런 것이 있었다. 그가 돌아섰을 때, 사십대의 가장이 골프채를 들고 그에게 돌진하고 있었다. 불행한 것은 그에게 잘 손질된 소총이 있었다는 점이다. 그는 훈련받은 그대로, 맞으면서 배웠던 그대로, 소총의 방아쇠를 당겼다. 더 불행한 것은 소총의 조종간이 자동으로 맞춰져 있었다는 점이다. 사십대의 가장은 배와 가슴에 여러 발의 총알을 맞고 현관 쪽으로 날아가버렸다. 다다다다다. 그 순간 갑자기 그의 귀가 트인다. 왜 하필 그때. 그가 태어나서 두번째로 사람을 죽이던 순간에 귀가 다시 열렸을까. 그는 알지 못한다.

그는 천천히 거실을 둘러본다. 그가 베란다로 가기 전과는 확연히 달라진 풍경이 그를 맞이한다. 조금 전까지 사람 노릇 어쩌고 하면서 친절하게 그의 자수를 권유하던 남자는 고깃덩어리가 되어 던져져 있다. 비닐장판 위로 피가 흥건하게 퍼져간다. 피는 천천히 신발장 쪽으로 흘러간다. 나머지 세 명 중 누구도 시체 옆으로 달려가지 못하고 부들부들 떨 뿐이다. 아들내미가 가장 먼저 울기 시작한다. 비현실적인 장면이다. 이건 비디오야. 삼류 액션물이나 공포물일 거야.

석태는 소파에 걸터앉아 담배를 꺼낸다. 그의 손이 부들부들 떨린다. 이건 염소를 죽이는 일과는 다른 거야. 그의 내부에서 누군가 중얼거리며 반복한다. 이건 염소를 죽이는 일과는 다른 거야, 이석태. 그러면서도 그의 손은 계속 라이터를 찾고 있다. 하지만 아무리 찾아도 라이터가 잡히지 않는다. 윗주머니, 바짓주머니, 뒷주머니 어디에도 없다. 그는 비틀거리면서 주방으로 가 가스레인지를 켠다. 세 번의 시도 끝에 불이 붙는다. 컥, 매캐한 연기가 한꺼번에 폐로 들어오면서 그가 기침을 한다. 그때 다시 이명처럼 고요하고 집요하게 들려오는 질문을 그는 듣는다.

이런 제기랄, 어쩌다 여기까지 오게 됐을까.

5

그는 여고생을 손으로 가리켜 가까이 오게 한다. 그녀는 무릎걸음으로 다가온다.

—음악 좋아하니?

여자애가 고개를 끄덕인다.

—댄스음악?

여자애가 고개를 젓는다.

—그럼?

여자아이는 한참을 머뭇거리다가 말한다.

―록이요, 록. 옛날 록이요. 레드 제플린, 야드버즈, 핑크 플로이드, 그리고 비틀스도 좋아해요.

　―비틀스 좀 틀어봐.

　―무슨 앨범 틀까요? 〈렛잇비〉 아니면 〈애비 로드〉? 난 〈애비 로드〉가 제일 좋아요.

　한때 그는 록카페에서 일했었다. 록카페가 한창 유행일 때 말이다. 음악은 주인과 단골손님들이 틀었다. 그로서는 시끄럽기만 한 그런 음악이었지만 그땐 왠지 그게 좋았다. 너무 시끄러워서 아무것도 들리지 않는 세상. 소리를 질러야만 다른 사람의 이야기를 알아들을 수 있는 세상. 그게 편했다.

　―아무거나 틀어봐.

　―그럼 〈애비 로드〉를 틀게요.

　딸은 조금 멈칫거리다가 마음을 정한 듯 재빠르게 움직인다. 전축 장식장의 유리를 젖히고 CD플레이어를 연 후, 비틀스의 CD를 밀어넣는다.

　탁하면서도 부드러운 비틀스의 음성이 피비린내 가득한 거실로 흘러나온다. 그가 아주 어렸을 때, 어떤 탈주범들의 전설을 들었다. 그들은 영화에나 나올 법한 방법으로 교도소를 탈출했다. 그리고 서울로 잠입하여 신촌의 갈빗집에서 갈비를 먹다가 경찰의 추적을 받자 그 근처의 가정집으로 들어가 경찰과 대치했다. 탈주범들의 어머니가 왔지만 그들은 만나지 않았다. 대신 그들은 경찰에게 비지스의 〈홀리데이〉를 틀어달라고 말했다. 그 이야기는 이상하게도 그의 머릿속을 떠나지 않았다. 동네 놀이터에서 아이들과 총싸움을 하면서도 그는 자신이 경찰들에 둘러싸여 싸우다 죽어가는 외로운 탈주범이라고 여기게 되었다. 그가 자라 어른이 되었을 때, 그는 그 사건의 주범이 지강헌이었다는 것도 알게 되었다. 그 이름 역시 그에게는 낯설지 않았다. 지강헌. 지강헌. 그는 다시 그 이름을 되뇌어본다. 이렇게 되려고 그랬던가.

비틀스는 계속 노래한다.

—그만 꺼.

그가 명령하고 여고생은 그 말을 따른다.

—라디오 틀어봐. 혹시 뉴스 하는 데 있으면 틀어봐.

세 번쯤 채널을 바꾸니 뉴스 속보가 나오는 채널이 잡힌다.

—……현재 범인은 네 명의 가족을 인질로 잡고 경찰과 대치하고 있습니다. 이 사건으로 일대의 교통이 완전히 통제되고 있습니다. 일대를 지나시는 운전자께서는 우회도로를 이용해주시기 바랍니다. 범인의 신원은 육군 모부대 소속 이석태 일병으로 밝혀졌으며 자세한 사항은 새로운 소식이 들어오는 대로 여러분께 전해드리겠습니다. 이어서 김유선 아나운서가 진행하는 FM콘서트가 계속되겠습니다.

시그널이 나오고 김유선 아나운서라는 여자가 나와서 인사를 한다.

—무장탈영병이 도심까지 들어와서 인질극중이라죠? 그래서 그런지 오늘 유달리 이 노래를 신청해주신 분들이 많네요. 지금 팩스와 통신을 통해 많은 청취자들이 이 곡을 틀어달라고 하셨거든요.

이문동의 이영선씨, 부산 광복동의 김현석씨, 천리안에서 사연 주신 아이디 JJBAR 유진선씨, 들어주세요. 비지스의 〈홀리데이〉입니다.

DJ의 말을 듣고 처음에 그는 쓰게 웃었다. 하지만 막상 〈홀리데이〉가 흘러나오자 그는 조금씩 눈물을 흘렸다. 그래, 이건 내 인생의 처음이자 마지막 휴일인지도 몰라. 그는 자신에게 일생 동안 단 한 번도 휴일이 없었다는 사실을 새삼 깨닫고 울었다. 진정한 휴일이란 빨간 날이 아니라 노래를 부르는 날이다. 춤을 추는 날이다, 아무 걱정도 없이 태양을 바라보는 날이다. 사랑하는 여자의 허벅지를 베고 누워 잠드는 날이다, 취하지 않을 정도로 술을 마셔도 되는 날이다, 그리하여 술맛을 느끼며 술을 마실 수 있는 날이다, 사람들이 그의 말을 귀기울여 들어주는 날이다, 그런 나날들이다.

그는 라디오에서 나오는 〈홀리데이〉를 세상에서 처음 들어보는 음악처럼 아까워하며 들었다. 세상이 갑자기 그를 알아주고 그와 소통하기 시작했다. 그가 한 사람을 죽이고 세 명의 목숨을 담보로 세상을 향해 총을 내갈기기 시작한 뒤로 말이다.

6

—아저씨.

전축 옆에 앉아 있던 여자아이가 그를 부른다. 조용하고 차분한 목소리다. 그녀의 눈동자에 흰자위가 많이 드러난다. 어딘가 정신이

나간 것처럼 보인다. 석태는 멀끔히 그녀를 내려다본다.

—아저씨, 여기 죽으러 온 거죠?

여자아이의 말에는 억양이 없다.

—그래, 맞아. 나 여기 죽으러 온 거야.

석태는 여자아이의 말에 고개를 끄덕인다. 그래, 그녀의 말이 맞다. 그게 아니라면 내가 왜 여기까지 와 있겠니. 그때 다시 여자아이의 눈에 도발의 기운이 서리는 것이 보인다.

—근데 우리 아빠는 왜 죽었어요?

—그건, 그건 나도 몰라.

그건 정말 그도 모르는 일이었다. 그때 그 염소도 그렇게 죽었단다. 이유는 없어. 석태는 아무에게도 들리지 않는 소리로 중얼거렸다.

—하긴 아저씨 잘못만은 아니에요. 내가 아빠를 그렇게 만든 거예요. 내가 말했거든요. 저 아저씨, 지금 귀가 안 들린다고. 그래서 아빠가 그런 거예요. 내가 그런 말만 안 했어도……

—그만해.

석태는 그녀의 말을 끊는다. 그건 누구 탓도 아니야. 네 탓도 네 아빠 탓도 내 탓도 아냐. 몰라, 나도 몰라, 씨팔.

무장탈영병은 모두 죽는다. 자살하든 저격당하든 모두 죽는다. 부대를 순회하며 사고 예방교육을 하던 헌병대의 상사가 그렇게 말했었다. 그러니까 나가더라도 총은 놓고 나가라. 헌병대의 상사는 다시 반복했다. 무장탈영병은 모두 죽는다, 알았나? 모든 병사가 우렁차게, 네, 알겠습니다, 하고 대답했지만 석태는 대답하지 않았다.

자꾸 말을 거는 누나가 불안했던지 남자아이가 제 누이의 팔을 잡아끈다. 그때 다시 헬리콥터의 프로펠러 소리가 들려온다. 그러고는,

타앙. 타탕.

세 발의 총성이 울린다. 석태는 재빠르게 벽 뒤로 몸을 숨긴다. 하지만 날아온 총알 중 한 발이 석태의 어깨를 스치고 지나간다. 그때 뜨거운 느낌이 뒤통수를 타고 흐른다. 이상하기도 하지. 왜 어깨에 총을 맞았는데 머리가 뜨거울까. 석태는 그런 생각을 한다. 아마도 건너편 아파트에 있을 저격수들의 솜씨일 것이다. 나머지 총알은 소파에 한 발, 책장에 한 발 꽂혔다. 석태보다 더 겁에 질린 건 인질들이었다. 아이들의 엄마가 훌쩍이기 시작한다. 두 팔로는 아들을 억세게 껴안고 있다. 소파 뒤에 엎드려 있던 여고생이 안방으로 들어간다.

—어디 가?

석태가 총을 들어 겨누며 묻는다.

—약 가지러요. 아저씨 총 맞았잖아요.

그녀의 엄마가 딸을 곁눈질한다. 놀란 눈빛이다. 어느새 석태의 어깻죽지는 검게 물들어버렸다. 안방에서 나온 여고생의 손에 적십자 표지가 그려진 구급약 상자가 들려 있다. 그녀는 익숙한 동작으로 붕대와 소독약을 꺼내 손에 든다.

—윗도리 벗으세요.

석태는 잠자코 시키는 대로 총을 내려놓고 윗옷을 벗는다.

―러닝도요.

　상처와 달라붙어 있던 러닝이 벗겨지면서 살을 도려내는 듯한 아픔이 전해온다. 여고생이 그곳에 소독약을 바르고 붕대로 칭칭 동여매준다.

　―다 필요 없는 짓이야.

　석태가 그녀에게 말한다. 하지만 그녀는 귀여겨듣지 않고 묵묵히 붕대를 감는다. 그런 그녀의 머리에서 향긋한 샴푸 냄새가 난다. 그리고 여자의 냄새. 왼쪽 팔은 소매에 넣지 않은 채로 석태는 다시 옷을 걸친다.

　―아주머니, 애들 데리고 건넌방으로 들어가세요. 어서요. 여기 있다가는 다 죽을 테니까.

　여자는 석태의 말이 떨어지자마자 아이들을 이끌고 방으로 뛰쳐들어간다.

　―문 잠그고 밖에서 무슨 일이 벌어져도 절대 나오지 말아요.

　석태는 인터폰을 들고 말했다.

　―총 한 발 쏠 때마다 한 명씩 죽인다. 알겠나? 벌써 한 사람 죽어나갔다. 못 믿겠으면 건너편 아파트에 있는 놈들보고 적외선투시기로 보라고 해.

　―도대체 왜 이러는 건가? 이석태, 이석태. 나 너희 중대장이다. 요구사항이 뭔가? 말해야 들어줄 게 아닌가?

　―그런 거 없다.

　―우리가 뭐 너한테 잘못해준 거라도 있나? 그런 거 없잖나?

—그런 거 없다.

중대장은 당황한다. 중대장이 걱정하는 유일한 것이라면 석태가 원한을 품고 자기를 물고 들어가는 일뿐일 것이다. 석태는 담배를 피워물며 거실을 둘러본다. 인질들이 사라진 거실엔 죽은 남자의 시체와 석태뿐이다. 역한 냄새가 난다. 마음이 가난한 사람은 행복하다, 는 족자 위에 핏물이 튀어 있다. 시계를 본다. 새벽 세시다.

아파트 아래에서 메가폰 소리가 들려온다.

—석태야. 석태야. 에미다. 야 이놈, 석태야.

그의 나이 열 살 때 집을 나간 석태의 어머니를 어떻게 찾아 데려왔는지 석태는 놀랍기만 하다. 하지만 엄마, 너무 늦었어요. 세상일이란 언제나 너무 늦거나 너무 빨라요. 엄마는 너무 빨리 집을 나갔고 너무 늦게 찾아왔어요. 아버지는 너무 늦게 죽었고 너무 빨리 절버렸어요. 그때의 그 오토바이는 너무 빨랐는데 전 그걸 너무 늦게 알았구요. 그때의 그 염소는 너무 느렸는데 총알은 너무 빨랐어요. 세상일이 다 그래요. 그러니 그만 가세요.

그러나 석태는 말하지 않는다. 대신 아파트의 유리창을 향해 총을 쏴대기 시작한다. 드드득차창드득창. 총소리와 유리 깨지는 소리가 요란하게 적막한 새벽을 뚫고 흩어진다. 인질들이 있는 건넌방에서 비명소리가 새어나온다.

—에미가 잘못했다. 다 내 잘못이니께 얼릉 내려와, 이눔아.

메가폰 소리가 끊이지 않는다. 왜 엄마를 데려왔는가. 근접사격 때 방출되는 화염으로 새까맣게 그을린 채 온몸이 총구멍으로 가득

차 죽어 나자빠진 아들의 시체를 보여주려? 아니면 수류탄으로 자폭해 누더기가 되어버린 육체를 재조립할 때 도움을 청하려고? 언제부터 너희들이 우리 가족의 삶에 그토록 관심이 많았더냐? 무장탈영병은 모두 죽는다고 말한 건 너희가 아니더냐? 어차피 내가 살아 자수하리라고는 기대하지도 않으면서, 그저 죽여버리는 것이 능사라고 생각하면서, 왜 집 나간 어미까지 찾아 데려오는 게냐.

석태는 수류탄과 탄창을 정연하게 탁자 위에 늘어놓는다. 이제 새벽 세시. 날이 밝아오기 전에 그들이 들어올 것이다. 밧줄을 타고 유리창을 깨면서 연막탄과 가스탄을 쏘면서 이 조그마한 아파트로 밀려들어올 것이다. 철제 현관문은 부서지지 않을 것이니 들어올 곳은 베란다뿐이다. 위층과 옆집엔 이미 특공대로 가득할 것이다. 그들은 공포로 가득차 있기 때문에 어서 석태를 죽이고 그 공포에서 해방되기만을 고대할 것이다.

석태는 웃었다. 이유를 알 수 없는 웃음이 그의 몸속에서 터져나왔다. 살고 싶다. 살고 싶다. 살고 싶다. 석태는 세 번 되뇌고 다시 웃었다. 엄마, 엄마는 아세요? 제가 어쩌다 여기까지 오게 됐는지?

7

밖이 조용하다. 불길하다. 방안에서는 흐느끼는 소리가 계속 들려온다. 보도 여자애는 잘 울었다. 잘 우는 여자를 조심하라고 누군가 말해주었지만 석태는 믿지 않았다. 보도라는 게 원래 떠도는 인생들이지만 그 여자애만큼은 그러지 않을 줄 알았다. 삐끼 일이 끝나고 돌아오면 전기밥통 위에 그애가 써놓은 메모가 있었다. 오빠, 밥 맛있게 먹고 예쁘 밥 좀 챙겨주라. 그와 살기 전에 여자애는 예쁘라는 이름의 요크셔테리어 종 강아지와 함께 지내고 있었다. 그런 여자애들은 유달리 개를 많이 키웠다. 예쁘도 그런 개였다. 예쁘 아니면 누가 날 저렇게 반겨주겠어. 여자애는 그렇게 말하곤 했다. 새벽에 들어오건 아침에 들어오건 개는 반갑게 맞아주었다. 여자애를 핥고 꼬리를 쳤다. 휴가를 받아 그녀의 집에 찾아갔지만 그녀는 없었다. 이사간 지 오래라고 했다. 그 집 문턱에 앉아 담배 한 대를 피우는데 추레한 개 한 마리가 그에게 다가왔다. 개는 그에게 다가와 몸을 비벼댔다. 눈곱이 엉겨붙은 눈과 똥덩어리가 말라붙은 항문을 보다가 그는 알았다. 그건 예쁘였다. 그는 휴가중이었기에 개를 거둬줄 수도 없었다. 예쁘, 그렇게 한번 불러보고 그 집을 떠났다. 개가 계속 그를 따라오자 그는 발길질을 했다. 길거리에서 오래 살았던지 개는 발길질의 기척을 재빠르게 알아채고 달아났다.

—아저씨.

방문을 열고 여자아이가 머리를 내민다. 석태는 반사적으로 총을 움켜쥔다. 여자아이도 놀라 문을 다시 닫으려다가 용기를 내어 다시 연다.

—아저씨, 쏘지 마세요.

저 눈빛, 저런 눈빛을 어디서 봤더라. 석태는 기억해내려고 애쓴다.

— 아저씨, 배고프지 않아요? 엄마가 물어보래요.

석태는 고개를 젓는다. 실제로 그는 허기를 느끼지 못한다. 여자애의 머리 위로 삼십대 여자의 머리가 나타난다.

— 이봐요, 아저씨.

— 왜요?

— 애들은 내보내시는 게 어떨까요? 애들이 무슨 죄가 있어요?

— ······

석태는 잠시 생각에 잠긴다.

— 그럼 아줌마랑 나랑 둘이 있자구요?

석태의 말에 여자는 찔끔한다.

— 그래요, 애들은 내보내주세요.

— 조금만, 조금만 있다가요.

그렇게 대답하고 나서 석태는 또 총을 만지작거린다. 그는 아이들을 내보내고 싶지 않았다. 그 이유는 그도 모른다. 여자는 한숨을 쉬며 남편의 시체에 힐끗 눈길을 주었다가 다시 방안으로 사라진다. 그때 여자아이가 방을 나와 냉장고 쪽으로 걸어간다.

— 넌 왜 나와?

— 동생이 배고프대요.

여자아이는 석태 쪽을 힐끔거리며 냉장고에서 우유와 빵을 꺼낸다. 여자아이는 빵을 한 입 베어물며 말한다.

— 아저씨, 왜 하필, 왜 하필 저희 집에 들어오신 거예요?

석태는 대꾸하지 않는다. 그건 나도 모른다. 왜 엘리베이터에서 칠층을 눌렀는지 그리고 하필 그때 너희 집 대문만 열려 있었는지 나도 모른다. 그러니 내게 묻지 마라. 석태는 혼자 그렇게 중얼거렸을 뿐이다. 그때 인터폰이 울린다.

……즐거운 곳에서는 날 오라 하여도 내 쉴 곳은 작은 집 내 집뿐이리.

석태는 이 노래를 안다. 초등학교 시절 그의 담임이었던 여선생이 풍금을 치며 가르쳤던 노래. 그녀는 아름다웠지만 석태를 그닥 좋아하지는 않았다. 석태는 가난하고 게으르고 준비물을 빠뜨리는 그저 그런 지저분한 학생이었을 뿐이다.

석태가 받지 않으니 인터폰은 계속 단조롭게 음악을 내보내고 있다. 즐거운 곳에서는 날 오라 하여도 내 쉴 곳은 작은……

—아저씨, 인터폰 와요.

여고생이 인터폰을 손가락으로 가리키며 말한다. 석태는 이상하게 가슴이 뛰는 것을 느낀다. 그 노래가 점점 더 커지며 그의 귓속을 울린다. 받지 마라, 이석태. 누군가 석태에게 외치는 것 같다. 많은 생각들이 명멸한다. 그러면서도 석태의 발걸음은 한 발짝씩 인터폰으로 다가간다. 받지 마, 이석태. 오빠, 받지 말아요. 보도 여자애의 목소리도 들린다. 석태야 이놈아, 받으면 안 돼야. 엄마의 목소리. 한편으로 다른 목소리도 들린다. 아저씨, 인터폰 와요. 빨리 받아요. 인질 여자애의 날카로운 음성도 겹쳐진다.

석태가 인터폰 수화기를 들려는 순간 여자애의 비명소리가 들려온다. 석태는 고개를 돌려 여자애를 바라본다. 여자애는 손가락으로 창문을 가리키며 소리를 지른다. 창문이 와장창 깨지면서 타타타타, 굉음이 울리고 온 방안이 연막으로 가득찬다. 쉴새없는 총성이 울려 퍼진다. 그 순간 석태는 알아차린다. 인터폰을 들면 위치가 파악되는 것이다. 인터폰 수화기가 들리는 순간이 그들의 공격개시 시점이라는 것을. 연막탄을 쏘며 진입하여 인터폰이 있는 쪽으로 집중사격을 가하기만 하면 상황은 끝나는 것이었다. 짧은 순간에 많은 생각들이 석태의 머릿속을 지나간다. 그러면서 그의 총은 방향을 모르는 채 탄창 속의 탄약을 모두 소모하며 불을 뿜는다. 여자아이의 비명이 숨가쁘게 울린다. 석태는 어깨가 얼얼하다고 느낀다. 몸이 휘청인다. 그러면서도 그의 몸은 냉장고 쪽으로 달려간다. 그곳에 여자애가 서 있다는 것을 석태는 안다. 눈앞이 흐려진다. 석태는 식탁 위를 굴러 여자애 쪽으로 몸을 던진다. 그 순간 석태의 가슴과 머리를 수많은 총알들이 관통한다.

그후로도 집중사격이 계속 이어진다. 결과적으로는 석태 때문에 여자애가 죽었다. 그제야 석태는 여자애의 눈빛이 누굴 닮았는지 기억해낸다. 그건 그의 어머니의 눈빛이었고 오토바이를 타고 고가도로 위를 날아간 여자애의 눈빛이었고 요크셔테리어 종의 개를 사랑하던 여자의 눈빛이었다. 그걸 왜 여태 몰랐을까.

어쩌다, 어쩌다 여기까지 오게 됐을까? 사십대의 가장은 왜 죽어 널브러지고, 비틀스를 좋아하던 여고생은 왜 내 몸 아래에서 죽어가고, 집 나간 어미는 죽을 자식을 보러 오고, 공포에 질린 특공대는 이미 죽은 몸 위에 총알을 쏟아붓고 왜 사람들은 사람들의 이야기를 들어주지 않고, 왜 나는 사람들을 죽게 만들고, 왜⋯⋯?

석태가 중얼거리는 동안 인터폰에서는 계속 음악이 흘러나온다. 즐거운 곳에서는 날 오라 하여도 내 쉴 곳은 작은⋯⋯

손

당신에게 처음이자 마지막으로 보내는 이 편지를 쓰는 동안 저는 라 보엠을 듣고 있습니다. 그중에서도 〈그대의 찬 손〉을 반복해서 듣고 있습니다. 추운 파리의 다락방에서 로돌포가 폐병에 걸린 미미의 손을 잡으며 부르는 곡 〈그대의 찬 손〉. 가난하고 고단한 삶 때문에 로돌포와 미미는 헤어지고 결국 미미는 로돌포를 찾아 길에 나섰다가 쓰러지지요. 아마 당신은 기억할 수 없으실 테지만 우리가 처음 만난, 한강변이 내려다보이던 그 카페에서도 틀어주었던 바로 그 곡입니다. 라 보엠. 방랑자, 또는 보헤미안적 기질이라는 뜻이지요. 보헤미아를 어원으로 한 멋진 어휘입니다. 사전을 펴보니, bohème : a. 방랑하는; 자유분방한 n. 자유 방종한 생활을 하는 사람, 이라고 나와 있군요.

자유. 당신은 자유, 하면 무슨 말이 떠오르시나요? 저는 반지를 생각하게 됩니다. 스무 살 무렵, 누군가 건네준 14K 금반지. 그 반지는 제 손 어느 손가락에도 잘 맞지 않았습니다. 새끼손가락에는 헐거웠고 중지에는 작았습니다. 그나마 애써 끼워넣을 수 있었던 손가락은 왼손 약지였습니다. 그 반지를 제게 건넸던 사람과 저는 약 반년쯤 따스한 세월을 보냈습니다. 그러나 그 세월은 제게 그 반지를 만지작거리는 버릇만을 남겼습니다. 처음에는 비누질을 할 때 반지 사이에 비누가 끼기도 하고 얼굴을 부비거나 할 때 작은 생채기를 내기도 했지만, 저는 점차 그 반지에 익숙해졌더랬습니다. 그렇게 제가 완전히 그 반지에 익숙해질 무렵이 되자 그 사람은 떠났습니다. 그 가을에 전 몇 달이나 학교에 나가지 않고 방에 틀어박혔지요. 스무 살 무렵엔 누구나 한 번쯤 은둔자가 되곤 하지요. 그사이 제 체중은 십오 킬로그램이나 불어버렸습니다. 몇 달 만의 외출을 준비하느라 입어본 바지의 허리가 맞지 않는 것을 보고서야 그사이 몰라볼 만큼 살이 붙어버렸다는 사실을 알게 된 거예요. 그리고 그때야 저는 왼손 약지를 압박하는 통증을 느끼기 시작했습니다.

그 불안감을 아세요? 반지가 영원히 빠지지 않을 거라는, 그리하여 평생 그 반지를 내 몸의 일부처럼 받아들이고 살아야 하리라는, 그 공포를 아세요? 저는 비눗물도 칠해보고 바셀린 연고도 발라보고 별의별 방법을 다 써보았지만 반지는 꼼짝도 하지 않았습니다. 그러느라 손가락은 더 부어만 갔을 뿐입니다. 밤에는 잠도 오지 않고 하루종일 모든 신경은 그 손가락에 가 있었습니다. 그 와중에도 저는 틈만 나면 무엇이나 먹어치웠습니다. 그러면서 저는 어느덧 그 반지에 길들어갔습니다. 가끔 반지를 의식하게 될 때도 있었습니다. 그때마다 몸에 철심을 박고도 살아가는 사람들을 생각했습니다. 자신의 몸에 결코 융화될 수 없는 어떤 이물질을 지니고 살아가는 사람들을 말이에요.

생각해보면 그때부터 지금까지 저는 그 조그만 반지에 갇혀 있었던 거지요.

어느새 〈그대의 찬 손〉이 끝났네요. 로돌포가 미미를 버리고 거리를 헤매고 있는 참인가봐요.

그날 당신은 그 카페에 먼저 나와 있었습니다. 제가 들어서서 당신에게 인사를 건네자 앉은자리에서 손만 불쑥 내밀어 악수를 청해왔었지요. 저는 머뭇거리면서 당신의 손을 가볍게 잡았습니다. 이제야 말씀드리지만 그때 당신의 손은 차가웠습니다. 그런데 이상했습니다. 혹, 초등학교 시절, 뜨거운 물과 차가운 물을 두 대야에 나누어 담고 손을 담가보신 적이 있는지요? 먼저 차가운 물에 손을 담갔다가 뜨거운 물로 갑자기 옮겨가면 그 뜨거운 물이 차갑게 느껴지는 순간이 있습니다. 그때 악수를 나누던 당신의 손에서 저는 그런 혼란을 감촉했습니다.

손이 차가운 사람도 있고 따스한 사람도 있습니다. 어떤 사람들은 항상 손에 땀이 배어 있기도 하고 어떤 사람에게선 거친 각질이 느껴질 때도 있습니다. 그러나 당신의 손과 같은 혼란한 느낌을 전해준 사람은 없었습니다. 당신에게 제 당혹을 감추기 위해 저는 얼른 메뉴판으로 눈을 돌렸던 것을 기억합니다.

당신은 커피를 주문하고는 담배를 빼물었습니다. 당신의 담뱃갑에는 담배가 서너 개비밖에 남지 않았지만 직육면체 형태를 그대로 유지하고 있었습니다. 그 정연한 담뱃갑을 약 이십 도 정도 기울여서 당신은 하얀 담배 한 개비를 쳐올렸습니다. 그러고는 왼손 엄지와 중지만을 이용해서 담배를 집어들었습니다. 저는 놀랐습니다. 대부분의 사람들은 담배를 집을 때 예외 없이 엄지와 검지로 집어들기 때문이었습니다. 엄지와 중지로 담배를 빼어든 후, 당신은 의장대가 총검술을 하는 것처럼 담배를 한 바퀴 휘익 돌려 입에 물었습니다.

　바로 그런 순간들입니다. 잠실철교 위에서 두 대의 전철이 만나는 장면을 본 적이 있나요? 김포 쪽으로 해가 지는 그런 순간에 낙조를 베어내며 달려갑니다. 그럴 때면 저는 사라진 이들을 생각합니다. 제가 만약 어느 외로운 혼령이라면, 먹지 않아도 잠들지 않아도 좋은 귀신이라면 저는 한 일 년쯤 그때 제가 서 있던 그 강변에 서 있고 싶습니다.

　창밖을 내다봅니다. 건너편 아파트의 콘크리트 벽 말고는 아무것도 보이지 않습니다. 가을인데도 아무것도 달라진 게 없습니다. 적어도 제 창밖 풍경만은요. 이럴 때마다 저는 담배를 피우곤 합니다. 그럼 그 연기가 그 지리한 풍경들을 적절히 가려주고 굴절시켜줍니다.

　그날 당신이 담배를 꺼내는 그 장면에서 비릿한 유혹의 냄새를 맡았습니다. 창가에서 비쳐들어오는 늦은 오후의 햇살이 당신의 손을 반절만 비추면서 음영을 뚜렷하게 드러내주고 있었습니다. 지구의 자전이 진행됨에 따라 당신 손에 깃든 어둠이 더 깊어지고 있었습니다. 전 그 어둠이 좋았습니다. 종국에는 윤곽만이 드러나는 그런 순간을 사랑합니다.

손은 거짓말을 하지 않습니다. 그림을 배울 때, 가장 어려운 게 사람의 손이라고 하지요. 손은 가장 섬세하면서 우리 몸 중에서 가장 많은 골짜기와 구릉을 가지고 있잖아요? 그런 만큼 어두운 부분과 밝은 부분의 대조가 두드러집니다. 또 주름은 얼마나 많은지요. 그리고 그 수다한 마디들. 아마도 손은 우리 몸 중에서 가장 많은 관절을 지니고 있을 거예요. 그 관절들은 제각각 구부러지면서 다양한 표정을 연출해냅니다. 게다가 어느 누구도 손을 성형하지는 않습니다. 얼굴과 몸매는 바꿀 수 있어도 손은 그럴 수 없습니다.

또한 손에는 옹이가 박입니다. 노동의 흔적이 남는 게지요. 손에 군은살이 박이지 않은 사람을 쏘아 죽였다는 캄보디아의 폴 포트가 기억납니다. 애써 들어간 공장에서 쫓겨나던 80년대 운동권의 이야기도 생각나구요. 손에 박인 옹이 따위가 수많은 사람의 생명과 일생에 그토록 큰 영향을 끼칠 수 있다는 사실이 저를 위안할 때가 있습니다. 손에 대한 제 믿음이 결코 헛된 것이 아님을 일러주는 게지요.

그날 저는 당신의 집으로 갔습니다. 당신은 오층짜리 독신자 아파트 사층에 살고 있었습니다. 삐걱거리는 현관문을 열고 들어서자 달걀이 썩어가는 듯한 냄새가 희미하게 풍겼습니다. 당신은 성큼성큼 안으로 걸어들어가 서재에 윗도리를 벗어놓고 마루로 나왔습니다. 서재를 좀 봐도 될까요? 당신은 고개를 끄덕이는 대신, 손짓으로 저를 불렀습니다. 참, 이상했습니다. 보통 한국 사람들은 손바닥을 아래쪽으로 향하게 하여 사람을 부르는데 당신은 그날 손바닥을 위로 하고 새끼손가락 쪽은 깊게 구부리고 검지는 거의 구부리지 않는 동작으로 가볍고 우아하게 손가락을 까닥거렸습니다. 그것은 아주 색정적으로 느껴졌습니다.

당신의 컴퓨터 옆 카피홀더에 꽂혀 있던 한 장의 복사물이 제 눈에 띄었습니다. 당신의 오른손을 복사한 것이었습니다. 기억나시나요? 회색 배경에 탁본이라도 뜬 듯한 검은 손자국, 그리고 당신 손금의 결을 따라 흰빛이 줄기줄기 수맥으로 흐르고 있던 그 그림을.

저는 당신께 졸랐습니다. 그 복사물을 탐했습니다. 당신은 그런 저를 의아하게 바라보았지만 이내 그것을 제게 건네주었습니다. 그것은 아직도 제 방에 잘 걸려 있습니다. 저는 그 회색 배경에 푸른색을 덧칠했습니다. 그러자 그 복사물에는 영묘한 광채가 흐르는 것처럼 느껴집니다.

당신은 말했습니다. 다음에는 얼굴을 해볼 작정이야. 얼굴을 복사기에 집어넣고 돌리면 어떻게 되는 줄 알아? 커버를 덮을 수 없기 때문에 배경이 새까매져. 복사기에 닿은 부분만 허옇게 찍히지. 유리창에 얼굴을 부빈 것처럼 출력되지. 그리고, 그리고 말야, 눈은 질끈 감고 있기 때문에 마치 변사체처럼 찍히고 말지. 난 눈을 뜨고 싶어. 그런데 그게 쉽질 않아. 만약에 눈을 뜨고 찍는다면 복사기에서 방출되는 빛이 반사될 테니 그 부분만 하얗게 빛이 날 거야. 검은 얼굴에 빛나는 하얀 점. 멋질 것 같지 않아?

아니요. 저는 고개를 젓고 싶었습니다. 아니에요, 당신. 제발 그러지 말아요. 전 얼굴 복사물은 보고 싶지 않아요. 그렇지만 저는 입 밖으로 소리내어 말하지 못했습니다. 대신, 당신 눈을 버리고 말 거예요, 라고 말했을 따름이었지요.

눈, 저는 눈을 믿지 않습니다. 눈은 너무 강렬합니다. 당신은 왜 사람의 눈을 보지 않는 거지? 라고 당신이 물었던 것을 기억합니다. 그래요. 저는 사람의 눈을 바라보지 않습니다. 눈은 마음의 창이라는 경구를 저는 부정합니다. 눈은 마음의 창이라기보다는 스크린입니다. 사람들은 다른 사람을 속여야 할 때, 눈을 사용합니다.

한 사람이 있었습니다. 그 사람은 제 얼굴을 두 손으로 붙잡고 소리를 질러대곤 했습니다. 내 눈을 봐. 내 눈을 좀 똑바로 쳐다보란 말야. 저는 부들부들 떨면서 그 사람의 눈을 바라보았습니다. 그 사람의 눈에는 여린 물기가 어려 있었습니다. 그러나, 그 순간 그 사람이 지껄인 모든 말들은 모두 변명 아니면 거짓이었습니다.

이런 말을 주절거리다니 우습군요. 당신이 무슨 죄가 있어서 제 이런 넋두리를 다 들어주고 있는지 모르겠습니다. 하지만 이왕 들어주기 시작한 마당이니 조금만 더 읽어주세요.

그 사람의 손을 기억합니다. 우리 학교 음악대학에는 연습실이 있습니다. 두 평 남짓한 방에 피아노 한 대, 의자 하나, 그리고 아무것도 없습니다. 복도로 난 창도 없고 문만 잠그면 완벽하게 밀폐되는 곳입니다. 물론 방음장치도 완벽하지요. 그 방을 전 좋아했습니다. 새벽 무렵, 여간해서 습기가 빠져나가지 않는 자취방을 빠져나와 악보 한 무더기를 움켜쥔 채 그 연습실로 들어서면 기분이 그렇게 상쾌할 수가 없었습니다. 언덕배기에 자리잡은 음악대학으로 올라갈 때면 이미 가슴이 두근거리기 시작했습니다. 다른 사람들이 도서관을 향하고 있을 때, 전 온전히 저 혼자만을 위해 그 연습실로 향하고 있었던 게지요. 이미 사람이 들어 있는 연습실도 있습니다. 저는 조용히 이 방 저 방 문을 열어보면서 빈방을 찾습니다. 비어 있는 방을 찾으면 그 방에 앉아 악보를 펼쳐둡니다. 그렇게 아침나절을 다 보내고 나면 몸은 술 취한 소년처럼 기분좋을 만큼만 피로합니다.

저는 그 사람에게 그 기쁨에 대해 이야기했습니다. 새벽마다 경험하는 음의 잔치에 대해, 모든 것을 쏟아붓는 몰입에 대해 말이지요. 그러자 그 사람이 제 연주를 듣고 싶다고 말했습니다. 베토벤의 피아노 소나타 〈열정〉을 칠 수 있느냐고 물었습니다. 비록 그때 저는 고개를 떨구고 있었지만 몸 어딘가가 쏴아 하면서 무너져내리고 있었습니다. 물론 저는 그 곡을 연주할 수 있었습니다. 그 정도는 입시를 준비하는 사람이면 충분히 칠 수 있는 곡이거든요. 그래도 그날 오후, 저는 집으로 돌아가지 않고 그 곡을 밤늦게까지 연습했습니다. 오로지 저만을 위해 지내왔던 연습실의 일상이 갑자기 그 사람을 위한 시간으로 변모된 거예요.

며칠 후, 그 사람은 연습실에 따라왔습니다. 저는 악보를 꺼내지 않았습니다. 그러나 연주할 수 있었습니다. 그러나 그 사람은 그것을 언급하지 않았습니다. 모르세요? 당신을 위해서 며칠 동안 그 악보를 모두 외워버렸는걸요. 그러나 저는 말하지 않았습니다. 대신 두 손을 건반 위에 올려놓고 힘차게 두들겨대기 시작했습니다. 그이는 제 등뒤에 바싹 붙어서서 저를 내려다보고 있었습니다. 저는 눈을 반쯤 감은 채 그이의 시선을 즐기고 있었고요. 생각해보세요. 제가 그토록 좋아하는 베토벤을 그이의 시선 아래에서 연주할 수 있다는 사실을 말이에요.

그런데 그때 그의 손이 제 목덜미에 와닿는 것이었어요. 음이 흐트러졌습니다. 그러나 곧 마음을 다잡고 연주에 열중하려고 애썼습니다. 제 목덜미에 손을 올려놓은 채로 그이는 제 귀에 속삭였습니다. 계속 연주해줘. 멈추지 마. 저는 고개를 끄덕였습니다. 아니, 그럴 수밖에 없었습니다. 그래요. 멈추지 않을게요. 그 사람의 손은 천천히 목덜미를 지나 쇄골을 더듬다가 제 젖무덤으로 내려왔어요. 연주가 점점 빨라지기 시작했던 것 같아요. 고장난 메트로놈처럼 박자가 빨라졌다가 느려졌다 했어요. 피아노를 배우기 시작한 이래 단 한 번도 고장난 적이 없었던 제 심장 속의 메트로놈은 꺼졌어요. 대신 그이의 손이 제 메트로놈이 된 거지요. 그이의 손의 움직임에 따라 제 음악은 춤을 췄어요. 그 사람의 손도 차가웠어요. 아니, 어쩌면 제 몸이 뜨거웠을지도. 저는 몸을 뒤틀기 시작했어요. 그러나 건반에 올려진 손만은 움직일 수 없었어요. 저는 그를 볼 수도 만질 수도 없었습니다. 저는 피아노를 연주하고 그는 저를 연주했어요. 그리고 제가 연주한 〈열정〉은 그를 연주했겠죠. 음이 흐트러질수록 박자가 엇갈릴수록 그의 움직임은 빨라지고 집요해졌어요. 전 음악이 얼마나 허망한 것인지 알았어요. 손 하나만으로도 이토록 사람을 미치게 만들 수 있다는 사실을 알았어요. 그런 혼란 앞에서 음악이란 얼마나 무력한 것인가를 생각하다가 저는 그만 울음을 터뜨리고 말았어요. 화가 났습니다. 연주를 제대로 끝마치지 못했다는 것에 대해서, 그리고 수없이 틀린 박자와 음에 대해서 말입니다. 저는 무너졌습니다. 건반 위에 엎어질 때, 쾅 하는 불협화음이 울려퍼졌을 거예요. 그이는 그런 저를 안아일으켰습니다. 그이의 혀가 입속으로 들어왔지만 전 그의 혀보다 제 얼굴을 감싸고 있는 그의 두 손이 더 감미로웠습니다.

그리고 그 사람과 보냈던 몇 번의 밤. 저는 갈구했습니다. 그 사람이 연습실에서처럼 저를 연주해주기를, 제 메트로놈을 파괴해주기를, 음정과 박자가 마구 흐트러져서 저를 분노케 하기를 말입니다. 그러나 그 사람은 그러지 않았습니다. 그 사람의 손은 단지 기계적이고 반복적으로 제 몸을 마사지하듯 만졌을 뿐입니다. 그건 굳이 비유하자면 전자오르간을 연주하는 것과 같습니다. 손, 손을 주세요. 목덜미에서부터 쇄골을 거쳐 제 젖무덤에 이르던, 뱀의 모습을 한 그 손을 주세요. 저는 그 지루한 밤 내내 갈망했습니다. 그러나 단한 번도, 그 사람은 제 말을 알아듣지 못했습니다.

저는 그 사람의 손을 가지고 있습니다. 제 사진첩에는 저를 만졌던 사람들의 손이 꽂혀 있습니다. 그의 손은 가장 앞을 차지하고 있습니다. 손가락은 가늘지만 손등은 아주 완강한 몸집을 하고 있습니다. 그래요, 그 시절의 저는 손을 읽을 줄 몰랐습니다. 다른 사람들처럼 저도 눈을 신뢰했습니다.

그 사람이 말합니다. 내 눈을 봐. 내 눈을 좀 똑바로 쳐다보란 말이야. 그건 모두 헛소문이야. 나를 믿어. 그때의 저는 그이의 눈을 보았습니다. 그리고 믿었습니다. 아니, 믿으려고 노력했습니다. 이제 저는 자신의 눈을 보라는 사람들의 말을 믿지 않습니다. 연습실 복도에서 마주친 그 사람과 제 친구. 저는 알았습니다. 제 친구도 그 사람을 위해 어떤 곡인가를 연주했음을, 그리고 그에게 연주당했음을.

그때 제 친구의 눈에 남아 있던 푸른 색정의 기운을 보면서 그 사람의 손이 훑고 지나갔을 제 친구의 목덜미와 쇄골 언저리와 젖무덤을 생각했습니다.

당신의 손이 그립습니다. 차가우면서도 따뜻한 손, 결코 제 얼굴을 붙잡고 눈을 보라는 따위의 말을 하지 않는 손, 제 음정과 박자를 흐트러뜨리지 않는 손. 그런 당신의 손이 오늘따라 무척이나 살갑게 추억됩니다.

저는 요사이 조각을 배우고 있습니다. 놀라셨군요. 그래요, '그 사건' 이후로 시작한 일입니다. 아직은 점토로 하고 있지만 머지않아 대리석 조각도 할 수 있게 될 거라고 선생님이 말씀해주셨습니다. 어서 대리석 덩어리를 만져볼 수 있기를 꿈에서도 그리고 있습니다. 혹, 로댕의 〈성당〉이나 〈비밀〉이라는 작품을 아시나요? 두 작품의 공통점은 둘 다 손을 오브제로 하고 있다는 거지요. 로댕은 눈부신 대리석으로 두 개의 손을 조각하여 서로 마주보게 하는 그 작품에다 '비밀'이라는 제목을 붙였지요. 이상적인 인간의 몸을 밀로의 〈비너스〉가 현현하고 있다면 손은 단연 로댕의 몫입니다. 그 손은 살아 있는 사람의 손보다 더 살아 있으면서도 비현실적입니다. 너무 사실적이어서 현실에서는 차마 만나볼 수 없는 그런 손입니다. 그것에다가 로댕은 '비밀'이라는 제목을 부여했습니다. 담대하지 않나요? 로댕 이전에 그 누구도 손만을 독립적인 오브제로 작업한 사람이 없었을 뿐 아니라 그토록 관념적인 제목을 붙인 사람도 없었습니다. 한 걸음 더 나아가 로댕은 조금 거친 질감의 석재를 사용하여 이번에는 두 손을 마치 두 명의 무희가 마주보고 춤을 추려는 듯한 자세로 약간 엇갈리게 배치하여 조각했습니다. 그러고는 그 작품에다가 '성당'이라는 제목을 붙였지요. 역시 멋지지요?

로댕에 필적할 만한 사람이 있다면 역시 미켈란젤로입니다. 그의 대표작 〈다비드〉는 피렌체 아카데미아미술관에 있습니다. 오 미터에 달하는 거구의 〈다비드〉, 완벽한 균형과 비례는 보는 사람을 한순간 경건하게 만듭니다. 거기에서도 저를 얼어붙게 했던 것은 바로 〈다비드〉의 손이었습니다. 아카데미아미술관 앞에는 그 손만을 찍어 만든 엽서가 있습니다. 아마 저와 같은 수많은 사람들이 그 손에 감탄하고 돌아갔던 탓이겠지요. 로댕의 작품에는 없는 진실이 미켈란젤로에게는 있습니다. 그의 손에는 핏줄이 있습니다. 늘 혈관을 못 찾아 헤매는 간호사가 본다면 주삿바늘을 찔러넣고 싶을 그런 핏줄을 대리석으로 조각해냈습니다. 로댕의 손이 현실을 추상한 이상이라면 미켈란젤로의 손은 이상을 제거한 현실입니다.

로댕은 이탈리아 여행 이후에 작품의 경향을 바꾸게 됩니다. 그가 아마 미켈란젤로의 저 손을 보지 않았던가 싶어요. 이제 더이상 사실적일 필요는 없어졌다, 고 그는 생각했을 것입니다. 평생을 해도 이룰 수 없는 어떤 세계에 다른 누군가가 멋지게 깃발을 꽂아버렸다는 사실을 그는 명백하게 알았을 테지요. 〈비밀〉과 〈성당〉이 모두 이탈리아 여행 이후의 작품이라는 것도 그 탓일 거예요.

저는 그 두 사람이 하지 못한 일을 하고 싶습니다. 이상적 현실도 현실적 이상도 아닌, 그 둘 사이를 진동하는 손을 만들고 싶습니다. 현실에서는 이상을 꿈꾸고 이상에서는 현실로 하강하려는 진짜 인간의 손을 말입니다. 당신의 손에서 제가 느꼈던 혼란스러운 기분, 연습실에서 그 사람의 손이 제게 불러일으켰던 돌개바람 따위.

이제 라 보엠을 그만 들어야겠습니다. 이 편지를 쓰는 동안 벌써 다섯 번은 더 들은 것 같아요. 폐병쟁이 미미는 이미 여러 번 죽었고 로돌포가 그때마다 울부짖는 것도 듣기 괴롭습니다.

이제 당신이 늘 궁금해하시던 '그 사건'에 대해 이야기해야 할 차례인 것 같아요. 입 밖으로 꺼내 말하기가 생각보다 쉽지 않았습니다. 그때는 당신이 결혼하기 전이었습니다. 그런데 그때쯤 누군가 제게 당신이 결혼한다는 사실을 일러주었을 거예요. 저도 언젠가는 당신이 결혼하리라는 것을 잘 알고 있었습니다. 저는 당신이 공연하던 대학로의 소극장으로 갔습니다. 석 달간이나 장기 공연을 하던 그 어둡고 습기 찬 소극장에 저는 여러 번 갔었습니다. 그래서 저는 당신의 대사를 줄줄 외울 수도 있었습니다. 창문을 열어라, 이 개새 끼들아. 새들로 하여금 유리창에 제 머리를 부딪게 하는 자들이여, 뒤돌아보지 말라. 소금기둥이 될 테니. 나는 내 이 튼튼한 두 발로 걸어간다. 저기 저 소돔과 고모라의 땅으로.

당신의 목소리는 소극장을 쩡쩡거리며 울려퍼졌고 풀어헤쳐진 긴 머리를 추어올리는 당신의 하얀 손은 푸른 조명을 받아 칼날처럼 번득였습니다. 칼날, 그래요, 칼날이었습니다. 흰 버선발로 둥실둥실 떠다녀도 아무도 다치게 하지 않는, 그러나 등골이 서늘한 그런 작두의 날 말입니다.

당신을 인터뷰하라고 시켰던 잡지사의 부장은 당신을 일컬어 한마디로 이렇게 말했습니다.

무당이야.

맞습니다. 당신은 샤먼이었습니다. 인터뷰를 하고 그뒤 당신의 공연을 보러 다니는 세월 동안에 저는 새끼무당처럼 신들렸습니다. 당신의 아파트로 찾아간 저를 당신은 그 혼란스러운 온도의 손으로 위안해주었습니다. 그런 밤이 지난 아침이면 저는 당신 아파트 한편에 처박힌 조율 안 된 피아노로 쇼팽의 〈녹턴〉을 연주했습니다. 오직 한 사람, 당신을 위해서 말입니다.

부담스러우신가요? 괜찮습니다. 그냥 그런 저 자신이 좋았을 뿐이에요. 당신은 〈녹턴〉을 좋아했습니다. 이미 연주자의 길에서 벗어난 저였지만 당신이라는 단 한 사람의 청중을 만족시킬 수 있었던 까닭에 행복했습니다.

〈너희들의 제국〉.

당신의 그 연극이 막을 내리던 날, 비로소 당신의 남편이 될 사람을 만나고야 말았습니다. 뒤풀이까지 따라간 저를 당신은 불편해했습니다. 어느새 만취한 당신은 제 어깨를 끌어안고 미안하다고 말했습니다. 저는 그때 연습실에서 저를 연주하던 그 선배를 생각했습니다. 대학교 삼학년 때부터 머리를 기르기 시작하더니 졸업하자마자 항공사 승무원과 결혼해버린 그 여자를 생각했습니다. 언젠가 우연히 백화점에서 쇼핑백을 가득 끌어안고 나오는 그 선배를 만나서 차를 마신 적이 있었습니다. 남편은 언제나 해외에 있어. 그게 편해. 남자가 아직도 좋아지진 않아. 하지만 사람 사는 일이란 늘 그렇고 그렇잖아. 언제 한번 놀러 와. 저는 가지 않았습니다. 그런데 당신의 결혼 소식은 그보다 더 아팠습니다. 이상하죠? 당신은 한 번도 그 선배처럼 세상의 끝과 바닥을 보여준 적이 없었는데.

그날 뒤풀이에서 돌아와 여러 사람의 손을 생각했습니다. 저는 그때까지 제가 모은 손들을 꺼내보았고, 남김없이 모두 보고 나서야 난생처음 제 손을 골똘히 들여다보기 시작했습니다. 그렇게 낯설 수가! 저는 깜짝 놀랐습니다. 그동안 한 번도 제 손을 정면으로 바라본 적이 없었다는 사실을 깨달은 거예요. 손등도 보고, 뒤집어서 손바닥도 찬찬히 살펴보았습니다. 피아노를 치거나, 아니면 로션을 바르기 위해서 바라보는 그런 실용적인 시선 말고 아무 목적도 의도도 없이 다른 사람의 손을 탐했듯이 그렇게 살펴본 적이 한 번도 없었더라는 거죠.

저는 영화에 나오는 살인자가 제 손에 묻은 피를 살펴보는 그런 자세로 밤새도록 제 손을 살펴보았습니다. 그제야 십 년 동안 제 왼손 약지를 멍들이며 조여왔던 그 반지가 눈에 띄었습니다. 이상도 하지요. 그 반지는 기생충이고 저는 숙주가 된 느낌. 그래요. 제 인생은 늘 누군가의 숙주였던 것 같았어요. 저는 십 년 만에 처음으로 다시 비누질을 하고 미친듯이 그 반지를 빼려 애썼습니다. 그러나 소용없는 짓이었습니다. 그토록 오랜 세월 동안 다른 사람의 손만을 바라보고 살아온 인생을 생각했습니다. 세면기 앞에서 저는 거울을 보았습니다. 어느새 눈가에 생겨나기 시작한 주름살. 기미. 그리고 윤기 없이 흘러내리는 귀밑머리를 멍하니 바라보았습니다. 저는 손에 남은 비누 거품을 깨끗이 헹구고 마루로 나와 공구함을 열었습니다. 망치를 꺼내고 그것을 조심스럽게 들어보았습니다. 의외로 가볍더군요.

그러고는 망치로 제 왼손을 내리쳤습니다. 처음에는 너무 살살 내리쳐서 아프지 않았습니다. 다시 한번 오른손을 치켜들고 좀더 강하게 내리쳤습니다. 왼손 약지가 뭉그러지면서 살갗 밖으로 허연 뼈가 드러났습니다. 난생처음 보는 제 몸속의 뼈. 나중에 병원에서는 약지와 새끼의 관절이 골절되었다고 말해주더군요. 저는 한번 더 내리쳐 완전히 부수어버렸습니다. 왼손에 끼고 있던 반지는 찌그러지면서 뼛속으로 박혀들어갔습니다. 그제야 고통이 현실감과 그에 합당한 부피를 가지고 퍼져오르기 시작했습니다. 반지 대신에 제 손만 박살이 났습니다. 저는 응급실에 가야만 했고, 그래도 어쨌든 그 미친 짓 덕택에 드디어 저는 그 반지를 뺄 수 있게 되었답니다. 대신 피아노를 연주할 수 없게 되었습니다. 그리고 당신도 아시다시피 조각을 시작했지요.

저는 로댕도 미켈란젤로도 하지 못했던 일을 하고 싶다고 말했었지요. 저 역시 한때는 그들이 그려냈던 이상적인 아름다움에 매료되던 시절이 있었습니다. 그러나 이제 저는 그들이 하지 못한 일을 알고 있습니다. 저는 두 손가락이 뭉그러진 제 왼손을 조각할 거예요. 그 속에는 제가 그동안 탐해왔던 모든 손들의 그림자가 깃들어 있을 거라고 믿어요.

당신을 원망하지 않습니다. 당신도, 당신과 결혼한 당신의 남편도, 아내가 불감증이라고 알고 있을 그 승무원도, 모두 제가 조각할 그 손에 녹여내겠습니다.

아, 석고가 적당히 굳었군요. 다시 일을 시작해야 할 시간입니다. 부디, 건강하세요, 당신.

내 사랑 십자드라이버

1

번개가 치는군요. 비도 들이칠 모양입니다. 달구어졌던 콘크리트가 식는 냄새가 납니다. 모두들 말은 안 해도 빗소리에 귀를 기울이고 있습니다. 저도 그렇습니다.

어떻게 말을 꺼내야 할지 잘 모르겠습니다. 그냥 막막하기만 합니다. 이곳에서도 내내 당신을 생각하고 있습니다. 당신을 보고 싶고 당신을 만지고 싶습니다. 미칠 것 같습니다. 저한테서 당신을 뺏어간 인간들을 죽이고 싶습니다. 처음 며칠은 마음이 가라앉지 않아서 몸을 많이 다쳤습니다. 머리로 벽을 찧으며 죽으려고도 해봤지만 잘되질 않았습니다.

당신에게 하고 싶은 말이 많았습니다. 하지만 당신은 제 말을 전혀 들어주려 하지 않았습니다. 당신이 제 말을 조금만 들어주었던들 이런 일은 없었을 겁니다. 물론 당신은 예쁘고 똑똑하고 잘난 여자입니다. 그렇다고 해서 제게 그렇게까지 할 이유는 없었습니다. 그렇지 않습니까? 제 말이 틀렸습니까? 이런 빌어먹을, 당신은 제게 교양이 없느니, 무식하느니, 못 배워먹었다느니, 별소리를 다 퍼부어댔죠? 기억납니까? 그때 제가 어떤 기분이었을지 전혀 짐작도 못해봤습니까?

하기야, 애당초 당신이 그런 여자일 거라고는 생각했었습니다. 제가 잠시 독서실에서 총무 노릇 할 때, 서른이 넘어서도 고시공부를 한답시고 독서실에서 죽치고 있던 아저씨가 제게 말해준 적이 있습니다. 미간이 좁고 입술이 얇은 여자들을 조심하라고. 그런 여자들은 남자를 잡아먹는다고. 당신이 바로 그랬습니다. 그런 당신에게 제가 왜 빠졌을까요? 아무리 생각해도 이해할 수가 없습니다.

당신 말대로 제가 못 배워먹고 무식해서 그랬을까요? 콤플렉스라고 그랬던가요? 당신이 그랬죠. 콤플렉스 때문에 당신을 좋아하는 거라고. 그래요. 당신 말이 맞을 수도 있을 거예요. 하지만 그것만은 아니었어요. 전 당신을 진심으로 사랑했어요. 제 일생에 당신만큼 좋아했던 사람은 없었습니다. 그것만은 믿어주세요. 그리고 절 용서해주세요. 정말 그렇게까지 할 마음은 없었습니다.

당신에게 이렇게 마음 편하게 편지를 쓸 수 있어서 참 좋습니다. 아무도 방해하지 않는 장소와 하릴없이 많이 주어진 시간이 있습니다. 그리고 제 편지를 받아줄 사람까지 있다는 게 정말이지 행복합니다.

2

사람들마다 가장 아끼는 물건이 하나쯤은 있습니다. 그것이 연인에게서 선물로 받은 목걸이든 어린 시절 추억이 담긴 인형이든 말입니다. 솔직히 저는 십자드라이버를 사랑합니다. 십자드라이버는 저를 새로운 세계로 인도하는 열쇠였습니다. 그것이 없이는 아무것도 분해할 수 없고 아무것도 조립할 수 없지요. 저는 가끔 사이보그가 되는 꿈을 꾸곤 했습니다. 손가락 하나하나가 공구로 되어 있는, 엄지손가락은 렌치, 집게손가락은 십자드라이버, 가운뎃손가락은 일자드라이버인 그런 사이보그 말입니다. 꿈속에서 제 손가락들은 바람 소리가 나도록 움직이면서 수많은 기계들을 분해했다가는 다시 조립하면서 새로운 것들을 만들어내죠. 멋지지 않아요?

제 십자드라이버 생각나시죠? 그 십자드라이버는 일제인데 끝이 자석으로 되어 있거든요. 그래서 작은 나사들을 돌려빼거나 넣을 때 나사들을 잃어버릴 염려가 없는 거지요. 또 그 나사들이 좁은 틈에 떨어져 있을 때 드라이버만 집어넣으면 쉽게 집어올릴 수 있구요. 그러니 처음 그 자석드라이버를 보았을 때 제가 얼마나 신났겠어요? 값은 또 어떻구요? 다른 드라이버보다 세 배나 더 비싼 거예요. 하지만 전 아무 생각 없이 그걸 사버렸지요. 손잡이는 특수고무라서 손에 쩍쩍 달라붙어요.

아마 저 같은 인간이 잘 이해되지 않을 거예요. 그렇지요? 제가 보기에 인간은 딱 두 종류예요. 십자드라이버 인생하고 안 그런 인생. 십자드라이버 가지고 뭔 기계든지 일단 뜯어봐야 직성이 풀리는 사람하고 그 반대로 아무 관심도 없는 사람. 이렇게 두 부류로 나눌 수 있는 거지요. 이 두 종류의 인간들이 함께 사니까 세상이 이 모양 이 꼴이라고 전 생각해요. 비극이에요. 죽어도 서로 이해하지 못하면서 서로 미워하고 뭐 그러면서 사는 거지요.

물론 저도 십자드라이버 인생이니까 안 그런 인생을 잘 이해 못했어요. 집에서 기르는 개새끼가 조금만 아파도 동물병원에 데려간다, 약을 먹인다 법석을 떠는 인간들이 치지직거리는 TV를 그냥 참고 있는 게 신기하고 비디오 헤드에 먼지가 껴서 비디오 돌릴 때마다 노이즈가 생겨나도 좋다고 보는 인간들. 컴퓨터 앞에서 담배 피우고, 방이 비좁다고 스피커를 전축 위에 올리질 않나, 한 전화선에 전화기를 세 대나 뿌라치시키고 생전 청소기 속의 필터 하나 갈아끼워줄 줄 모르죠. 그 인간들은 그 전자제품들이 에라 나도 모르겠다 하고 뒤집어져야 애프터서비스를 불러 해결하려고 그러죠. 그치만 자기 것도 아닌 전자제품을 누가 애정 가지고 고쳐주겠어요? 그냥 속 편하게 부속을 갈아끼워버리거나 아니면 임시방편으로 몇 군데 땜질해놓고는 가버리는 거죠. 그럼 얼마 못 가서 그것들 다 버리는 거죠. 그럼 그 고치러 오는 인간들이 나쁜 사람이어서 그런 거냐? 아니에요. 걔들도 십자드라이버 인생인데 망가진 기계 보면 기분 좋겠어요? 열받죠. 하지만 어떻게 해요? 우리는 기계 딱 뜯어보면 알아요. 주인이 어떤 인간인지. 그래서, 딱 뜯어봐서 주인이 개차반이구나 싶으면 대충 하고 덮어버리는 거예요. 물론 마음 아프죠. 그래도 할 수 없어요. 그런 인간들은 열심히 고쳐줘봐야 고마운 줄도 몰라요. 다시 험하게 다루다가 금방 또 고장내버리죠. 그런 집 보면 확 불 싸질러버리고 싶은 마음이 굴뚝 같아요.

브리지트 바르도인가 하는 여배우 있죠? 한국 사람들 개고기 먹는다고 한국 상품 불매운동 하자던 여자 말이에요. 그 여자가 그랬다죠? 동물들한테 막 하는 인간들은 인간한테도 막 한다. 마찬가지예요. 전자제품이나 기계한테 막 하는 인간치고 제대로 된 인간들이 없어요. 저는 그런 무성의하고 무책임한 인간들 보면 정말 쏴죽이고 싶어요.

제가 좀 흥분한 것 같습니다. 용서하세요. 당신한테 쓰는 첫 편지라서 그런지 마음을 잡을 수가 없네요.

3

이렇게 된 마당이니 좀 솔직하게 얘기해도 괜찮겠지요? 솔직한 얘기로 저 당신 꿈 많이 꿨습니다. 솔직히 말해서 좀 야한 꿈이었어요. 이상한 꿈이었죠. 꿈이 시작되면 하얀 방안에 저하고 당신밖에는 없는 거예요. 당신은 딱딱한 나무침대에 누워 있구요. 그러면서 저를 보고 샤악 웃는 거예요. 당신은 한 번도 저한테 웃어준 적 없었는데 꿈에선 왜 그랬는지 모르겠어요. 꿈하고 현실은 반대라더니 그래서 그랬나봐요. 여하튼 당신은 무지하게 섹시했어요. 당신은 하얀 옷을 입고 있었는데 제가 그 옷을 다 벗겼죠. 안에는 빤스도 안 입고 있더라구요. 용서하세요. 이건 꿈이니까요. 맹세코, 솔직히 말해서 한 번도 그런 생각 해본 적도 없었다니까요. 어쨌든 당신은 금세 나체가 돼버려요. 근데 제가 흥분해서 당신 몸 위로 올라가려고 하면 당신이 손을 들어서 못 하게 막아버리는 거예요. 사람 미치겠더라구요. 그런데 그때 제 손에 난데없이 십자드라이버가 들려 있는 거예요. 그때 이상한 생각이 드는 거예요. 아, 이걸 뭐라고 말해야 되나. 하고 싶어서 미치겠기는 한데 꼭 그것만 하고 싶은 건 아닌 거예요. 당신은 계속 절 보고 웃고 손짓도 하는 거 같았어요. 그런데 올라타려고만 하면 막는 거예요. 그때 당신 몸을 자세히 들여다보니 나사들이 보이기 시작했거든요. 솔직히 웃기죠? 개꿈이죠? 하여튼지 간에 나사가 보이니까 갑자기 신이 나는 거였어요. 저는 잽싸게 십자드라이버로 당신 어깨의 나사를 빼기 시작했어요. 꿈에서 하니까 더 잘되더라구요. 순식간에 휘휘휙, 당신 오른팔이 빠져버렸어요. 그러곤 다시 왼쪽 팔을 빼냈어요. 당신은 팔이 잘린 채로 웃고 있었어요. 바닥에 뒹굴고 있는 잘린 팔이 꿈틀거리고 있길래 그것도 모두 다 분해해버렸어요. 그러곤 당신 몸 위에 올라탔는데 이번엔 다리들이 날 자꾸 차잖아요. 당신 같아도 열받겠죠? 그래서 이번에는 당신 허벅지에 박힌 나사들을 돌려버렸어요. 그렇게 두 다리를 다 분해해버리니까 그제야 얌전해지더군요. 그리고 그쯤 되자 전 멈출 수가 없게 됐어요. 당신의 젖꼭지도 나사였는데 그 두 개의 나사를 돌려 빼니까 가슴이 열렸어요. 그 속엔 다른 덮개도 또 있더라구요. 이상하다. 심장이나 내장이 있어야 하는데. 전 급한 마음에 그 덮개의 나사들을 풀어버렸지요. 그 덮개를 풀자 또 덮개, 그걸 분해하면 또 덮개, 아마 수백 개는 풀었을 거예요. 그러다 마지막 덮개가 나왔어요. 그걸 분해하니까 뭐가 나왔는지 아세요? 아무것도 없었어요. 아무것도. 그러면서 주위를 둘러보니까 당신 머리만 덩그러니 남아서 절 보고 웃고 있었어요. 전 또 그것에 달려들었죠. 머리는 좀더 복잡했어요. 머리 뚜껑을 열고 눈알 뒤에 박힌 나사를 빼내자 머리에는 큰 구멍이 뚫렸어요. 그러곤 뇌. 뇌도 조금 복잡하다 뿐이지 모두 나사와 나사로 연결돼 있더군요. 전 나사가 있는 거면 뭐든 자신 있어요. 또 달려들었죠. 분해하고 또 분해하고. 가슴하고 똑같았어요. 끝내는 아무것도 없었죠. 그러곤 다시 주위를 둘러봤어요. 아무것도 없더라구요. 갑자기 겁이 났어요. 그래서 주섬주섬 당신 몸뚱어리들을 주위모아 다시 조립하기 시작했어요. 그런데 조립은 생각처럼 쉽지가 않았어요. 한참을 땀을 뻘뻘 흘려가며 조립을 마쳤을 때, 당신은 전혀 다른 여자가 되어 있었어요.

제가 조립한 건 바로 우리 엄마였어요. 팔이 비뚤어지고 입이 돌아간 엄마가 절 혼냈어요. 이 병신 같은 자식, 또 처박혀 장난질이구나.

그런 꿈들이었어요. 재미없죠?

4

여전히 천둥번개가 치네요. 속이 다 시원합니다. 그동안 너무 더

왔거든요. 하지만 생각한 것만큼 비가 많이 오지는 않네요. 비가 와서 여기가 다 잠겨버렸으면 좋겠어요. 그럼 모든 게 다 끝나버리겠죠?

아, 그래도 십자드라이버 하나만 있었으면 원이 없겠어요. 저도 이제 기결수가 되면 작업을 하게 되고 그러면 다시 만져볼 수 있게 되겠지만 과연 그날이 언제나 오는 걸까요. 철공 쪽으로 빠졌으면 하는데…… 그럼 원 없이 이 기계 저 기계 만져보면서 살 수 있을 텐데 말이에요.

아까 엄마 얘길 해서 그런지 엄마 생각이 나네요. 엄마는 절 혼자 키웠지요. 아버지는 일찍 돌아가셨어요. 아니, 돌아가셨대요. 생전 제사 한번 지내는 거 본 적 없으니까 거짓말인지도 몰라요. 만약 아버지가 집을 나갔다면 충분히 이해가 가요. 엄마는 정말 견디기 힘든 여자니까요. 엄마는 동네에서 작은 술집을 했어요. 순대나 파전, 족발 따위를 안주 삼아 소주나 막걸리를 파는 거였는데 술장사는 뒷전이었고 늘 이 남자 저 남자 뒤대주다가 볼장 다 본 여자지요. 그러면서도 성깔은 대단했어요. 남자 하나 떠날 때마다 늘 화풀이당하는 건 저였어요. 뽕짝 소리 들려오는 골방에 앉아서 제가 뭘 할 수 있었겠어요? 공부? 엄마는 공부나 하라고 절 그 방에 가둬놨지만 거기서 공부가 되겠어요? 점쟁이도 그러데요. 제가 부모 복이 없다고. 차라리 없기나 했으면 어떻게 해봤을 텐데, 부모라고 하나 있는 게 그러니 제가 뭘 보고 배웠겠어요. 엄마가 손님들 앞에서 노래 부르는 거, 남자들이 지분거리는 거, 다 들렸지요. 그래서 시작한 게 조립식 장난감이었어요. 동네 문방구에서 파는 비행기, 오토바이, 배, 이런 것들을 설계도대로 이리 붙이고 저리 붙이다보면 장사 파할 시간이 되거든요. 그거 할 때만큼은 아무 소리도 안 들리고 아무 생각도 안 나요. 그때 애들이 제일 탐내던 게 항공모함이었어요. 그건 정말 복잡하거든요. 갑판 위엔 비행기도 있어야 하니까요. 만들어놓으면 정말 멋지거든요. 그래서 한번은 돈을 제법 모아서 항공모함 키트를 사가지고 왔는데요. 만드는 데 딱 사흘 걸렸어요. 다른 건 몇 시간이면 끝나는데 말이에요. 마지막으로 비행기들을 갑판 위에 붙이고 있는데 엄마가 들어왔어요. 술에 많이 취해 있어서 비틀거렸지요. 저는 엄마가 항공모함을 밟아 부서뜨릴까봐 얼른 품에 안았지요. 그러자 엄마가 낄낄 웃으며 말했어요. 어이구 내 새끼. 그래, 하루종일 공부 많이 했냐? 나는 고개만 끄덕였지요. 엄마는 술냄새 풍기는 입으로 내 뺨에 뽀뽀를 하고는 풀린 눈으로 나를 바라보았죠. 거 안고 있는 거 뭐시냐? 엄마 좀 줘봐. 엄마는 그날따라 기분이 좋아 보였습니다. 그래서 저는 슬며시 항공모함을 엄마 손에 건네주었습니다. 엄마는 한참을 뚫어져라 항공모함을 바라보더니 울기 시작했습니다. 엄마 왜그래? 엄마는 내 물음에 대꾸도 없이 계속 훌쩍이더니 갑자기 화를 내기 시작했습니다. 이 지랄맞은 놈아. 너만 안 들어섰어도 내가 이 팔자가 안 됐어야. 이 천하에 빌어먹을 새끼야. 나가 뒈져라, 뒈져. 엄마의 패악을 들으면서도 나는 오로지 항공모함이 무사하기만을 빌었죠. 하지만 엄마는 역시 엄마였습니다. 나가 뒈지라는 말이 끝나기가 무섭게 항공모함은 엄마 손에서 떠나 벽에 부딪혀 산산조각이 나버렸습니다. 그러곤 엄마는 쓰러져 잠이 들어버렸구요. 방 곳 곳에 처박힌 부스러기들을 모아서 다시 조립을 해보려고 했지만 소용없었어요. 그건 비행기나 오토바이를 조립하는 것과는 달랐으니까요. 설계도를 따라 순서대로 하지 않으면 도저히 맞출 수가 없는 거였거든요.

엄마가 왜 그랬냐구요? 항공모함에 무슨 원수라도 졌냐구요? 아니에요. 당신처럼 곱게 자란 사람은 몰라요. 엄마가 그러는 건 아무 이유도 없어요. 그냥 내가 만만하기 때문이에요.

그래도 그 시절에 그런 조립품 장난감들이 없었으면 어떻게 살았을까 싶어요. 엄마가 항공모함을 부숴버린 후에는 라디오를 만들기 시작했어요. 그 당시에 청계천 세운상가에 가면 그런 걸 살 수 있었어요. 트랜지스터와 스피커 따위들을 조립해서 작은 라디오를 만드는 건데 그건 납땜을 잘해야 했어요. 납 냄새 아세요? 약간 매캐하면서 코를 찌르는 게 처음엔 이상하지만 자주 맡으면 기분이 좋아져요. 나중에야 그거 많이 맡으면 콧구멍이 뻥 뚫려서 병신이 된다는 걸 알았지만 그때야 뭐 그런 걸 알았나요. 그냥 좋았던 거죠.

그렇게 처음 만든 라디오에서 소리가 나왔을 때, 그 기분 아무도 모를 거예요. 엄마는 라디오 같은 거 죽어도 안 사줬으니까 저한테는 처음 가져보는 라디오이기도 했구요. 그것만큼은 엄마가 건드릴 수 없게 잘 감춰뒀고 또 그 무렵엔 저도 대가리가 커서 엄마도 저한테 함부로 못 했어요.

지금도 그렇지만 정말이지 기계가 사람보다 나아요. 정말이에요.

5

저는 아주 오랫동안 당신을 지켜보았습니다. 우리가 이토록 가깝게 살게 된 건 운명이 아니었을까. 저는 여러 번 그런 생각을 해보았습니다. 또 하필이면 내가 지나갈 때, 당신 차의 팬벨트가 끊어져 있었던 것 역시 운명이었을 거예요. 운명이에요. 운명. 그것 말고는 아무것도 당신과 제 관계를 설명할 수가 없습니다. 저는 보닛을 올려놓고는 멍하니 서 있는 당신에게 다가갔지요. 기억하시나요? 차가 고장이라도 났습니까? 당신은 별로 미덥지 않다는 기색으로 고개를 끄덕였지요. 당연합니다. 저는 누가 봐도 신통해 뵈지 않을 얼굴과 몸을 가지고 이 땅에 태어났으니까요. 저는 눈이 너무 작고 이마도 좁은데다가 등이 굽었잖아요. 사람들은, 특히 여자들은 이런 남자를 좋아하지 않거든요. 전 잘 알아요. 특히 등이 굽은 남자를 여자들은 정말로 싫어해요.

당신에게는 그날이 저를 처음 만난 날이었겠지만 전 아니었어요. 전 여러 번 아파트 주차장에서 당신과 스쳐지나갔어요. 솔직히 말하면, 아, 당신은 제가 솔직히, 라는 말을 너무 자주 한다고 말했었지요. 하지만 어쩔 수 없어요. 버릇인데요. 저는 이마가 좁은데다가 등이 굽어서 사람들이 제 말을 잘 안 믿어줘요. 그래서 생긴 버릇이에요. 어쨌든 솔직히 말하면, 당신과 마주치려고 노력했어요. 창문으로 내려다보다가 당신이 내려오면 후다닥 뛰쳐나가는 거예요. 가끔 엘리베이터가 잘 안 올 때도 있어요. 그럴 때 얼마나 미칠 것 같았는지 아세요? 그렇게 달려나가보면 당신이 서서히 걸어가고 있어요. 저는 당신의 뒷모습을 보면서 따라갔습니다. 그런 날들이 많았지요. 당신은 늘 손에 무슨 책인가를 들고 있었습니다. 그러곤 당신 차에 올라 어디론가 사라지시요. 가끔 차를 타고 나가지 않는 날도 있었습니다. 그런 날이면 지하철역까지 몰래 당신을 뒤쫓아가곤 했습니다.

그러다 당신의 차가 고장이 난 거지요. 저는 제 차에서 십자드라이버를 꺼내 당신의 차로 갔습니다. 그것을 쥐자 더이상 떨리지 않았어요. 마음이 편안해지고 자신감이 생기는 거예요. 당신도 제 십자드라이버를 보자 조금 믿음이 간다는 눈치를 보였어요. 기억나세요? 하지만 당신 차의 고장은 십자드라이버가 필요한 게 아니었어요. 그저 팬벨트가 끊어졌을 뿐이었으니까요. 제가 가진 예비 팬벨트를 꺼내다가 갈아끼워주기만 하면 끝나는 일이었습니다.

그 일이 끝나자 당신은 제게 감사하다는 인사를 간단하게 하고는 손에 들고 있던 책을 조수석에 휙 던지면서 차에 올라탔지요. 여러 번 본 모습이지만 가까이서 보니까 더 황홀했습니다.

당신의 귀가시간은 들쭉날쭉했습니다. 저야 대학을 못 가봤으니까 대학생들 생활이 어떤지는 모르겠지만 같은 회사 동료가 그러더군요. 대학생들은 밤마다 친구들과 술을 마시고 그 돈은 과외를 해서 다 번다구요. 물론 그런 대학생들도 있겠지만 당신은 아닐 거라고 생각했습니다. 시험 때여서 도서관에 있다 오는 게지. 저는 그렇게 믿었습니다. 물론 당신이 술에 취해서 밤 세시에 비틀거리면서 들어오는 것도 본 적이 있기는 합니다. 어디 당신이라고 죽어라 공부만 할 수 있겠습니까? 가끔 머리도 식혀야지요.

그렇게 당신을 지켜보기만 하면서 제 마음은 더더욱 활활 불타올랐습니다. 계속 당신 꿈만 꾸고 입맛도 없어졌습니다. 혹시 당신과 친해졌을 때, 당신이 절 무식하다고 할까봐 틈나는 대로 책도 읽으려고 노력도 많이 해봤습니다. 서점에 가서 베스트셀러라는 책들은 놓치지 않고 구해서 읽었습니다. 뭐 다 읽었다고는 할 수 없겠죠. 그치만 제가 솔직한 얘기로 대학생들보다 책 더 많이 읽었으면 읽었지 적게 읽지는 않았어요. 친구들이 그러는데 대학생들도 수업은 잘 안 들어가고 시험 때 돼서야 벼락치기로 공부해서 학점 따고 그런다더군요. 그런 거 저런 거 따져보면 저도 뒤질 건 없다고 생각했습니다. 안 그렇습니까? 지들이야 부모 잘 만나서 호강하는 거지 머리야 다 거기서 거기 아닙니까? 저도 니미 팔자가 드러워서 이 모양 이 꼴이지 부모 잘 만났어봐요. 이런 따라지 인생 안 됐을 거예요. 안 그래요?

죄송합니다. 얘기가 또 옆길로 샜군요. 제가 원래 이렇습니다. 여하튼 그렇게 당신을 지켜보면서 하루하루가 갔습니다. 종내는 미쳐버릴 것 같았습니다. 별의별 생각이 다 나는 거예요. 그런데 어느 날 이런 생각이 드는 거였어요. 내가 왜 방구석에서 이 지랄을 하고 있지? 뭐든 또 고장내면 되는 거 아냐? 당신 차에 펑크를 내놓든지, 차 밑창에 있는 오일밸브를 빼버리든지, 머플러를 뽑아버리든지 하면 되는 거 아냐? 그 여자에게 내가 필요하도록 만들면 되잖아. 보아하니 혼자 사는 여자 같은데. 미안합니다. 오래도록 당신을 지켜보면서 저는 당신이 혼자 산다는 사실도 알아버렸습니다. 그럴 수밖에요. 당신이 들어오면 불이 켜지고 당신이 나가면 불이 꺼지는 집이었으니까요.

어쨌거나 그때의 펑크는 그래서 난 겁니다. 제가 내버렸지요. 당신은 회가 잔뜩 난 얼굴로 타이어를 걷어차면서 욕을 해대고 있었습니다. 당신의 입에서 그런 험한 말이 나올 줄은 생각도 못했어요.

제가 좀 봐드릴까요? 그때 제가 다가갔죠. 어떻게 그런 용기가 났을까. 지금 생각해도 신기합니다. 이때껏 살아오면서 한 번도 그런 식으로 여자에게 다가간 적이 없었거든요. 아까도 말씀드렸지만 전 이마가 좁고 등이 굽어서 여자들이 싫어했거든요. 우리 엄마도 그랬는데 어떤 여자가 안 그러겠어요. 그런데 당신은 달랐습니다. 처음 마주쳤을 때부터 당신은 제 마음속 무언가에 불을 질렀습니다. 당신은 똑똑해 보였고 걸음은 도도했고 또 한편으로는 순진해 보였어요. 그중 어떤 게 저를 그렇게 불타게 했는지는 잘 모르겠어요.

그날 재키로 차를 들어올리고 스페어타이어로 갈아끼우는 동안 당신과 나누던 대화를 전 지금도 생생하게 기억합니다. 기계를 잘 다루시나봐요? 당신이 제게 던진 첫번째 질문이었죠. 수많은 말 중에서 당신은 제가 가장 물어봐주길 바라던 말을 물어봐준 거예요. 그 순간 전 결심했습니다. 당신에게 제 모든 것을 보여주고 제가 기계에 품었던 그 모든 애정을 당신에게 쏟아야겠다고. 물론 제가 배운 건 좀 부족하고 교양머리 같은 건 없지만 사랑, 사랑이 있으니까요. 전 당신이 저희 집에 와서 제 물건들을 보신다면 절 달리 보게 되리라 생각했어요. 물론 돈 많은 집 자식들, 대학생 새끼들이 말이야

번지르르하게 잘하겠죠. 하지만 걔들은 자기밖에는 몰라요. 저처럼 꼼꼼하고 세심하지는 못해요. 당신이 보셔야 한다고 생각했어요. 잡음 하나 없이 완벽하게 돌아가는 레코드판과 환기구에도 먼지 하나 없는 TV, 그리고 제 공구세트들. 당신에게 보여주고 싶었어요.

전 일부러 천천히 타이어를 갈아끼웠습니다. 당신은 초조한 얼굴로 시계를 보고 있었구요. 남자이리라. 남자를 만날 약속인 게다. 전 렌치를 돌리다 말고 담배를 피워물었습니다. 왜 그러세요? 뭐가 잘 안 돼요? 당신 목소리엔 짜증이 섞여 있었습니다. 당신이 제게 짜증을 내서는 안 되죠. 전 당신 차를 고쳐주러 온 사람인데요. 전 화가 났습니다. 아뇨, 더운 데 하도 오래 있었더니 머리가 좀 어지러워서요. 그러면서 담배를 더 깊이 빨았습니다. 그제야 당신은 근처 슈퍼에서 음료수 하나를 사왔습니다. 죄송해요, 라고 말하면서 말이죠. 그래요, 당신은 그런 여자였습니다. 전 당신처럼 예의바른 사람이 좋습니다. 하지만 대부분의 사람들은 그렇지 못하죠. 자기밖에 몰라요. 하지만 기계는 달라요. 기계는 인간이 해준 만큼 보답하거든요.

타이어를 갈아끼우느라 몸을 낮추고 렌치를 돌리는데 당신의 흰 허벅지가 보였습니다. 그건 제 잘못이 아닙니다. 당신은 너무 짧은 치마를 입었고 그래서 훤히 들여다보였을 뿐이었습니다. 요즘 여대생이란 공부보다 멋내는 데 더 관심이 있다더니 당신도 별로 다를 바 없나봅니다.

타이어를 다 갈아끼우자 다시 이별이었지요. 시계를 보면서 급하게 액셀을 밟는 당신을 보면서 전 알게 됐어요. 이런 짧은 만남으로는 더이상 만족할 수 없다는 것을.

6

제가 하는 일이 뭔지 궁금해하셨죠? 사람들은 저 같은 사람을 A/ S요원이라고 부른답니다. 요원이라니까 뭐 거창한 일이라도 하는 거 같죠? 늘 똑같은 일입니다. 냉장고가 안 시원해요. 리모컨이 고장났 어요. 세탁기에서 이상한 소리가 나요. 그런 전화를 받으면 나가서 고쳐주는 거지요. 가보면 별것도 아닌 고장에 그 호들갑들이란, 정 말. 짜증스럽지요. 얼굴에는 게으름이 덕지덕지 붙은 여자들이 불 평을 늘어놓습니다. 산 지 얼마나 됐다고 이 모양이냐, 이 회사 제품 다시 쓰면 내가 인간이 아니다, 냉장고가 아니라 온장고다, 말하자 면 끝이 없습니다. 하지만 막상 뜯어보면 분통이 터집니다. 세탁기 에 허리띠를 집어넣은 채로 돌려서 팬이 부서졌는가 하면, 냉동실에 맥주를 넣어둔 채로 오래 놔둬서 맥주병이 터져버린 경우도 있구요, 그러면 그게 결빙되면서 냉각효율을 떨어뜨리거든요. 그뿐이 아니 에요. 전자레인지 안에다 넣어서는 안 되는 것들을 넣어서 박살내버 린 것도 책임지라는 거예요. 저야 물론 규정에 따라 처리하면 되지 만 화가 나는 건 어쩔 수 없어요. 네가 조금만 보살펴줬어도 멀쩡했 을 것을, 이제 와서 왜 이 지랄이야? 이런 말이 목구멍까지 치받아오 르지만 참고 맙니다.

제 말이 거칠었다면 용서하십시오. 제가 가끔 이래요. 이렇게라도 안 하면 미쳐버릴 것 같으니까요. 운명의 그날도 이런 날이었습니다. 오전 내내 땀 뻘뻘 흘리며 그런 일들을 하고 돌아다녔죠. 그렇게 그날 일은 오전에 다 끝나고 회사 부장도 출장중이라 작파하고 집으로 들어오는데 당신이 어디론가 나가고 있더군요. 당신은 검은 가죽 치마에 검은 핸드백, 그리고 어깨가 살짝 드러난 티셔츠를 입고 있었습니다. 손에는 예의 그 책 한 권. 그날따라 당신은 차를 두고 나갔습니다. 저는 저도 모르게 당신의 뒤를 따르고 있었습니다. 당신의 목덜미에서 눈을 뗄 수가 없었습니다. 하얗고 또 하얀, 그 목덜미는 당신이 고개를 숙일 때마다 당신의 등에 파인 깊은 골을 보여주었습니다. 그게 왜 그렇게 절 흥분시켰던 걸까요?

당신은 택시를 잡았습니다. 저도 택시를 잡고 당신을 따라갔습니다. 당신은 방배동에서 내렸습니다. 저도 내렸습니다. 당신은 '어린 왕자'라는 술집으로 들어갔습니다. 창문이 하나도 없는 술집. 주차장에는 고급 승용차들이 즐비하고 문 앞에는 검은 양복의 청년 두 명이 무전기를 들고 있는 곳. '어린 왕자'라는 간판 밑에는 작은 글씨로 '유흥음식점'이라고 쓰여 있었습니다. 저는 그곳에서 당신을 기다렸습니다. 밤 열두시가 되어도 당신은 나타나지 않았습니다. 양복을 입은 사람들이 하나둘씩 차에서 내려 그 집으로 들어갔고 운전사들은 자기들끼리 모여 고스톱을 치고 있더군요.

한시가 되어서야 당신은 나왔습니다. 머리가 벗어진 남자의 엉덩이를 껴안고 그의 볼에 키스를 하면서 말입니다. 대머리는 검은 승용차를 타고 사라졌고 당신은 다시 들어갔다가 잠시 후에 핸드백을 들고 터덜터덜 걸어나왔습니다.

저는 눈물을 흘렸습니다. 누가 대학생인 당신을 이런 곳으로 밀어넣었는가. 이제 한창 공부나 해야 할 여자가 어쩌자고 저런 곳에서 늙은이들의 술안주가 되어야 한단 말인가. 대학생들도 용돈을 벌러, 사고 싶은 옷을 사러, 그런 술집에서 아르바이트를 한다는 얘기를 지하철에서 산 잡지에서 본 적이 있기는 했지만 그게 당신일 줄은 정말 몰랐습니다. 이건 배신입니다. 그토록 오랫동안 당신을 그리워하며 당신만을 생각하면서 살아온 제게 당신이 그럴 수가 있습니까? 그러나 저는 당신을 이해했습니다. 당신도 부모복이 지지리도 없었겠지요. 그래서 이리된 거지요. 그렇지요? 저는 묻고 싶었습니다.

당신은 술집 앞에 서 있던 어깨들과 다정하게 인사를 나누고 길가로 나와 택시를 잡았습니다. 당신이 사당동, 하고 부르면서 택시를 잡자 저도 사당동, 하면서 올라탔습니다. 당신은 앞자리에 탄 저를 알아보지 못했습니다. 우리는 그렇게 우리가 사는 곳까지 말없이 갈 수 있었습니다.

우리는 함께 내렸고 만취한 당신은 비틀거렸습니다. 제가 당신의 어깨를 잡자 그제야 당신은 놀라서 머리를 쳐들었습니다. 우리 같은 택시 타고 왔네요. 참 묘한 인연이네요. 제가 그렇게 말했었는데 기억나시죠?

그다음은 당신이 아는 바와 같습니다. 아니, 모를 수도 있겠지요. 아파트 앞 포장마차에서 술을 마시고 당신은 제 부축을 받고서 저희 집까지 간신히 가서 쓰러진 거지요. 이제 와서 하는 말이지만, 솔직히 그건 제 잘못도 아니고 당신 잘못도 아닙니다. 그냥 그렇게 돼버린 거지요. 그냥 그런 거예요. 그냥.

7

옛날얘기 하나 해드릴까요?

스물세 살 때였어요. 밤 두시였고 저는 올림픽대로에 있었지요. 밤이면 차를 끌고 나와 한강변을 달리던 시절. 그때만 해도 저는 밥 먹고 잠자고 일하는 시간 말고는 오로지 차만 만지면서 살았거든요. 그 차를 타고 한강변에 나왔던 거예요. 저는 그 차에 이름도 붙였더랬죠. 캐리. Car에다가 y를 붙이니까 그럴듯한 이름이 되잖아요? 그 차는 물론 중고차였지만 제가 처음 산 차였고 그래서 더 미칠 듯이 좋아했지요. 차를 왜 그렇게 좋아하냐구요? 이유는 간단해요. 자동차는 인간이 만들어낸 기계 중에서 제일 멋진 기계거든요. 자동차에는 수천 개의 부속품이 있어서 복잡할 것 같지만 의외로 개나 소나 다 운전할 수 있잖아요. 애새끼들도 장애인도 간단한 몇 가지 기술만 익히면 몰 수 있는 게 차예요. 그뿐인 줄 아세요? 차는 웬만큼 잘 빠진 여자보다 예쁘죠. 처음 출고된 자동차 쓰다듬어본 적 있어요? 그럼 알 거예요. 또 그런 새 차 보닛 열어봤어요? 은색으로 번쩍거리는 엔진 덮개, 스파크가 파파팍 튀는 백금 플러그, 먼지라고는 눈 씻고 찾아봐도 없는 에어클리너, 열을 식혀주는 라디에이터. 이 모든 것들이 애들 이빨처럼 깨끗하게 있어야 할 자리에 고대로 있는 거예요. 제가 미술은 잘 모르지만 어떤 그림도 그거만 못해요.

그리고 그 스테레오. 그게 죽이는 거예요. 차 안에서 음악 듣고 있으면 누가 참견하는 인간이 있나요. 시끄럽다는 인간이 있나요? 그냥 제 세상인 거예요. 그리고 에어컨이 시원하게 해주지, 잠자고 싶으면 의자 젖히고 자면 되지.

또 차는 감정이 있어요. 거짓말이라고요? 기계에는 감정이 없다고요? 그건 당신이 잘 몰라서 그래요. 그럼 개새끼들은 감정이 있어요? 그럼 그건 어떻게 알 수 있나? 당신이 개가 아닌 다음에야 어떻게 알아요? 밥 안 주면 칭얼대고, 주인 오면 반가워하고, 목 쓰다듬어주면 좋아하고, 내버려두고 나갈라치면 구석에 웅크리고 있고, 뭐 이딴 거 보면서 아는 거 아녜요? 자동차도 마찬가지예요. 차에 떡하니 올라타서 애정을 가지고 조용히 한번 차 소리를 들어보세요. 가르릉가르릉거리는 게 꼭 고양이 소리 같다니까요. 자전거에 개 묶어서 뜀박질해본 적 있어요? 페달 죽어라고 밟으면 개가 헥헥대면서 죽을라고 그러죠? 차도 그래요. 무리한 힘을 요구하면 차는 쇠 긁는 소리를 내서 주인한테 신호를 보내는 거예요. 또, 오랫동안 운전하지 않으면 어떻게 돼요? 여기저기 삐걱거리면서 신경질을 부리죠? 그치만 잘 길들여만봐요. 기분좋게 맘먹은 대로 달리고 정지하고 회전하고 그러는 거죠. 제 말이 틀립니까?

또 말이 샜군요. 죄송합니다. 저처럼 배운 게 없는 인간들은 뭘 조리 있게 잘 말하지를 못해요. 솔직한 얘기로, 그래서 사람은 배워야 돼요. 참, 아까 옛날얘기 하기로 했죠. 그래서 참, 캐리를 끌고 강변에 나왔는데 그때 제 옆에 여자애가 하나 타고 있었어요. 어떻게 만난 애인지 기억이 잘 안 나요. 그때 제가 일하던 데서 아르바이트하던 애였는지 잘 모르겠지만 오밤중에 차 태워달라고 그래서 데리고 나왔던 것 같기도 해요. 어쨌든 그 여자애는 제 옆자리에 올라탔고 우리는 음악을 들으면서 미사리 쪽으로 달렸죠. 그때까지는 괜찮았어요.

지금 생각해도 아쉽지만 캐리는 진짜 완벽한 차였어요. 그때 쇼크업소버도 새로 갈아끼워서 회전할 때도 차가 전혀 쏠림이 없었거든요. 에어스포일러도 달아서 고속에서도 차가 쫙 가라앉았죠. 그래서 속도를 내면 낼수록 땅에 붙는 거 같았어요. 그런 차 못 타봤죠? 제가 한번 태워드리고 싶었는데 기회가 없었네요. 당신이 그렇게 비싸게 굴지만 않았어도 괜찮았을 텐데…… 하여튼 그거야 지난 일이고 얘기나 계속하죠. 옆에 앉은 여자애는 쉬지도 않고 줄창 노래를 불렀어요. 지겨웠어요. 그런 여자애들 한심해요. 차에서 들려오는 소리 좀 들어봐. 새로 갈아낀 쌍머플러 소리 안 들리냐? 묵직하면서 부드러운 소리 말이야. 창문에 부딪히는 바람 소리, 로켓 타고 우주에라도 날아가는 거 같지 않냐? 액셀 밟을 때마다 엔진 소리 달라지는 거 안 들리냐? 내 짜증이야 어쨌든지 간에 그 여자애는 계속 재잘거렸죠. 그게 신경이 쓰였나봐요. 병신 같은 년. 그때 암사동 쪽 진입로에서 쓰레기트럭 한 대가 올림픽대로로 진입해서 우리 차선을 막는 거예요. 옆차선을 보니까 거긴 또 마침 도로 보수공사를 하는 거였죠. 파파파팍. 연달아 브레이크를 반복해서 밟으며 급제동을 했죠. 그런 걸 브레이크 펌핑이라고 해요. 브레이크 실린더에 가스가 차면 밀리거든요. 그래서 그러지 말라고 펌프질을 하는 거지요. 알아두면 다 좋은 거예요. 끄으으윽. 캐리는 기분 나쁜 소리를 내면서 정지했어요. 캐리는 정말 멋진 차였어요. 그렇게 급제동을 했는데도 밀리거나 돌아버리지 않은 거니까요. 서는 데 십 미터도 안 걸린 거 같아요. 쓰레기차 박는 건 면했다고 생각하는 순간 뒤로부터 뭔가 강한 힘이 밀려오는 것을 느꼈죠. 그러곤 쾅.

차에서 기어나오니까 길가까지 밀려간 캐리가 보였어요. 뒤가 완전히 찌그러져버렸고 앞쪽도 가로수에 처박혀서 왕창 찌그러진 거예요. 캐리 뒤에는 앞이 뭉그러진 중형 승용차가 코를 박고 있었구요. 좀 있으니까 견인차가 제일 먼저 오데요. 견인차 운전사란 새끼가 심드렁한 표정으로 '저 차 폐차해야 되겠는데요'라고 말하는데 정말이지 죽여버리고 싶었어요. 캐리하고 내가 얼마나 많은 시간을 함께 보냈는데, 내가 쏟은 정성의 반의반도 넌 짐작 못할 거다. 정말 총만 있었으면 쏴 죽여버렸을 거예요. 별생각이 다 나데요. 처음 출고됐을 때 캐리 찾으러 신갈까지 버스 타고 내려갔던 일, 차 속 여기저기 괜히 한 번씩 분해 조립하던 일, 처음 타이어를 갈아끼우던 일, 캐리 타고 동해안 7번 국도에서 신나게 밟던 일, 처음으로 엔진오일을 내 힘으로 갈던 일, 그거 하느라고 온몸에 폐유가 덕지덕지 묻었었죠. 그런 일, 일, 일. 그 모든 추억이 새벽의 한강 위로 흘러가는 거예요. 그런데 그 개새끼가 아무 일도 아니라는 듯이 사람 복장을 긁잖아요. 당신 같으면 열 안 받겠어요?

아니, 다른 사람이 있었잖아? 여잔 거 같은데. 뒤에 나타난 경찰이 절 돌아보면서 마치 제가 그 여자를 죽이기라도 한 것처럼 따져 묻데요. 그러니까 그제야 그 여자 생각이 나데요. 죽지는 않았구만. 경찰이 조수석 문을 겨우 뜯어낸 후에 여자 눈을 까뒤집어보더니 말하더군요. 앰뷸런스가 오고 법석을 떨더니 그 여자애 실려갔어요. 저야 뭐 이마가 좀 찢어졌을 뿐이었죠. 안전띠도 안 하고 내내 재잘거리더니 그 여자는 결국 뇌수술을 받았다죠. 머리가 깨졌다나 해서 뇌에 출혈이 있었대요. 치료비야 뭐 보험회사하고 뒤에서 들이받은 가해자 개새끼가 알아서 해결했을 거고 저보고는 아무도 돈 달라고 안 하데요. 그리고 그다음날에 보험회사 직원이라는 놈이 와서 돈이랍시고 던져주고 가데요. 개새끼들. 제가 욕을 막 퍼부어댔죠. 차야 다시 사면 되잖아. 인간들이 다 그렇게 말하는 거예요. 아무도 캐리가 저한테 얼마나 소중한 존재였는지 관심조차 없는 거예요. 캐리는 결국 폐차처분을 받았죠. 캐리가 폐차장으로 가던 날, 조수석 앞 수납함에 있던 음악 테이프들을 꺼내러 들어가니까 갑자기 왜 그렇게 눈물이 나는지. 그 테이프들 하나하나마다 다 추억이 담겨 있거든요. 그 테이프들 하나하나 다시 데크에 밀어넣으면서 들어보느라고 몇 시간이나 차 속에서 못 나왔어요. 철들고 나서 그렇게 서럽게 울어보긴 처음이었어요. 그다음주에 회사에서 누가 그 여자애 소식을 전해주더군요. 뇌수술이 끝났는데 그 결과로 하반신에 마비가 왔다나 뭐라나. 그거야 다 지 팔자죠. 그 여자야 어찌됐든 폐차장에 가서 납작하게 찌그러졌을 차 생각만 나는 거예요. 제가 그런 놈이에요. 욕하시겠죠? 하려면 하세요.

8

저희 집에서 일어난 당신은 놀란 눈치였어요. 저는 끈기 있게 당신에게 저를 알리려고 노력했어요. 그건 당신도 인정할 거예요. 당신과 친해지려고 제가 읽었던 책들 다 보여주고 제가 만든 그 수많은 비행기와 탱크와 오토바이와 배도 보여주고 제 깔끔한 전자제품들을 보여주려고 노력했어요. 하지만 당신은 한마디도 귀를 기울이지 않았어요. 보내줘요, 제발. 마치 제가 당신을 납치하기라도 한 것처럼 당신은 화를 냈지요. 그러다가 저한테 빌기도 했구요. 당신이 그렇게 하자 저는 오기가 생겼습니다. 에이 씨발, 하지도 않고 욕먹느니 저질러버려? 제가 당신에게 아무런 해코지도 안 했는데 당신은 마치 제가 강도라도 되는 듯이 굴었기 때문입니다. 물론 저도 제가 등도 굽었고 눈은 새우젓 같은데다가 이마까지 좁아터져서 여자들이 좋아하는 인상이 아니라는 건 압니다. 그렇다고 저한테 그렇게까지 할 필요는 없었습니다. 안 그래요?

대학생이면 다야? 제가 소리치자 당신은 놀란 기색이었습니다. 그러면서 당신은 자신이 대학생이 아니라고 했습니다. 제가 생각건

대 당신은 제가 당신이 대학생이어서 좋아한다고 생각하고는 머리를 굴리는 것 같았습니다. 제가 다른 건 몰라도 눈치 하나는 무지하게 빠르거든요. 그 무식한 대폿집 손님들 사이에서 잔심부름하면서 자라온 저입니다. 제가 그런 거 하나 모르겠습니까? 당신의 거짓말은 계속됐습니다. 뭐랬던가요? 술집 손님들이 대학생들을 좋아해서 대학생인 척하는 것뿐이다. 나도 알고 보면 불쌍한 여자다. 학생증도 위조한 거고 책도 그냥 폼으로 들고 다니는 거다. 제가 그 말을 믿겠습니까? 어느 술집 여자가 당신처럼 똑똑하고 분명하고 되바라지게 얘기하겠습니까? 저도 그 인생을 압니다. 우리 엄마가 그랬으니까요. 당신처럼 그늘이라고는 하나도 없는, 해사하고 맑은 얼굴을 가진 술집 여자는 없습니다. 제가 당신하고 같이 자자고 그랬습니까? 그냥 하루만 저와 함께 있어달라고, 제 얘기를 들어주고 제가 만든 것들을 보아달라고 했잖습니까? 물론 당신이 제 말을 들어보지도 않고 밖으로 나가려고 해서 피치 못하게 얼굴을 한 대 때리긴 했지요. 그건 죄송합니다. 하지만 어쩔 수 없었습니다.

그리고, 사과하는 김에 마저 하지요. 그래요. 그 일도 어쩔 수 없었던 겁니다. 그 일만큼은 당신에게도 책임이 있습니다. 당신이 TV 옆에 놓여 있던 제 자동차와 비행기, 그리고 라디오를 부숴버리지만 않았어도 제가 그렇게까지 화를 내지는 않았을 겁니다. 당신에게는 그것들이 한낱 장난감으로 보였겠지만 전 아닙니다. 그 라디오가 어떤 건지 아십니까? 위에도 썼지요. 막걸리 쉰 냄새 푹푹 나는 술집 골방에서 노랫소리 듣지 않으려고, 그놈들 술주정 소리 안 들으려고 귀를 막으면서 만든 것들입니다. 당신이 밀어 떨어뜨린 배는 또 어떤 건지 아십니까? 우리 어머니가 부숴버릴까봐 쥐가 들끓는 다락방 구석에 숨겨뒀다가 집 나올 때 챙겨가지고 튄 딱 한 척의 배입니다. 그런 걸 당신은 한 번에 부숴버렸습니다.

화가 나서 다가간 제게 당신은 또 어떻게 했습니까? 장식장 위에 올려져 있던 제 십자드라이버를 들고 가까이 오면 죽인다고 했습니다. 그 빨간 손잡이를 부여잡고 있던 당신의 하얀 손, 그 손끝에서 번쩍이던 당신의 빨간 매니큐어. 그걸 보는 순간 제 눈에는 아무것도 보이지 않았습니다. 정말입니다. 당신, 그것만큼은 잡지 말았어야 했습니다. 그것만큼은.

9

당신은 꿈속에서처럼 누워 있었습니다. 다 벗은 채로 말입니다. 제 손에는 당신에게서 빼앗은 십자드라이버가 들려 있었죠. 이게 꿈일까. 저는 알 수 없었습니다. 당신은 절 보고 웃고 있었습니다. 그런 당신을 이제 분해하면 되는 것인가. 아무데도 가지 않는 당신과 영원히 함께 있게 된 것일까.

당신과 함께 보낸 그 밤. 당신은 저를 거부하지도 않았고 밀어내지도 않았습니다. 아무 말도 하지 못하는 당신은 더욱 사랑스러웠습니다. 그 순간의 당신은 오직 제 손길만을 기다리고 있었습니다. 그런 당신과 영원히 함께 있고 싶었습니다. 옛날 이집트 왕과 왕비 들처럼 당신을 미라로 만들 수 있다면, 그래서 생각날 때마다 당신을 꺼내 만져보고 당신에게 이야기를 건네고 당신에게 내가 만든 모든 것을 보여줄 수 있다면 얼마나 좋을까. 그런 생각뿐이었습니다.

사랑입니다. 제 사랑이 당신으로 하여금 그 차가운 냉장고 속에서 영원히 살아가게 만든 것이었습니다. 그 냉장고는 당신의 관이자 집이 된 것입니다. 제 사랑 때문이었습니다. 당신의 팔과 머리와 다리가, 비록 살아 있을 때처럼 온전하게는 아니지만 그래도 함께 기거하게 된 것은 바로 제 사랑이 빚어낸 일이었습니다. 용서하시리라 믿습니다.

그리하여 다시 한번 말합니다. 사랑합니다. 영원히.

나는 아름답다

그해 7월. 아직 여름은 오지 않았다. 나는 여름을 기다렸다. 나는 나를 둘러싸고 있는 이 사막이 더욱더 황량해지기를 갈망했다.

그 목마름이 미처 우물을 파기도 전인 어느 날, 하늘에서는 천사들의 나팔소리처럼 시원한 뇌성 한 줄기가 울려퍼지며 그 여름이 당도했음을 알렸다. 그 나팔소리와 함께 몰려온 비구름은 내리 나흘 낮 나흘 밤 동안 빗줄기를 뿌려댔다. 그러고 나자 빗발은 서서히 가늘어지면서 아스팔트 위로는 여린 김이 모락거렸다. 세상은 이그러진 채로 승천하고 있었다.

서서히 몸을 일으켜 창을 열고 밖을 둘러보았다. 많은 사람들이 분주히 뛰어다니고 있었다. 버스를 타기 위하여, 토큰을 사기 위하여, 신문을 사기 위하여, 횡단보도를 건너기 위하여, 약속시간에 늦지 않기 위하여, 사람들은 여름을 알리는 나팔소리도 듣지 못한 채 뛰어다녔다. 드디어 여름이 왔는데도 아무도 그 사실을 알아차리지 못했다. 어쩌면 그들에게 여름이 왔다는 사실은 전혀 중요하지 않은 것인지도 몰랐다. 아마도 그들은 여름을 맞이하듯 죽음을 대면할 것이다. 생명이 우리에게 깃들던 때처럼 마지막도 그런 식으로 스며들 것이다.

그해 7월. 나는 죽음보다 여름이 더 두려웠다. 최후의 순간이 올 때까지 여름은 반복될 것이다. 매주 잘라야 하는 손톱처럼, 매일 세 번씩 찾아오는 공복감처럼 말이다.

그해 여름. 나는 나의 방주를 만들고 있었다. 그 방주는 나를 태우고 여름을 건너 종말을 향해 나아갈 것이다. 그러기 위해 나는 오직 하나의 희망만을 남겨둔 채 그 외의 모든 것을 버렸다. 천사들의 나팔소리와 함께 나의 방주는 거의 완성된 셈이었으나 나는 떠나지 못했다. 마지막으로 단 한 가지가 부족했다. 그것을 채워야 했다.

몇 벌 남지 않은 옷 중에서 한 벌을 꺼내 입고는 얼마간의 돈과 한 보루의 담배, 카메라 가방, 그리고 로댕의 화집을 챙겼다. 그러고 나자 내 마음은 마치 휴가라도 떠나는 듯 홀가분해졌다. 이제 더이상 필요한 것은 없었다. 사막을 떠났으나 가는 곳마다 폐허였다. 그 폐허 속 어딘가에 내 방주에 실을 마지막 한 가지가 숨어 있을 것이었다.

한 달이 지나자 희망은 서서히 잦아들었다. 나는 서해바다에 면한 이름 없는 포구에서 태양이 하루종일 흩뿌려둔 자신의 빛을 삼켜가며 자진하고야 마는 것을 지켜보았다. 그 무명 포구를 등뒤로 하고 다시 해안도로를 따라 내가 향한 곳은 A시였다. 한때 번창했으나,

지금은 밀려들어오는 토사로 해수면이 낮아져 큰 배는 얼씬도 하지 않는, 쇠락해가는 항구도시였다. 기껏해야 연안의 섬들을 오가는 연락선과 멸치잡이 배 들이나 들락거릴 것이었다.

A시로 향하는 버스 안에서 펼쳐든 로댕의 화집에서 예기치 않았던 물건이 바닥으로 떨어져내렸다. 아마 노아의 방주에서도 그랬으리라. 선택받은 짐승만 탔으리란 법이 어디 있겠는가. 바닥에서 주워올린 그 봉투 속에는 몇 장의 흑백사진이 담겨 있었다.

아내였다. 아무것도 걸치지 않은 아내가 천장에 매달려 있다. 그녀의 허리와 대들보를 연결하는 밧줄 끝에 아내는 대롱대롱 묶여 있었고 눈은 똑바로 렌즈를 바라보고 있었다. 아무 표정도 없이.

두 장째 사진. 아내는 하얀 시멘트 바닥에 누워 있다. 목에서부터 발목까지 밧줄로 칭칭 감긴 채로, 역시 렌즈를 주시하고 있었다. 가슴 언저리를 동여맨 밧줄 때문에 그녀의 가슴은 괴상한 형태로 튀어나와 있었다.

세 장째 사진에서 아내는 발목이 묶인 채로 거꾸로 매달려 있다. 그녀의 긴 머리는 흘러내려 바닥에 닿아 있다. 천장에서 바닥까지 일직선으로 내리꽂히는, 마치 하나의 기둥 같다.

아내와 이혼하기 두 달 전에 찍은 그 석 장의 사진 아래쪽에는 촬영한 날짜가 선명하게 찍혀 있었다. 대부분의 사진작가들이 날짜 표시 기능을 사용하지 않지만 나는 즐겨 사용한다.

12. 21. 13:02:37

아내가 거꾸로 매달린 채 렌즈를 노려보고 있는 사진에 적혀 있는 촬영 시각이다. 육십분의 일 초 동안, 아내의 벗은 몸을 비추던 빛이 렌즈를 통과해 벌려진 조리개 사이로 달려와 필름에 부딪혀 감광된 순간이다.

아마도 아내는 이 사진들을 본 적이 없을 것이다. 내가 원하면 언제라도 기꺼이 모델이 되어주던 아내였지만 자신이 나온 사진을 잘 보려 하지는 않았다. 그녀는 내가 찍은 대부분의 사진에 관심이 없었다. 어떤 항의 표시라기보다는 그녀가 나와 지내는 방식이었다.

돌아보면 그녀의 모든 행위가 그랬다. 잠자리도 그랬다. 내가 원하면 그녀는 아무 말 없이 옷을 벗었고, 별다른 반응 없이 섹스를 치렀고, 치르고 나면 나보다 먼저 잠이 들었다.

우리는 서로를 서서히 죽여가고 있었다. 나는 사진 속에서 그녀를 살해하고 그녀는 그녀의 방식으로 나를 살해했다.

석 장의 사진을 다시 봉투에 집어넣는 순간 하나의 시선이 내 손끝을 따라 움직이고 있음을 감지한다. 어떤 경우 그 석 장의 사진은 다른 이들에게 다소 기괴하게 보일 수 있다는 것을 나는 알고 있다. 나는 가능한 한 자연스럽게 보이려고 노력하면서 사진 봉투를 천천히 카메라 가방 옆구리에 쑤셔넣은 후에 그 시선의 근원을 힐끔거렸다. 그제야 시선은 다른 방향으로 이동하였다.

내 옆자리에 앉은 이는 이십대 후반의 여자였다. 화장기 없는 얼굴에 주황색 티셔츠, 그리고 블랙진을 입고 있었다. 그 밖에는 아무 것도 가지고 있지 않았다. A시까지는 네 시간이 걸리는 먼 거리인데도 불구하고 핸드백 하나도 지니고 있지 않았다.

그리고 냄새. 그녀에게선 냄새가 난다. 오슬거리며 내 팔뚝 언저리에는 소름이 돋기 시작한다. 나는 그 냄새를 알고 있다. 그것은 아내의 냄새다.

집에 돌아오면 아내는 먼저 손부터 씻는다. 과산화수소수로 손을 씻은 연후에라야 샤워를 한다. 그래서 화장실에는 언제나 매캐한 과산화수소수 냄새가 배어 있다. 수술이 있었던 날이면 더 오래 손을 씻는다. 나는 그런 아내를 물끄러미 바라본다. 샤워를 마치고 나온 그녀는 종종 묻는다. 무슨 냄새 안 나요? 나는 고개를 가로젓는다. 아무 냄새도 안 나는데…… 거짓말이다. 그녀에게서는 분명하게 그 냄새가 난다. 그런 날이면 나는 짐작한다. 아내가 오늘도 채 태어나지 않은 생명을 삭제해버렸음을.

그런 날이면 아내를 매어달고 싶어진다. 그런 그녀를 인화해버리고픈 충동을 느끼는 것이다. 그러나 매번 나를 주저하게 만드는 것은 바로 그 냄새다. 내 사진에는 그 냄새가 담기지 않는다.

돈을 건네주는 아내의 손에도 그 냄새가 배어 있어 그 돈을 건네받는 내 팔뚝엔 어김없이 소름이 돋는다. 그게 싫어 일 년 정도 광고 사진만 찍어대던 시절이 있었다. 사이판의 해변에서, 제주의 오름에서, 광화문의 스튜디오에서 모델들을 찍어댔다. 그 시절에도 아내는 여전히 손을 씻었고 아침이면 돈을 건네주었다. 내가 꽤 풍족한 돈을 벌고 있음을 능히 알고 있었을 텐데도 아내는 아침이면 여전히 지갑을 펼치며 내 표정을 살핀다. 내 표정은 아무 의미가 없다. 그저 의무적으로 내 표정을 살필 뿐이고, 내 표정이 어떠하든 그녀는 자신이 줘야 한다고 믿는 만큼의 돈을 식탁 위에 얹어놓고 집을 나선다.

그러던 어느 날 나는 아내의 냄새가 왜 사라졌는지 깨달았다. 저녁에 들어온 아내가 무표정하게 말한다. 오늘은 글쎄, 열네 살짜리가 왔더라구요. 그러면서 그녀는 여느 날보다 더 열심히 손을 씻었다. 그러고는 식탁 위에 놓인 고사리나물을 손가락으로 집어 먹으며 말했다. 음, 고사리가 맛있네. 나는 그 냄새의 비밀을 알 수 있을 것 같았다. 웃음이 흐벅진 여자들과 엉덩이가 아름다운 남자들을 찍어대는 나도 아내처럼 열심히 손을 씻어야만 했음을. 후각은 가장 민감하고 그래서 가장 빨리 마비된다. 아내와 나는 같은 냄새를 풍기고 있었던 것이다. 그러나 그 냄새의 정체가 정확히 무엇인지 그때의 나는 알지 못했다.

멋진 사진이네요.

옆자리의 주황색 티셔츠가 말한다. 그러나 버스의 소음 때문에 처음에는 잘 알아듣지 못했다.

네?

멋진 사진이라구요. 사진작가신가봐요?

아, 네.

갑자기 좀 머쓱해졌다. 그녀가 나를 사진작가가 아닌 다른 누군가쯤으로 알아주길 내심 바랐던 모양이었다. 얼굴이 화끈 달아오른다.

작가? 나 같은 인간도 작가라고 부를 수 있는 걸까?

직접 찍으신 건가요?

무표정하게 창밖을 바라보며 묻는 그녀의 말투는 뭐랄까, 흐르는 강물에 조약돌을 던지는 행위처럼 무심해 보였다. 그녀가 던지는 말은 차창을 그대로 투과해 길 위로 버려지는 것 같았다. 버스는 계속 빠른 속도로 해안도로를 달려가고 있었다.

제가 찍었죠.

나 역시 손에 든 봉투 쪽으로 시선을 주며 애써 무심하게 말하려고 노력했다. 그러나 내게서 튀어나가는 어휘들은 그녀의 말과는 달리 쉽게 가벼워지지 않았다. 나는 조금 불편해진다. 몸을 약간 뒤틀며 자세를 바꾸어보았으나 편치 않기는 마찬가지였다. 그녀가 다음에 물어올 말이 무엇일까. 나는 어느새 대답을 준비하고 있다. 이름, 나이, 고향. 나는 여러 가지 예상문제를 만들었지만 그녀는 그뒤로 한동안 아무 말이 없다. 나는 예상문제 만들기를 포기하고 로댕의 화집을 펼쳐들었다. 오 년 전 파리의 로댕미술관에 들렀을 때 사두었던 것이다. 나는 그의 대리석 조각들 앞에서 반나절을 서성거리며 그를, 아니 그의 창조물들을 원했다.

살아 숨쉬는 인간보다 자신의 조각품을 사랑했던, 그래서 결국 미의 여신 아프로디테에게 간청하여 그 조각과 결혼하고야 말았던 그리스신화 속의 피그말리온처럼, 로댕도 어쩌면 살아 있는 인간보다도 자신의 피조물을 더 사랑했을지 모른다.

다시 주황색 티셔츠의 시선이 로댕에 머문다. 그때 펼쳐진 페이지는 한 남자가 한 여자를 자신의 어깨 위에 얹고 있는 〈나는 아름답다〉라는 작품. 한 여자가 최대한 몸을 웅크린 채 한 남자의 어깨 위에 개구리처럼 얹혀 있다.

이 작품의 제목이 뭔지 아세요? 나는 주황색 티셔츠에게 묻는다.

아뇨, 뭔데요? 그녀가 되물었다.

나는 아름답다, 랍니다.

아.

로댕이 아니었다면 감히 이런 제목을 붙이지 못했을 겁니다.

나는 페이지를 넘겨갔다. 〈나는 아름답다〉의 다음 페이지에는 〈다나이드〉가 수록되어 있다. 결혼 첫날밤. 자신의 남편을 살해하고 지옥으로 끌려간 다나이드는 영원토록 밑 빠진 독에 물을 채워야만 하는 벌을 받는다. 그리스신화에서는 별반 중요하게 다뤄지지 않는 이야기였다. 그게 내가 다나이드에 대해 알고 있는 전부라고 할 수 있었다. 나는 다나이드가 왜 남편을 살해했는지 알지 못한다. 밑 빠진 독에 물을 붓는다는 것은, 어쩌면 욕망에 대한 은유가 아닐까. 채워도 채워도 채워지지 않는 욕망이라는 이름의 하수구. 그 출구에 죽음이 아가리를 벌리고 있는 것일 터인데, 저 죄지은 여인은 왜 저토록 아름다운 것인가. 로댕의 다나이드는 한 여자가 무릎을 꿇은 채로 비스듬히 엎어져 있는 형상이다. 그녀의 긴 머리칼이 어깨 위로 흘러내리고 깨어진 독은 오른팔 옆에서 뒹굴고 있다. 그 자세는 그녀의 아름다운 엉덩이를 더욱 강렬하게 드러낸다.

아마도 다나이드에게는 사랑하던 다른 남자가 있었을지 모른다.

밤새 뒹굴며 열락의 끝까지 오가면서 함께 쾌락의 환성을 질러대던, 다나이드의 우윳빛 엉덩이를 사랑해주던 그런 남자가 있었을 것이다. 죽음의 냄새를 맛보게 했던 독약 같던 연애가 그녀로 하여금 첫날밤에 남편을 살해하도록 충동하지는 않았을까?

아내를 처음 만났던 것도 다나이드 앞에서였다. 저, 사진 좀 찍어주시겠어요? 단발머리를 한 자그마한 키의 한국 여자가 자동카메라를 들이밀며 그렇게 말했다. 머뭇거리는 내게 그녀가 친절하게 덧붙였다. 그냥 누르시기만 하면 돼요. 물론 '누르기만 하면' 될 것이었다. 단지 누르기만 하면 다나이드의 가없는 고통과 아내의 사소한 추억거리는 사각의 인화지에 함께 동거하게 될 것이었다. 독기어린 악녀의 누드와 해설피 웃는 성녀의 입상은 자동노출, 자동초점으로 한 몸이 될 것이었다.

그날 나는 다나이드를 배경으로 기념사진을 찍은 여자와 뒹굴었다. 기념사진처럼 무미건조한 섹스였다. 의사시험에 합격하고 얻은 짧은 휴가는 아내 인생의 유일한 휴지기였고 처음이자 마지막인 방종이었을 것이다. 우리는 로댕미술관을 나와서 생 미셸 거리의 이름 모를 바에서 몇 잔의 맥주를 마시고는 함께 잠들었다. 그리고 나는 그녀를 잊었다.

잠깐 봐도 될까요?

주황색 티셔츠가 정중하게 청했다. 나는 선선히 화집을 그녀에게 넘겨주었다.

정말 아름다운 조각이네요.

다나이드를 쓰다듬는 그녀의 가는 손가락. 그 하얀 손가락이 물결치듯 풀어헤쳐진 다나이드의 머리카락에서부터 매끈한 등허리를 지나 높게 치솟은 백색 질감의 엉덩이까지 천천히 더듬는 동안 쩌릿거리는 한 줄기의 전류가 내 척추를 관통한다. 그녀의 행위는 다나이드의 아름다움을 진정으로 느끼는 자만이 할 수 있는 종류의 것이다. 그녀처럼 나 역시 다나이드의 등줄기와 엉덩이 사이의 굴곡을 어루만져보았거니, 그때 내 때묻은 손끝에서 성기까지 팽팽하게 긴장시키던 대리석의 질감이란.

지옥에서 벌을 받는 여자예요.

내 말에 주황색 티셔츠는 별로 놀라운 일이 아니라는 듯 고개를 주억거리며 내게 물었다.

무슨 죄를 지었나요?

첫날밤에 남편을 죽였답니다.

툭, 로댕의 화집이 바닥으로 떨어진다. 그녀도 놀랐던지 황급히 손을 뻗쳐 화집을 주워올리려 한다. 우리의 두 손끝이 부딪힌다.

미안해요.

괜찮습니다.

나는 화집에 묻었을 먼지를 가볍게 툭툭 털어내고는 다시 그녀에게 건네주었지만 그녀는 받지 않는다. 머쓱해진 나는 다시 화집을 내 무릎에 얹어놓았다.

버스는 천천히 속도를 줄여가고 있었다. 시계를 보았다. 출발한

지 두 시간이 되어가고 있었다. 아마도 휴게소에 들를 심산인 것 같았다. 잠시 후 버스가 휴게소에 도착하자 그녀는 몸을 일으켰고 나는 몸을 웅크려 그녀가 나갈 수 있도록 해주었다. 그녀의 엉덩이가 내 코끝을 스치며 지나갔다. 그녀는 맥주를 사들고 돌아왔다.

드세요.

내 의사를 묻지도 않고 맥주를 건네는 그녀. 우리는 별말 없이 홀짝거리며 맥주를 마신다.

A시에는 왜 가세요?

그녀의 말이 다시 차창을 투과해 도로변으로 흩어진다. 흩어진 어휘들이 되튕겨 날아왔고 나는 머뭇거렸다. 딱히 대답할 말을 준비해두지 못했던 탓이다. 방주를 완성하기 위해서라고 말할 수는 없지 않은가.

말씀하기 싫으심 안 하셔도 돼요. 그녀는 힘없이 웃으며 맥주를 홀짝인다.

저 역시 그래요. 선생님처럼 아무 목적 없이 그냥 집어탄 거예요. 왠지 A시에 한번 가보고 싶었거든요. 왜 그럴 때 있잖아요? 지금 안 가면 영영 가보지 못할 것 같은, 그런 때 말이에요.

왜 제가 아무 목적도 없이 A시로 간다고 생각하죠?

그럼 목적이 있단 말이에요? 그녀는 당연한 걸 왜 묻느냐는 투로 반문했다.

한 TV 프로그램이 있었다. 주부들에게 인기가 좋은 프로였는데 그중에서도 가장 흥미있는 코너는, 방청객인 주부들로 하여금 영문 모르는 남편에게 전화를 걸어서 모종의 부탁을 하도록 하는 것이었다. 부탁의 종류는 매주 바뀌었는데 남편이 그 부탁을 들어주면 상품이 수여되는 게임이었다. 어떤 주에 출제된 문제는 남편에게 여행을 허락받는 것이었다. 남편에게 여자 혼자 이박 삼일 동안의 여행을 다녀와도 되겠느냐는 질문을 던져 허락을 받아내면 되는 것이었다. 그러나 정작 문제가 되었던 것은 '이유 없음'이었다. 남편들에게는 '이유 없음'이 절대로 여행의 이유가 되지 않았다. 남편들의 입에서 튀어나온 첫마디는 공히 '미쳤군'이었다. 처음엔 선물에 눈이 멀어 애걸복걸하던 여자들의 목소리는 통화가 길어지면서 점차 분노로 격앙되었다.

목적 없는 여행이란 없어요. 나는 주황색 티셔츠에게 말했다. 목적을 알 수 없거나, 알려고 하지 않거나 둘 중의 하나겠죠.

맞아요. 그녀는 의외로 순순히 수긍한다.

참.

그녀가 맥주캔에서 입을 떼며 중요한 일이라도 생각난 듯이 말했다.

왜요?

아까 그 사진 좀 봐도 될까요?

아내의 누드를 말하는 것이리라. 나는 그녀의 돌연한 요구에 놀라 잠시 주저했다. 그러나 나는 다나이드를 쓰다듬던 그녀의 손길을 기억했다. 나는 순순히 봉투에서 석 장의 사진을 꺼내 그녀에게 건네주었다.

그녀는 사진을 응시한다. 사진 속의 아내는 밧줄에 묶인 채로 나와 주황색 티셔츠를 응시하고 있다. 나는 이내 고개를 돌리고 말았지만 아내와 그녀는 눈싸움을 계속하고 있다. 내가 조금은 불안스레 그녀의 표정을 살피는 동안 아내의 벗은 몸 위로 몇 방울의 물기가 떨어져내린다. 나는 그녀의 얼굴로 황급히 시선을 돌렸다.

괜찮아요?

그녀는 손등으로 눈가를 매만지며 코를 훌쩍였다.

네, 전 괜찮아요.

나는 그녀에게서 사진을 넘겨받은 후, 물기를 살짝 닦아내고는 봉투에 담았다.

이건 실제상황이 아니에요.

돌연한 눈물에 다소 당황한 나는 그녀에게 그 사진에 대해 설명할 필요를 느꼈다.

연출 사진이죠. 이 사람은 제 옛날 아내구요. 이건 그저……

행여 있을지 모르는 오해에 쐐기를 박기 위해 다소 장황하게, 굳이 말하지 않아도 좋을 사실까지 주절주절 늘어놓았다. 그러자 그녀는 손을 내저으며 내 말을 막았다.

무슨 말씀인지 잘 알아요. 괜찮아요. 됐어요.

잠시 후 그녀의 훌쩍임이 멎었다. 그녀는 애써 멋쩍은 웃음을 지으며 내게 물었다.

사진작가시라고 했죠?

그런 셈이죠. 작가라기보다는 그냥 사진을 좋아하는 사람이라고 나 할까요.

왜요? 멋진 작품이던데…… 미안해요. 전 단지, 그냥 그 사진이 좀 슬펐을 따름이에요. 가끔 이래요.

그건 슬픔을 자아내기 위한 작품이라기보다는, 그저 배반, 맞아요, 배반을 위한 작품이에요. 사람들이 가지고 있는 가학적 속성을 조롱하는 거죠. 여자를 발가벗겨 밧줄로 매다는 것은 단지 사디스틱한 행위에 지나지 않지요. 또 많은 포르노들이 그렇게 하구요. 그래서 전 포르노와는 달리 모델로 하여금 렌즈를 주시하게 한 겁니다. 관람자를 불편하게 만드는 장치죠. 그건 말하자면.

나는 불필요한 말을 주워섬기고 있다. 작품에 대해 주절대는, 그야말로 사족에 다름 아닌…… 나는 입을 다물고 그녀 쪽을 힐끗거렸다. 멍하니 창밖만 바라보고 있는 그녀는 내 말을 듣고 있지 않는 게 분명해 보였다.

이혼하셨나요?

그녀가 창밖으로 시선을 준 채 무심하게 물었다. 민감한 질문을 하기에는 적절한 태도였다. 불필요한 혐의에서 면제될 수 있는 그런 시선 처리.

네.

나는 짤막하게 대답했다.

유럽에서 돌아와 아내를 잊었을 무렵, 전화 한 통이 걸려왔다. 아내였다. 어느 패션지에 실린 내 사진을 보았다고 했다.

저 기억하시죠?

아내가 물었다.

그럼요.

유명한 분인지는 몰랐는데요.

유명하긴요. 지면이 남으니까 끼워넣은 거죠.

어쨌든 잘됐네요. 그러지 않아도 찾았더랬어요.

그러셨군요.

한번 뵀으면 하는데요.

아내의 말투는 좀 사무적이었다.

왜, 무슨 일이라도 있습니까?

그날 밤 이후에 제 몸에 작은 변화가 있었답니다.

나는 입에 문 담배를 떨어뜨렸다. 아내의 어투는 마치 '당신의 계좌
에 이상이 있습니다'라고 말하는 현금서비스 기계의 메시지 같았다.

그렇게 아내를 다시 만났다. 그로부터 석 달이 지나서 결혼식을
올렸지만 몇 달이 지나도 아내의 배는 불러오지 않았다. 여섯 달이
되던 어느 날, 참다 못한 내가 아내에게 물었을 때 아내는, 이미 납부
한 세금고지서가 다시 날아온 것처럼 내 얼굴을 바라보았다.

내가 말 안 했던가? 지웠어.

나는 납부한 세금은 다시 낼 필요가 없다는 사실을 알아야 했다.

언제 지웠어?

식 올리자마자.

왜?

몰라서 물어? 스스로에게 물어보는 게 빠를걸.

그뒤로도 우리는 오 년을 함께 살았다. 그동안 아내는 레지던트 생활을 끝내고 집 근처 주택가에 산부인과 의사로 개업했다. 그후로 아내는 계속 손을 씻었고, 그래도 냄새는 여전했다. 오직, 그녀를 천장에 매어다는 순간을 제외하고는 한순간도 그 냄새에서 벗어날 수 없었다. 그렇게 믿었다. 믿고 싶었다.

왜 이혼하셨어요? 주황색 티셔츠가 다시 물었다.

아내는 산부인과 의사였어요. 매일 사람을 죽이고 들어오죠. 언젠가 나도 죽일 것 같았거든요. 모르핀 주사를 내 팔뚝 깊숙이 꽂고 가위로 나를 잘게 잘라버릴 것 같았거든요.

제게도 비밀이 있어요. 그녀가 내 쪽으로 몸을 기대며 속삭였다.

뭔데요?

궁금하시죠?

글쎄요. 궁금하지 않다면 거짓말이겠죠?

듣고 싶으시다면, 조건이 있어요.

중대한 비밀인가보군요.

네.

조건이 뭔데요?

저와 함께 섬으로 가셔야 해요.

섬이요?

네, 섬.

잠시 후 버스는 A시 버스터미널에 도착하였다. 주황색 티셔츠와 나는 택시를 잡아타고 부두로 향했다. 그녀는 부두 매표소 창구에 죽 적혀 있는 섬들을 일별하고는 그중에 하나를 골라 매표소에서 표를 구입하였다. 아무것도 지니지 않은 그녀와 카메라 가방을 멘 나는 작은 통통배에 올라 한 시간이 걸린다는 한 섬으로 향했다. 수많은 섬들이 바다 위에 깔려 있었다. 파도가 약간 높이 이는 바람에 배는 출렁출렁거리면서 위태하게 항해하였다. 뱃머리에서 부서지는 파도를 보며 그동안 잊고 있던 내 여행의 목적을 상기할 수 있었다. 방주를 채울 마지막 한 가지를 찾아야 한다는 것을. 그리고 어쩌면 그것을 저 섬에서 채울 수 있을지 모른다는 것도.

그녀는 섬으로 향하는 내내 말이 없다. 가끔 물살이 뱃전에 부딪혀 물보라를 튕겨올렸지만 그녀는 눈살 찌푸리지 않고 물기로 몸을 적신다.

도착한 섬은 매우 작았다. 그러나 여름에는 어설프나마 해수욕장이라도 마련되는지 해변에는 파라솔 몇 개가 을씨년스럽게 놓여 있긴 했다. 우리는 마당에 그물이 널려 있고 마당 한편으로는 생선을 말리는 막대기들이 정연하게 설치되어 있는 민박집 하나를 잡았다. 햇볕에 그을린 검은 살갗의 여자가 수선스레 방을 치워주었다.

이어 맛깔스런 해물이 그득하게 담긴 매운탕에 소주를 곁들인 저녁이 들어왔다. 열어젖힌 창 너머로 바다가 그득하게 밀려들었고 나는 잠시 내 방주를 망각한다. 그 사이로 그녀의 소주잔이 자주 비워진다.

선생님은 왜 사진을 찍으세요?

밀려오는 바닷바람 사이로 그녀의 질문이 섞여든다.

나를 찍기 위해서지요.

그렇게 말하고 나자 바닷바람 한 줄기가 세차게 방안으로 밀려들어왔다.

나? 나라면. 나가 뭔데요?

내 자아겠죠. 내 욕망, 내 본능, 내 삶, 내 행위, 그 모든 것이겠죠. 하지만 이제는 다 끝났어요.

나는 자조적으로 말했다.

왜요?

내 욕망의 끝이 있어요. 그런데 나는 감히 그 끝으로 가지 못하겠거든요. 그리고 어쩌면 거긴 사실 끝이 아닐지도 모르지요.

욕망의 끝? 그게 뭘까요?

그녀가 술상에 턱을 괴고 빤히 내 얼굴을 바라보며 묻는다.

아까 내가 찍은 사진들 봤죠?

네.

그건 가짜예요. 내가 정말로 찍고 싶은 건, 죽음이에요. 그런데 언제나 가짜 죽음만 찍는 거예요. 내 곁에는 그다지도 죽음이 흔해빠졌는데 정작 내 사진에는 진짜가 없어요.

그녀는 술잔을 만지작거리다가 고개를 반짝 든다.

선생님은 결국 나르시스가 되고 싶은 거네요. 자신에게 끝없이 다가가면 거기 죽음이 있다잖아요.

내가 그녀의 말을 웅얼거리는 사이 그녀는 다시 소주잔을 비운다. 멀리 창밖으로는 노을이 밀려들고 있었다.

그런데, 도대체 당신의 비밀이란 건 뭐죠?

나 역시 찬 소주를 목으로 넘기며 물었다. 소주가 식도 여기저기에 걸리적거리면서 내려간다. 그녀는 천천히 잔을 술상 위에 내려놓으며 매운탕 속에 담겨 있는 미더덕을 꺼내 입속에 집어넣었다. 둔탁한 소리와 함께 미더덕이 그녀의 입속에서 터지는 소리가 들렸다. 뜨거운 체액이 그녀의 입천장에 분사되었는지 그녀가 잠시 얼굴을 살짝 찡그렸다. 우두둑거리며 미더덕을 씹던 그녀가 찌꺼기를 뱉어내며 내게 묻는다.

다나이드라고 했던가요? 아까 그 화집 속에 있던 엎드린 여자 말이에요.

맞아요.

다나이드 보고 싶지 않으세요?

그녀의 눈빛이 몽롱하게 흐려져간다. 나는 들려던 소주잔을 살며시 내려놓으며 그녀를 주시했다.

주황색 티셔츠를 벗어올린 그녀는 손을 뒤로 돌려 검은색 브래지어의 호크를 풀고는 몸을 비틀면서 천천히 블랙진을 벗어내렸다. 마지막 남은 팬티도 스스럼없이 제거하고는 무릎을 꿇었다. 나는 갑자기 벌어진 일에 놀라 나도 모르게 한 뼘쯤 뒤로 물러앉았다. 무릎을 꿇은 그녀는 몸을 앞으로 숙여 머리를 방바닥에 대고 왼팔을 가슴 쪽으로 집어넣었다. 그녀의 긴 머리가 부스스 흘러내렸고 석양빛은 그녀의 엉덩이 선을 뚜렷하게 드러내주었다. 그러나 등, 그녀의 등에 비친 햇살은 참혹하다. 그녀의 등줄기에는 뱀이 기어간 듯한 벌건 상처들이 수십 개로 얽혀 있다.

얼굴을 바닥에 댄 채로 그녀가 물었다.

제 자세가 비슷한가요?

그녀의 목소리는 습기에 잠겨 있다.

아, 네.

나는 고개를 끄덕이고는 무릎걸음으로 기어가 그녀의 어깨를 안 아올린다. 어느새 그녀의 눈가가 젖어 있다.

이봐요, 왜 그래요?

제가 그 다나이드거든요.

뜬금없이 무슨 소리예요?

남편을 죽였거든요.

그녀의 어깨가 흔들린다. 나는 그 어깨를 더 꼭 껴안는다.

속이 시원해요. 정말이에요. 아녜요. 좀 미안하기도 해요. 그래도 별 고통은 없었을 거예요. 아니, 좀더 고통스럽게 죽였어도 좋았을 걸 그랬어요.

그녀는 횡설수설하기 시작한다. 그러는 동안 내 어깨 위로 그녀의 눈물이 더 많이 흘러내린다. 그사이 창밖으로는 완전히 해가 저물어 어둠이 깃들어가고 있다. 우리는 한참을 끌어안은 채 어둠이 세상의 빛을 이길 때까지 기다렸다. 그 어둠 속에서 나는 다시 그 냄새를 맡을 수 있었다. 이제는 알 것 같았다. 그것은 죽인 자, 죽은 자, 죽은 듯이 사는 자, 그 일체의 죽음이 풍겨대는 냄새가 아니었을는지.

잠시 어깨를 풀고 나서 천천히 옷을 벗는 동안 그녀는 멍하니 앉아 내 동작을 지켜보았다. 남편을 살해한 여자. 다소곳이 앉아 나를 기다리는 그녀에게 다가간다. 그녀를 엎드리게 하고는 그녀의 등에 난 상처들을 정성스레 핥아주었다. 어떤 상처는 오래된 것이었고 어떤 상처는 최근의 것이었다. 상처에 따라 그녀의 출렁임이 달라졌다.

그리하여 우리는 곧 하나가 되었다. 이불섶 뜯어지는 소리, 들렸다. 술상, 누군가의 발에 채어서 방 끝으로 밀려갔고 파도 소리, 간간이 섞여들었다. 타액과 점액, 장판 위에 질퍽하게 깔렸고 삼십 촉짜리 전등의 불빛, 심하게 흔들렸다. 점멸하는 초라한 불빛 사이로 나, 죽음을 본다. 쾌락의 절정에는 죽음이 있었다. 일체의 욕망이 자진하는 지점, 일체의 사고가 정지하는 지점, 일체의 행위가 그 의미를 잃는 지점, 그곳에 죽음이, 살아 있었다.

순간 나는 모든 것을 잊었다. 사진 작업, 암실 속의 고독과 자유, 죽음과 나르시스, 피그말리온, 그리고 아내의 부정까지.

그렇다. 아내는 다른 남자를 사랑했다. 다른 남자는 아내와의 정사를 캠코더로 녹화했다. 아내의 침실에서 그 테이프를 발견한 나는 그 테이프를 보았다. 그것은 조악했다. 건조해질 것. 그때 나는 다짐했고 지금도 그러고자 애쓰고 있다. 그러나 그 조악한 필름에도 한 가지 진실만은 남아 있었다. 아내가 특정한 누군가 앞에서는 전혀 다른 사람이 될 수 있다는 것. 내가 아내를 니콘 카메라에 코닥 필름으로 정교하게 연출하며 찍어대는 동안, 누군가는 아내의 속살 깊숙이에 가라앉아 있는 진짜 욕망을 흡입하고 있었다는 것.

우리는 다시 서로의 땀을 핥았다. 몸 여기저기에 남겨진 흔적들을 지워버리기 위하여.

우리는 나란히 누워 들려오는 파도 소리를 들었다.

선생님.

예?

제 비밀을 들어주셨으니 저도 선물을 드리고 싶어요.

그녀는 차분하다.

선생님의 소원을 들어드리고 싶어요.

내 소원을 알아요?

전 알아요. 진짜 죽음을 보여드릴게요.

그건 안 돼요. 나는 벌떡 일어나 앉으며 말했다.

아니, 괜찮아요. 어차피 저는 여기 죽으러 온 거예요. 여기서 죽지 않는다 해도 사형당하고 말겠죠. 내일 새벽에 첫 배가 있을 거예요. 그 배를 타고 나가시면 선생님께는 아무 일 없을 거예요.

그렇게 생각하지 말아요. 남편을 죽인 건 정당방위가 성립할지도 모르잖아요.

나는 그녀의 등에 난 상처들을 떠올리며 외친다. 그러나 그녀는 내 말에 피식 웃으며 고개를 젓는다.

청산가리를 탔어요. 콩나물국에다 말이에요. 금세 죽어 나자빠지더군요. 그런데, 이상하죠, 선생님. 전 두렵지 않아요. 기껏 지옥에서 받는 벌이라는 게 밑 빠진 독에 물 붓는 거라면서요? 그런 건 여기서도 얼마든지 하는 일이지 않아요? 그건 이 땅의 여자들이 낮이나 밤이나 하는 일이에요. 그리고 전 어릴 때부터 이왕 죽을 거면 멋지게 죽고 싶었어요. 차를 운전하다가도 절벽이 있는 커브길이면 늘 핸들을 거꾸로 돌려버리고 싶은 충동을 느끼곤 했어요. 선생님은 그런 적 없으세요? 그런데 얼마나 다행이에요. 선생님은 진짜 죽음을 찍고 싶으시고 전 진짜로 죽고 싶으니, 이보다 다행한 일이 어딨어요? 게다가 선생님은 제 죽음을 정말로 아름답게 만들어주실 분이구요. 아, 전 나체로 목을 매달 거예요. 바다가 보이는 절벽 위에서 나무에 목을 매달고 웃으면서 죽어가고 싶어요.

전 그렇게 못합니다.

나는 한 뼘쯤 뒤로 물러앉으며 고개를 저었다.

정 그러시다면 할 수 없군요. 저 혼자 갈 수밖에요.

그녀는 허우적거리며 방문을 열었다. 나는 멍하니 앉아 어둠 속으로 걸어들어가는 그녀의 뒷모습을 바라보았다. 방문을 나서려던 그녀는 뒤를 돌아보며 말했다.

참, 선생님. 끝까지 가보시지 않고는 그것이 끝인지 절대로 알 수 없을 것 같네요. 어쨌든 고마웠어요. 그러고 보니 제가 너무 무리한 부탁을 드렸나보네요.

그녀를 삼킨 어촌의 어둠이 방안으로 스며들어오는 동안 나는 담배에 불을 붙여 물었다. 흔적 없는 연기가 흩어진다. 내 방주에 실을 마지막 한 가지는 무엇이었을까. 죽음을, 진짜 죽음을 찍고 싶다는 내 욕망은 과연 어디에서 발원한 것이었을까.

멍하니 앉아 있던 나는 황급히 담배를 술병 속으로 던져넣고는 옷을 걸쳐 입었다. 그러고는 카메라 가방을 챙겨 달려나갔다. 그저 그녀를 한번 보고 싶었다고 말하면 거짓말일까? 사진도 그 무엇도 그 순간에는 소중하게 느껴지지 않았다.

달빛이 교교한 모래톱을 따라 그녀가 멀찌감치 걸어가고 있었다. 나는 모래를 차올리며 세차게 그녀에게 달려간다.

오실 줄 알았어요.

……

나는 아무 말 없이 그녀의 뒤를 따른다. 그녀의 손에는 민박집 마당에 널려 있던 그물 몇 조각이 들려 있다. 달이 중천에 떠오를 때까지 우리는 해변을 걸었다. 곧 모래사장이 끝나고 언덕이 나타났다. 우리는 수풀을 헤치며 바다를 끼고 계속 걸었다.

여기가 좋겠네요.

그녀가 바다 쪽을 한번 휘둘러보고는 말했다. 나도 그녀의 시선을 좇아 바다 쪽을 일별하였다. 멀리 고기잡이배들의 불빛이 보인다. 그녀가 털썩 주저앉은 언덕 위로 늙은 소나무의 구부러진 가지가 스산한 배경으로 자리잡았다.

담배 한 대 주실래요?

그녀는 내가 불을 붙여준 담배를 한 모금 빨더니 컥컥거리며 연기를 뱉어낸다.

그러고 보면 전 참 바보같이 살았어요. 여태 담배도 못 배우고 살았다는 게 갑자기 억울한 거 있죠? 그리고 남편 말고 다른 남자랑 자본 것도 선생님이 처음이에요. 심지어 배를 타본 것도 처음이고 섬에 와본 것도 처음이에요. 모두 다 무지무지 하고 싶었던 것들이에요. 혼자서 여행도 해보고 싶었고 여행하다 맘에 맞는 남자를 만나서 하룻밤 보내보고도 싶었어요. 그리고 마지막으로, 이건 좀 쑥스러운 건데.

그녀는 입을 가리고 웃었다. 첫 연애를 겪는 사춘기 소녀와 다를 바 없는 모습. 죽음을 앞둔 여자에게서 배어나는 수줍음. 낯설지 않다.

뭔데요?

제 누드를 한번 찍고 싶었더랬어요. 그래서 아까 선생님 작품을 그렇게 뚫어져라 봤던 거예요. 아, 지금 제 기분이 얼마나 좋은지 선생님은 짐작도 못하실 거예요. 하루 만에 이 모든 걸 다 해볼 수 있으리라곤 꿈에도 생각 못했거든요.

그녀는 다시 한번 연기를 들이마셨다가 또 한번 캑캑거렸다. 그러다가는 깔깔거리며 웃어대기를 반복했다.

달빛에 비친 그녀의 얼굴을 나는 하염없이 바라보고 있다. 이내 소멸할 존재의 아름다움. 나는 그 아름다움을 어떤 도구로도 담아낼 수 없음에 절망하였고 어떤 기기로도 재생할 수 없음에 다시 절망하였다.

나는 그녀의 볼을 가까이하고 입을 맞추었다. 우리의 입술 언저리로 그녀의 눈물이 빙하처럼 천천히 흘러내린다. 긴 입맞춤이 끝나고 그녀는 천천히 몸을 일으켰다.

선생님, 꼭 찍어주셔야 해요.

그녀는 힘주어 말한 후에 마치 무대에 등장하는 무용수처럼 우아한 동선으로 움직인다. 먼저 티셔츠와 바지를 벗고 나뭇가지에 그물을 걸어 매듭을 만들었다. 매듭 속으로 하얀 목을 집어넣고 알맞게 매듭을 조였다. 파리한 달빛이 그녀의 움직임에 따라 그녀의 몸 구석구석을 훑어내렸다. 모든 준비를 마친 그녀는 그네라도 타듯이 훌쩍 몸을 던졌다.

나는 사각의 뷰파인더를 통해 흐릿하게 드러난 푸른 피사체를 보았다. 깊은 밤, 섬 한구석에서는 연달아 플래시가 터졌다. 나는 한 통의 필름을 완전히 소모하면서 시시각각 변하는 그녀의 표정과 몸짓을 향해 셔터를 눌렀다. 카메라의 타이머는 시시각각, 그녀가 죽어가는 일 초 일 초를 기록할 것이었다. 나는 흐려지는 눈을 애써 치뜨며 달빛 아래에서 서서히 사그라지는 그녀의 나신을 담아갔다. 그녀는 마지막 순간까지 렌즈를 바라보려고 애썼다.

끼익 하는 소리와 함께 더이상 필름이 돌아가지 않았다. 기다렸다는 듯이 푸른 새도 날개를 접었다. 나는 뷰파인더에서 눈을 뗐다. 그러고는 고요히 매달린 그녀의 눈을 직시하였다. 내 작품 속의 아내처럼 그녀도 내 눈을 빤히 바라보고 있었다. 피하지 않았다. 더이상 움직이지 않는 그녀의 시선에 내 시선을 맞추며 아름다운 살인자의 소멸을 축복했다.

다음날 새벽, 연락선은 일찌감치 육지를 향해 떠났고 나는 무거운 짐을 내려놓듯이 그 배에 올랐다. 섬이 작아져 종내는 하나의 점이 되어 파도에 부서져버릴 때까지 섬 쪽을 바라보았다. 그 섬에서 영면할 그녀를 향해, 그리고 그 섬에서 밀려오는 파도를 향해, 나는 한 통의 필름을 던졌다. 다나이드의 승천에 벗할 동무는 그것으로 족할 것이었다. 필름은 물결 위에서 쉽사리 가라앉지 않고 멀리멀리 작아져갔다. 멀어져가는 필름을 보면서 나는 다시 방주를 떠올렸다. 방주 따위는 아무래도 좋은 것이다. 그것을 타고 끝내 이르러야 할 약속의 땅이 없는 세상에서는.

작가는 어떻게 작가가 되는 것일까? 많은 독자들이 그걸 궁금해한다. 그래서 작가를 만날 기회가 있으면 묻는 것 같다. 어떻게 작가가 되셨나요? 왜 작가가 되기로 결심하셨나요? 작가가 된 특별한 계기가 있을까요? 신통한 대답이 나오는 경우를 나는 별로 보지 못했는데, 아마도 작가 자신이 그걸 모르기 때문일 거라고 생각한다. 나역시 그런 질문을 많이 받았고, 그때마다 이렇게도 저렇게도 대답하곤 했지만 실은 어떤 순간의 그 무엇이 작용하여 내가 이 길로 들어섰는가는 지금까지도 늘 의문이다.

『호출』은 내가 처음으로 묶어낸 단편집이다. 우리나라는 대체로 단편소설을 써서 일간지 신춘문예에 당선되거나 문예지 지면에 그 단편이 실리면서 이른바 '등단'이라는 것을 하기 때문에 많은 작가들의 초기작은 단편인 경우가 많다. 그래서 첫 단편집은 그 작가의 시작이 어떠했는지를 살필 수 있는 창이 된다. 그것은 내게도 마찬가지여서 이 결정판 원고를 다시 들여다보는 것은 마치 이십오 년 전의 나를 찾아가는 시간 여행을 하는 것과도 같았다. 어떤 장면에서는 얼굴이 붉어졌고, 어떤 장면에서는 놀랐고, 어떤 장면에서는 이해가 잘되지 않았다. 『호출』 속에는 낯선 인간이 있었다. 그는 아직 이십대이고, 갓 소설가가 되었고, 앞으로도 이십오 년간 계속 소설가로 살아갈 것을 모르고, 뭘 써야 할지, 어떻게 써야 할지도 감을 잡지 못한 채 그저 머릿속에 떠오르는 이야기를 미친듯이 받아 적고 있다. 만약 내가 그의 선생이고, 이십오 년 전의 내가 저 소설들을 가져온다면 나는 그를 작가로 인정했을까? 어쩌면 나는 조금 더 소설 공부를 하는 게 어떻겠냐고 했을 것 같지만, 그는 내 조언 따위는 일소에 부쳤을 것 같다. 그가 그런 사람이어서 다행이라는 생각이 든다. 소설이 뭔지 배운 적도 없고 잘 알지도 못하면서 일단 써나가기 시작하고, 그러다보면 언젠가는 나아지리라고 별 근거도 없이 확신했던 이십오 년 전의 그 덕분에 지금의 내가 있는 것이다.

호르몬의 영향이었겠지만 『호출』에 수록된 작품들에는 강한 공격성이 있다. 선과 악의 이분법이 지배하던 1980년대에 대학을 다녔고, 그것이 갑자기 무너진 1990년대에 습작을 했던 흔적도 보인다. 당시 소설 문학계의 감상주의적 문체에 반발하면서도, 아직 그것을 대체할 효과적인 서사적 문체를 자기 것으로 만들지는 못했다. 일체의 권위를 모두 타파하는 것만이 정의라고 믿었기에 인류가 오랫동안 발전시켜온 문학적 유산을 존중하지 않았다. 혁명 이후의 세대처

럼 모든 것을 바닥에서부터 다시 건설하면 된다고 생각했던 것~,
물론 그런 치기는 곧 교정되고 말지만, 그때의 그는 그걸 몰랐고, 그
랬기에 그런 소설들을 쓸 수 있었을지도 모른다.

이번에 다시 살펴보니『호출』에 수록된 작품들은 크게 세 부류로
나뉘는 것 같다. 첫째는 '거울에 비친 나'를 탐색하는 이야기들이다.
거울은 나의 반영이지만 나 자체는 아니므로 그것은 일종의 상상계
라 할 수 있다. 내가 생각하는 나와 나의 관계. 내가 만들어낸 환상과
내 현실과의 괴리. 이런 주제를 탐구한 것이다.「거울에 대한 명상」
의 '나'는 자신의 거울이라고 믿었던 존재들로부터 공격을 받고 무
너진다.「호출」에서는 통신기기인 삐삐가 거울 역할을 한다. 그 거울
을 통해 상상의 나래를 펴던 '나' 역시 영원히 그 거울 속에 머물 수
없음을 깨닫는다.「내 사랑 십자드라이버」에서는 프라모델이나 기
계가,「삼국지라는 이름의 천국」에서는 컴퓨터 전략 시뮬레이션 게
임이 거울이 된다. 실적도 못 내는, 왕년의 운동권 출신의 자동차 영
업사원은 게임 속의 황제, 왕, 장군을 자신의 거울상으로 호명한다.
「도마뱀」에서는 아예 거울(환상)과 주체가 하나가 되고, 그것은 죽
음으로 이어진다.

둘째 부류는 자기파괴 충동이 강력하게 지배하는 이야기들이다.
무장탈영병이 파멸적 인질극을 벌이고(「총」), 망치로 자기 손을 내
리치고(「손」), 외딴섬에서 목을 매달고 죽는다(「나는 아름답다」). 그
무렵에 장편『나는 나를 파괴할 권리가 있다』를 발표한 것까지 생각
해보면, 그 시절의 나는 스스로가 잘 살아가고 있다고 믿었던 것 같

지만, 실은 깊은 자기파괴 충동에 사로잡혀 있지 않았나 싶다. 그때 내 서가에는 『자살에 대한 연구』 같은 책이 오래 꽂혀 있었고, 실비아 플라스나 어니스트 헤밍웨이처럼 적극적으로 자기 생을 단축한 작가들에게 관심이 있었다. 그런 편력이 그대로 작품 속에 드러나 있다.

셋째 부류는 내가 믿고 있던 가치가 무너질 때, 그것을 어떻게 받아들여야 할 것인가를 고민한 흔적이 남아 있는 소설들이다. 「전태일과 쇼걸」 「배를 가르다」 「도드리」 같은 소설에는 1980년대에 대학을 다니고, 1990년대에 갑자기 작가가 된 내 내면의 혼란이 반영되어 있다. 믿던 이념은 무너졌고, 새로운 세상은 갑자기 나타났다. 감상에 빠져 과거를 추억하지 않으려 애쓰면서도 어쩔 수 없이 감상에 빠져드는 인물들이 보인다. 그들이 모두 나였으므로, 지금의 나는 그들이 내뱉는 어떤 말들에 얼굴이 화끈거리지만, 그래도 그들을 이해할 수는 있다.

결정판 세트 12권 중에서 『호출』을 다시 읽는 경험이 가장 괴로웠다. 미숙한 내가 쓴 작품들은 부끄럽기 짝이 없다. 하지만 그때의 내가 소설을 쓰기로 결심한 것만은 크게 칭찬하고 싶다. 소설 속에 나를 숨기고 마음속에 있던 것들을 환상의 존재들에게 투영함으로써 어두운 터널을 지나올 수 있었고 지금의 내가 될 수 있었다고 생각한다.

오래 글을 써온 작가의 미약한 시작이 궁금한 독자들을 위해 민망함을 무릅쓰고 다시 내놓는다. 그래도 이십오 년이 넘는 시간 동안 꾸준히 읽어준 독자들이 있었기에 단 한 순간도 절판되지 않고 지금까지 계속 출판될 수 있었다고 생각한다. 앞으로도 김영하라는 작가의 시작이 궁금한 독자들이 얼마라도 있어 이 소설집이 오래 살아남을 수 있기를 기원해본다.

2022년 9월

김영하

「거울에 대한 명상」을 쓴 것은 1994년 11월의 어느 날이었다. 총이라도 맞은 것처럼 밤을 새워 썼지만 이것으로 데뷔를 하리라고는 생각하지 않았다. 그해 나는 스물일곱 살의 별 희망 없는 청춘이었다. 그야말로 솟구쳐오르는 리비도의 힘으로 이 소설을 썼다. 한강변을 어슬렁거리던 두 남녀를 폐차의 트렁크로 밀어넣으니 그들 역시 작가의 이런 심사를 아는지 돌연 절망적인 섹스를 벌이기 시작했다. 새벽. 소설이 끝나자 나는 그것을 프린트하여 한 근엄한 신문의 신춘문예에 응모했다. 물론 보기 좋게 떨어졌다. 새해 아침, 동해의 일출 사진과 더불어 읽기에 좋은 소설은 아니었다고 스스로를 위안했다. 어쨌든 몇 달 후, 나는 이 소설로 이른바 등단이라는 것을 하였다.

등단을 하면, 그것도 이렇게 충격적인 소설로 하면 전화 받느라 밥 먹을 시간도 없을 줄 알았는데 그런 일은 없었다. 몇 달을 기다리다

하는 수 없이 또 한 편을 썼다. 「나는 아름답다」였다. 이번엔 두 남녀를 조금 멀리 보냈다. 여자는 나무에 목을 매달고 남자는 사진을 찍고 있었다. 이 소설을 디자인과 편집이 참신하고 편집위원이 비교적 젊은 신생 문예지에 보냈다. 옆에서 친구들이 등단한 작가가 자존심도 없냐며 말렸지만 그 충고는 싹 무시해버렸다. 지금도 그러길 잘했다고 생각한다. 원고를 가지고 문예지 편집위원을 만나러 가는 지하철에서 멋진 귀걸이를 단 여자를 보았다. 그녀는 충무로역에서 내렸다. 나는 혜화역에서 내려 출판사를 찾아갔다. 출판사는 작은 건물의 2층을 차지하고 있었는데 공간은 옹색했지만 활기가 있었다. 그 자리에서 한 편집위원으로부터 "재고가 얼마나 있느냐?"는 질문을 받았다. 없다고 솔직하게 말하고 집으로 돌아와 한 편의 소설을 더 썼다. 지하철에서 본 그 여자에게 만약 삐삐를 쳤다면 어떤 반응이 돌아왔을까? 그런 상상에서 출발한 소설이 바로 「호출」이었다.

「호출」 이후부터는 청탁이 많았다. 「도드리」「전태일과 쇼걸」「도마뱀」「삼국지라는 이름의 천국」 등을 거의 매 계절 차례차례 써 계간지에 발표했다. 그러니까 이 소설집은 1994년 11월부터 1997년 7월까지, 약 삼 년 동안 쓴 소설의 묶음이라 할 수 있다. 그러나 그렇게만 말하기에는 좀 서운한 구석이 있다. 그 삼 년 동안 나는 제대를 하고 등단도 하고 취직과 결혼도 하였다. 그러니까 부모와 사회에 기생하던 삶에서 스스로 제 밥을 벌어먹는 삶으로 변화한 중요한 시기였던 것이다.

소설집이 나온 것은 1997년 9월 1일이었는데 나는 그로부터 며칠

후 도망치듯 터키로 떠나 보름이나 그곳에 머물렀다. 언론과의 인터뷰는 이틀 만에 몰아서 해치우고 황급히 짐을 챙겼다. 그때는 이런저런 말로 그 여행의 필요성을 역설했지만 지금 생각해보면 나는 이 소설집으로부터 도망치고 싶었던 것 같다. 리비도와 분노, 불안과 자기연민 등이 복잡하게 뒤섞인 이 소설집이야말로 황폐했던 젊은 날의 내 영혼을 가장 적나라하게 보여주는 거울 같은 책이었다. 그러니 이 소설집의 이름은 사실 '거울에 대한 명상'이 마땅하였던 것이다.

며칠 전 편집자로터 『호출』의 개정판에 '작가의 말'을 좀 써달라는 얘기를 들었다. "이전 판에는 없었나요?" 편집자는 고개를 저었다. "그때 안 쓰셨는데요." 책을 찾아보니 정말 '작가의 말'이 없었다. 그때 나는 왜 '작가의 말'을, 모두가 쓰는 그 흔한 것을 쓰지 않았던 걸까? 하기야, 책이 나오자마자 터키로 달아났던 자가 '작가의 말' 같은 걸 썼을 리가 없었다. 어떤 면에서 그 시절의 나는 겁쟁이였던 것이다. 그러나 이제는 좀 편안한 마음으로 무엇이든 적을 수 있을 것 같아 편집자의 제안을 받아들였다.

우선은 이런 글을 쓸 수 있다는 것부터가 작가로서는 반갑고 감사한 일이다. 아직도 이 책을 찾는 사람들이 있다는 것이니까 말이다. 그리고 누가 뭐래도 이 책은 내 첫 소설집이며 내가 처음으로 소설이란 세계에서 발을 디디고 이리저리 헤맨 흔적들이 고스란히 남아 있는, 나로서는 소중한 책이며 그런 책에 이렇게 무언가를 뒤늦게 보탠다는 게 진심으로 기쁘다.

우주가 한 점에서 시작했다는 것을 우리는 알고 있다. 그렇듯 한 사람의 작가가 쓴 수많은 소설도 시초에는 하나의 점에서부터 시작한다고 나는 믿는다. 나의 소설세계에 그런 점이 존재한다면 그 점은 아마도 이 책에 있을 것이라고 또한 믿는다.

2006년 가을 불광천변에서

김영하

김영하의 소설이 머금고 있는 스펙터클의 폭은 아주 넓다. 죽음 문제에서부터 현대문명의 심각한 질병인 나르시시즘, 현실보다 더 현실적인 하이퍼리얼리티, 소통이 가로막히고 그래서 의미의 교환이 위협당하는 시대의 풍경 등에 이르기까지 이 신예작가는 현대의 일상을 아주 다각적으로 파고들고 있다. **이성욱(문학평론가)**

『호출』에 실린 김씨의 작품을 관통하는 공통적 요소들이 있다. 영화 〈전태일〉과 〈쇼걸〉이 나란히 상영되는 90년대의 시대상, 거기서 결코 소통되지 않는 욕망에 빠진 채 살아가는 남과 여. 운동권과 에로티시즘, 병적 나르시시즘에 빠진 문화와 그 문화의 죽음이 절묘하게 배합돼 있다. **한국일보**

95년 계간 『리뷰』를 통해 등단한 후 여러 문학잡지에 발표했던 중·단편 10여 편을 한데 묶은 이 소설집에서 김씨는 환상과 현실을 자유롭게 넘나들면서 죽음의 문제에서부터 현대문명의 심각한 병리현상에 이르기까지 다양한 주제를 특유의 상상력과 감수성으로 요리해내고 있다 (…) 데뷔작인 「거울에 대한 명상」에서는 사도마조히즘을 통해 자아와 타자의 고립, 무력한 나르시시즘의 한 양상을 드러내고 있고 한 젊은 여성이 도마뱀 모조품에 촉발되어 꾸기 시작한 일련의 꿈 이야기를 담고 있는 「도마뱀」에서는 욕망이 현실의 환상적 왜곡을 통해 움직인다는 것을 이야기하고 있다. **문화일보**

김영하씨의 『호출』은 컴퓨터 시대 개막 이후 뚜렷해진 새로운 문명의 징후들을 오늘의 인간관계 속에서 포착한 소설들을 모았다. 특히 문체가 경쾌한 이야기 솜씨가 돋보인다. 작가는 가상과 현실의 구별이 모호해지는 세계 속에 던져진 인간 존재에 대한 탐구를 시도하거나, 요즘 문화담론에서 부상하는 '육체성'의 의미를 파고든다. 작가는 '4.19 세대 등 우리 앞세대는 도시가 낯선 사람들이었지만 우리 세대에게는 도시라는 현재만이 존재한다'면서 '우리 세대는 기억이 없는 세대'라고 단언했다 **조선일보**

표제작 「호출」. 한 남자가 지하철역에서 만난 매혹적인 여자에게 자신의 호출기를 준다. 여자가 그것을 버리지 못하고 자신의 신호만을 기다릴 것이란 기대를 갖고. 그러나 호출기를 건넨 순간부터 남자는 호출을 보내야 한다는 강박에 시달리고 여자는 호출이 가져다줄 새로운 운명에 매달린다. 마지막 순간 호출기는 남자의 주머니속에서 울린다. 모든 것은 상상이었던 것. 남자는 독백한다. "삐삐를 통해 호출하는 것은 다른 누구도 아닌 결국 나 자신일 뿐이다"

똑같은 브랜드의 옷을 입고 자가용을 몰고 맥주를 마셔도 결코 서로의 존재에 가 닿을 수 없을 것이라는 단절감, 그 원자화된 개인의 모습을 그는 냉정한 시선, 메마른 목소리로 그려낸다.

'탁 트인 들판을 보면 가슴이 답답해져도 글자가 빽빽히 들어찬 컴퓨터모니터를 보면 마음이 편안해진다'는 그. 자연보다 인공현실에 더 익숙한 김영하는 로댕의 조각과 컴퓨터게임, 사진, 컬트영화, 토막살인, 인질극을 종횡무진 오가며 1990년대 사람들의 의식을 가두는 '세련된 일상'의 포장을 벗겨낸다. **동아일보**

호출
ⓒ김영하 2022

1판 1쇄 2022년 9월 22일
1판 2쇄 2022년 11월 15일

지은이 김영하

펴낸곳 복복서가(주)
출판등록 2019년 11월 12일 제2019-000101호
주소 03707 서울특별시 서대문구 연희로11다길 41
홈페이지 https://www.bokbokseoga.co.kr
전자우편 edit@bokbokseoga.com
문의전화 031) 955-2696(마케팅) 031) 941-7973(편집)

ISBN 979-11-91114-36-2 04810

구판 정보
문학동네(1997년, 2006년, 2010년)